BRITTA KIEHL

Mitten im Steinschlag

novum pro

Dieses Buch ist auch als
e-book
erhältlich.

www.novumverlag.com

Bibliografische Information
der Deutschen Nationalbibliothek:

Die Deutsche Nationalbibliothek
verzeichnet diese Publikation in
der Deutschen Nationalbibliografie.
Detaillierte bibliografische Daten
sind im Internet über
http://www.d-nb.de abrufbar.

© 2021 novum Verlag

ISBN 978-3-99107-714-5
Lektorat: Laura Oberdorfer
Umschlagfotos: Irina Kharchenko,
Tomert | Dreamstime.com
Umschlaggestaltung, Layout & Satz:
novum Verlag

Gedruckt in der Europäischen Union
auf umweltfreundlichem, chlor- und
säurefrei gebleichtem Papier.

www.novumverlag.com

*F*röhlich hopste Lily im Nachthemdchen mitten durch die Tischlerwerkstatt ihres Vaters.

„Lily", rief ihre Mutter mit gereizter Stimme. „Bleib jetzt endlich stehen!"

Die Angesprochene sprang jauchzend in die große Kiste, mit den Holzspanabfällen.

„Lass sie nur. Ich hole sie da raus, ziehe ihr das Kleidchen an und fege die Sauerei wieder zusammen", sagte Daniel belustigt. Susan nickte dankbar, während sie die letzte Falte aus ihrem Kleid strich. Ihr Gatte Philip steckte ebenfalls im Sonntagsstaat, in dem er sich sichtlich keineswegs wohl fühlte.

„Zum Mittagessen sind wir wieder zurück." An Lily gewandt, die noch immer in der Holzkiste saß und nun mit Freuden die Späne mit ihren kleinen ungeschickten Händchen in der Werkstatt verteilte, mahnte sie eindringlich:

„Mach keine Dummheiten, während wir weg sind. Hast du verstanden?" Die Kleine hielt in ihrem Tun inne und nickte artig.

Es war Sonntag und Susan und Philip mussten sich wenigstens einmal im Monat in der alten Dorfkirche zum Gottesdienst sehen lassen.

Philip war ein sehr angesehener Möbeltischler. Obwohl er mit seinen vierundzwanzig Jahren recht jung war, verstand er sich ausgezeichnet auf die Anfertigung und Restauration von Kunstmöbeln. Seine Kundschaft kam somit aus allen Gesellschaftsschichten.

Im Dorf war die Familie gern gesehen, den Besuch in der Kirche betrachtete man daher als selbstverständlich. Und wo viele Menschen zusammenkamen, konnte man Aufträge ergattern, so Philips Geschäftsdevise.

Die Werkstatt befand sich außerhalb des Dorfes, abgelegen vom Trubel am stillen Waldesrand.

Für die vierjährige Lily, die eigentlich Liliana hieß, war das recht unpraktisch, wie sie fand.

Spielgefährten gab es nur im Dorf und da durfte sie allein nicht hin. So musste Lily sich bisweilen gedulden, bis irgendein Kunde ihres Vaters seinen „Filius" zum Spielen mitbrachte.

Geduld hatte der kleine Wirbelwind aber ganz und gar nicht. In Daniel, dem Angestellten ihres Vaters, hatte sie einen Verbündeten gefunden, denn der war bei jeder von Lilys ausgeheckten Schandtaten nur allzu gerne dabei.

Daniel, ein Jahr jünger als Philip, lebte seit mehreren Jahren in der Tischlerei. Er hatte sich eine kleine Abstellkammer im Dachgeschoss als Schlafkammer hergerichtet. Neben seiner Arbeit kümmerte er sich in seiner Freizeit um das quirlige Töchterchen seines Arbeitgebers.

Philip und Daniel waren Freunde seit Kindesbeinen an. Der Vater Philips betrieb die Schlossmöbeltischlerei auf Corlens Castle. Schon früh interessierte sich der kleine Philip für das Handwerk seines Vaters. Stundenlang sah er seinem Vater interessiert bei der Arbeit zu, später durfte er an einfachen Stücken selbst Hand anlegen, sich ausprobieren, üben und sein erworbenes Können perfektionieren.

Als aufgeweckter Junge stromerte er entgegen den Verboten seines Vaters leidenschaftlich gern auf dem Schlossgelände herum. Es war daher nicht verwunderlich, dass er Daniel traf, der sich ebenfalls so oft es ging abenteuerlustig herumtrieb und jede Etikette seines Standes brach, um den Drangsalierungen seines Vaters, dem König und Herrscher des Landes, auszuweichen.

Daniel war der Thronfolger von Corlens Castle, was ihn in keinster Weise davon abhielt, sich mit dem einfachen Volk abzugeben. Im Gegenteil: Zwischen Dienstboten, Küchenfrauen, Pferdeknechten und Hilfspersonal fühlte er sich frei und zufrieden.

Die Konsequenzen, die auf seine unerhörten Ausflüge folgten, waren ihm schlichtweg egal.

Der König missbilligte das Verhalten seines Sohnes aufs Schärfste, was er immer wieder „schlagfertig" zum Ausdruck brachte.

Natürlich waren die Angestellten im Bilde, wer ihnen da um die Beine summte. Doch Daniel war von klein auf durch seine Unvoreingenommenheit und Natürlichkeit bei den Schlossangestellten beliebt. Er kannte keine Standesunterschiede und als man schließlich versuchte, ihm entsprechendes Benehmen „einzubläuen", verschlug es ihn nur noch mehr in die Gegenwart des einfachen Volkes.

Später wurde der aufgeweckte Junge ernster und unergründlicher in Verhalten und Auftreten. Die besten Lehrer unterrichteten ihn, er galt als hochintelligent.

Vieles von seinem Wissen gab er an Philip weiter, der nur bedingt die Möglichkeit hatte, eine Dorfschule besuchen zu können. Da es für den König als auch für Daniels Lehrer und Erzieher immer offensichtlicher wurde, dass der Junge weiterhin kräftigen Widerstand gegen die Normen, die einem Thronfolger auferlegt wurden, leistete, schickte man ihn kurzer Hand in ein streng geführtes Eliteinternat, weit weg von Corlens Castle.

Den fleißigen Tischlermeister und dessen Sohn verwies man aus dem Schloss. Nach Daniels Rückkehr fand er Philip durch die Mithilfe der Schlossangestellten wieder. Philips Vater hatte eine heruntergekommene Werkstatt gepachtet und versuchte sich dort zu etablieren.

Doch das Geld fehlte an allen Ecken und Enden, sodass Vater und Sohn ein recht ärmliches Dasein fristeten.

Empört über das unsägliche Verhalten des Königs, kaufte Daniel die Werkstatt und überschrieb sie kurz entschlossen an Philip. Durch die Einsparung des hohen Pachtzinssatzes und die Vermittlung lukrativer Aufträge durch Daniels Einfluss, sanierte sich die Tischlerei zügig.

Irgendwann war Daniel der Tyranneien und Demütigungen seines Vaters überdrüssig, sodass er sich seiner Pflichten als Thronerbe entzog und in die Tischlerei zu Philip floh.

Daniel ließ sich von Philip zum Möbeltischler ausbilden. Die Arbeit lag ihm und füllte sein Leben so aus, als hätte es nie ein anderes gegeben. Die Männer verstanden sich bestens. Philip lernte von Daniel und Daniel von Philip.

Hin und wieder besuchte er seine Mutter, die Königin. Dazu nutzte er ein Wirrwarr an Geheimgängen, die das Schloss umgaben und die er mit Philip im Kindesalter ausfindig gemacht hatte.

Königin Margaret versorgte indes ihren Sohn mit Informationen, über die politischen und wirtschaftlichen Verhältnisse des Landes, sowie über anstehende Pläne des Königs und seines aufstrebenden und jüngsten Sohnes Damian, welcher im Charakter und in seiner perfiden Entschlossenheit ganz den Wünschen seines Vaters entsprach.

Die Sorgen und Nöte im Land nahmen stetig zu.

Daniel und Philip entschlossen sich irgendwann, eine Untergrundbewegung zu gründen. Philip als aktives, Daniel als passives Mitglied. Mit überaus fähigen Anhängern hatten sie es sich zur Aufgabe gemacht, An- und Übergriffe auf Dorfbewohner und Bauern durch die Schergen des Königs zu zerschlagen.

Obwohl Daniel hinlänglich über die Situation im Lande unterrichtet war, so war es ihm dennoch unmöglich, in irgendeiner Form in Erscheinung zu treten, um selbst an den Handlungen der Untergrundbewegung teil zu nehmen. Einerseits würde seine Fechtweise, die nur er beherrschte, auffallen und ihn verraten. Andererseits hatte der König ein hohes Kopfgeld auf ihn ausgesetzt.

Später klagte man den Thronfolger des Hochverrates am Königshaus an. Man durchsuchte das ganze Land und drohte jedem, der dem Kronprinzen in irgendeiner Form half, mit Kerker und Tod.

So blieb Daniel nichts weiter übrig, als Philip mit Informationen aus dem Schloss zu versorgen und am Leben zu bleiben, solange es ging. Er musste im Verborgenen bleiben, bis irgendwann seine Zeit kommen würde.

Daniel hatte die zappelnde Lily aus der Spankiste gehoben, sie gesäubert und in ihr Kleidchen gesteckt. Die Hobelspäne waren schnell wieder zusammengefegt. Lily blieb nicht untätig. Flink hatte sie einen Pinsel ergriffen, ihn in ein halb verschlossenes Farbglas getaucht und stillschweigend ein frisch gehobeltes Holzbrett damit bemalt. Die trügerische Ruhe in der Werkstatt machte Daniel stutzig. Als er die letzten Späne in die Holzkiste geschüttet hatte und sich nervös zu Lily umdrehte, hatte die ihr Kunstwerk schon fast beendet. Skeptisch betrachtete sie ihre Arbeit.

„Wie malt man einen Hasen?", fragte sie lispelnd.

Daniel zuckte ratlos die Schultern.

„Vielleicht so?" Mit Lilys beschmiertem Pinsel malte er einen Hasen, der auch eine Katze oder ein Hund mit langen Ohren hätte sein können, auf das Holzbrett. Den Kopf schief haltend, betrachteten nun beide aufmerksam das Gemälde.

Lily war zufrieden. Flugs sauste sie aus der Werkstatt, geradewegs in den Garten.

Mit einem Hobel bewaffnet machte sich Daniel daran, das Kunstwerk vom teuren Mahagoniholzbrett zu entfernen. Danach wurden alle andern Farbspuren der vorangegangenen Missetat beseitigt.

Dunkle Wolken hatten den Himmel verfinstert. Von Weitem war Donnergrollen zu vernehmen. Daniel befürchtete, dass es jeden Moment zu regnen beginnen würde. Er fand Lily vergnügt spielend auf dem Komposthaufen im Garten. Flink schnappte er sich das kleine Mädchen, legte einen Arm um die Hüfte des vor Freude quietschenden Kindes und trug es waagerecht unter seinen Arm geklemmt ins Haus.

Bevor sich Susan auf den Weg in die Kirche gemacht hatte, hatte sie den Mittagstisch gedeckt. Lily setzte sich geschwind auf ihren Platz, öffnete ihre kleinen Fäustchen und ließ eine ansehnliche Anzahl Schnecken, die sie auf dem Kompost aufgesammelt hatte, auf den Teller ihres Vaters kullern.

Daniel setzte sich neben das Kind, um dem Schauspiel, welches sich nun anzubahnen schien, gespannt zusehen zu können.

Ihn faszinierte es immer wieder aufs Neue, wie Lilys kleine, ungeschickte Fingerchen oft nicht das taten, was ihre Besitzerin von ihnen verlangte.

Die ersten Schnecken streckten neugierig ihre Köpfe aus dem Kalkgehäuse, bevor sie zaghaft ihre Fühler ausrollten. Entschlossen schoben sich die Tierchen träge über den Tellerrand. Von dort verteilten sie sich über den gesamten Küchentisch. Es wurden Wetten abgeschlossen, welches Tierchen als erstes das Besteck von Lilys Mutter erreichen würde.

Gespannt feuerte Lily eines der träge dahin kriechenden Tierchen, das sie als ihren Favoriten ausgewählt hatte, an. Als es nun aber am spannendsten wurde, musste das Spiel abrupt abgebrochen werden. Daniel hatte unvermittelt zur Uhr gesehen und war erschrocken.

„Oje, deine Mutter wird verrückt, wenn sie das hier sieht." Besorgt sah er auf den sonntäglich gedeckten Tisch, der nun so gar nicht mehr sonntäglich aussah.

„Hältst du dicht?", fragte er das Kind. Die Kleine rümpfte verschwörerisch die Stupsnase.

„Jawohl", sagte sie entschieden.

„Dann sause los und wasche dir die Finger. Ganz fix, ja!" Lily fegte wie ein Wirbelwind aus der Küche, die Händchen voller Schnecken, welche sie vom Küchentisch aufgesammelt hatte. Flugs schüttelte sie die Tierchen über Susans fein säuberlich angelegtes Salatbeet aus, bevor sie sich brav die klebrigen und schmutzigen Hände in der Regentonne wusch. Daniel begann eilig den Tisch vom Schneckenschleim zu befreien. Von draußen hörte man bereits Philips und Susans Stimmen. Susan war eine liebevolle, aber ebenso resolute und energische Person, die sich sprichwörtlich gesagt „Die Butter nicht vom Brot nehmen ließ". Da keine Zeit mehr war, die Teller gegen frisch gewaschene auszutauschen, wischte Daniel mit dem Abwaschlappen einfach die schleimträchtigen Teller und das Besteck ab. Er hatte gerade noch Zeit, den Lappen ungesehen verschwinden zu lassen, als auch schon die Tür aufging.

Unschuldig blickend saß Lily auf ihrem Stuhl.

„Gibt es heute Nachtisch?", fragte sie mit Piepsstimme die Mutter. Susan befreite sich vom Sonntagsstaat. Während sie sich die Schürze umband, blickte sie sich prüfend im Zimmer um. Da sie nichts Auffälliges bemerkte, wandte sie sich ihrer fragend guckenden Tochter zu. „Keinen Unsinn gemacht?"

Lily schüttelte heftig verneinend den Kopf. Susans nächste Frage galt Daniel.

„Keinen Unsinn gemacht?"

Auch er schüttelte mit bester Unschuldsmiene den Kopf. Dass die beiden Gefragten die Finger auf dem Rücken gekreuzt hatten, sah nur Philip, der amüsiert in sich hineinlachte.

„Es gibt Nachtisch", beantwortete Susan nun die Frage ihrer Tochter.

Dass allerdings Philip das Nachsehen beim Essen hatte, erfuhr er nie. Sein Teller war der einzige, den Daniel in aller Eile vergessen hatte, vom Schneckenschleim zu befreien.

*S*usan räumte den Frühstückstisch ab.

„Macht euch endlich los, ihr stört mich hier gewaltig. Das Ahornholz kommt nicht von allein in die Werkstatt." Unwirsch schob sie die beiden Männer aus der Küche.

„Na gut, satteln wir die Pferde und gehorchen der lieben Ehefrau", sagte Philip grinsend.

Lily kam in den Pferdestall gelaufen. Ihr frisch angezogenes Kleidchen wies eine gehörige Anzahl hellroter Himbeerflecken auf.

„Lily will auch mit!", sagte sie mit Piepsstimme und blickte auffordernd von ihrem Vater zu Daniel und wieder zurück.

„Spätzchen, du kannst nicht mitkommen", sagte Philip.

„Dad muss arbeiten. Wir spielen, wenn ich zurück bin, versprochen." Lily verschlang schmollend die Arme vor ihrer Brust.

Ihre Unterlippe begann gefährlich zu zittern, während das erste Tränchen aus ihren Augen kullern wollte.

Daniel ließ sich schließlich erweichen. Ohne jegliche Vorwarnung schnappte er sich die Kleine und setzte sie auf den gesattelten Rücken seines Pferdes.

„Du hältst dich jetzt schön am Sattel fest und dann darfst du da oben ganz allein einmal um das Haus reiten".

Während Daniel die Zügel in die Hand nahm und das Pferd langsam und bedächtig um das Gebäude führte, jauchzte die Kleine ausgelassen.

Philip sah lächelnd seiner Tochter nach. Wieder im Stall angekommen, nahm Daniel Lily sachte vom Pferd, um sie auf einen Strohballen zu setzen.

„Das war aber schön", lispelte sie strahlend.

„Nun bist du aber schön lieb und wartest geduldig, bis wir zurückkommen. Versprochen?"

Lily nickte schelmisch, hüpfte vom Stroh und trollte sich in den Garten.

„Nun aber schnell weg, bevor sie vielleicht mit einem toten Regenwurm zurückkommt und von uns die Todesursache wissen will", sagte Philip grinsend.

Flugs machten sich die Männer auf den Weg. Als sie sich auf freiem Felde befanden, sagte Daniel zu Philip:

„Morgen Mittag sollen zusätzliche Steuergelder in Huntington eingetrieben werden."

„Warst du heute Nacht im Schloss? Wir haben dich gar nicht aus dem Haus gehen gehört."

„Ja. Das Dorf ist recht klein. Eine Handvoll Männer sollte reichen."

Nach einer kurzen Pause sagte Philip ernst:

„Bist du sicher, dass die nicht mit einer ganzen Horde bewaffneter Soldaten anrücken?" „Absolut. Man erwartet keine Gegenwehr."

„Danke. Ich werde es heute Nacht weitergeben und gezielte Gegenmaßnahmen einleiten", sagte Philip kühl. Damit war das Gespräch beendet, denn sie kamen nun in eine leicht bewaldete Gegend, wo es hinter jedem Baum und Strauch Zuhörer geben könnte.

„Was machen wir, wenn der Holzlieferant wieder kein Ahorn vorrätig hat, selbst fällen?"

„Ich hoffe, er hat. Wenn wir beim Schwarzfällen erwischt werden, dann gnade uns Gott!"

Daniel erwiderte skeptisch:

„Na, ob der uns helfen kann, bezweifle ich. Der Auftrag für das Nähschränkchen muss in zwei Wochen raus. Uns wird wohl nichts anderes übrigbleiben, als im Notfall selbst zu fällen oder du zahlst eine satte Vertragsstrafe."

Abrupt brachte Daniel sein Pferd zum Stehen.

„Was ist?", fragte Philip leise, während auch er in die Zügel seines Pferdes griff.

„Ich habe etwas gehört", antwortete Daniel lauschend.

„Lass uns nachsehen."

Lauernd glitten sie von den glatten Pferderücken. Im Schutz von Buschwerk und Gestrüpp schlichen sie lautlos in die Richtung, aus welcher sie die entfernten Geräusche zu hören glaubten. Metall schlug auf Metall, eine Frau keuchte wütend und schroffe Männerstimmen störten die Ruhe zwischen Vogelgezwitscher und Grillenzirpen.

Plötzlich zog Philip seinen Freund hinter ein niedriges Nadelgehölz und zeigte wortlos mit einer Kopfbewegung nach rechts.

Drei grobschlächtig aussehende Männer bedrängten zwei junge Reiterinnen, die ihrer Reitkleidung zur Folge aus gutem Hause zu kommen schienen. Was sie von den Mädchen wollten, war durch ihre anmaßende, obszöne Wortwahl klar ersichtlich. Die Hübschere der Mädchen war bis an die Zähne bewaffnet. Sie schlug sich stolz, energisch und effektiv. Sie schien keinerlei Probleme zu haben, sich die dreisten, gierig sabbernden Kerle vom Hals zu halten. Die etwas Kleinere und Zierlichere der beiden, war weniger gut im Fechten gewandt und drohte ihrem Angreifer zu unterliegen. Hilfesuchend rief sie nach dem anderen Mädchen, als sie mehr und mehr in die Enge getrieben wurde. Diese reagierte blitzschnell. Mit einem gekonnten Hieb entwaffnete sie ihren Gegner. Ihm blieb keine Zeit, den ihm entrissenen Degen wieder an sich zu bringen. Blitzschnell hatte sie die Pistole aus dem Gürtel ihrer Reithose gezogen und ihren Gegner erschossen. Ein zweiter Schuss fiel.

Der Getroffene kippte mit weit aufgerissenen Augen nach vorn.

„Lauf zum Pferd und verschwinde Lizzy!" Die Angesprochene zögerte einen Moment. Das zur Hilfe geeilte Mädchen stellte den feist grinsenden Kerl und bot ihm gebührend Paroli, während die mit „Lizzy" angesprochene Frau auf ihr Pferd sprang und wie von Sinnen vor Angst davonjagte.

Daniel sah, dass sie durch ihre panische Handlungsweise die Kontrolle über das Tier verloren hatte und blindlings durchs Gebüsch und an Bäumen vorbeiraste.

Das Drama hatte sich innerhalb weniger Minuten zugetragen, sodass die Männer nach kurzer Sondierung der Sachlage keine Zeit gefunden hatten, in das Geschehen hilfreich eingreifen zu können.

Doch nun war Reaktion gefragt. Philip schnellte aus dem Buschwerk, um dem wild, aber kontrolliert kämpfenden Mädchen Beistand leisten zu können, während Daniel zurück zu seinem Pferd rannte und dem anderen Mädchen beritten hinterherjagte.

Daniel war noch nicht weit gekommen, als er eine grazile Frauengestalt bewegungslos unter einer weit ausladenden Kastanie liegen sah.

Wachsam um sich blickend näherte er sich dem hilflosen Mädchen. Auf ihrer Stirn prangte eine riesige, hellblau angelaufene Beule. Gekonnt tastete er nach ihrem Pulsschlag. Sie lebte. Vorsichtig hob er ihren Kopf an. Gequält öffnete sie die Augen.

„Alles in Ordnung mit dir?", fragte er ruhig.

„Keine Angst, ich tue dir nichts", fügte er hinzu, als er sah, dass sie angsterfüllt die Augen aufriss.

„Mir ist übel und mein Kopf …", weiter kam sie nicht, da sie sich furchtbar erbrechen musste.

Daniel legte beruhigend seine warme Hand auf ihre von kaltem Schweiß bedeckte Stirn.

Suchend sah er sich nach Philip um.

Als Philip kurze Zeit später das stöhnende Mädchen im Gras liegen sah, den Kopf durch Daniels Hand gestützt, meinte er stirnrunzelnd:

„Aua, der geht's aber gar nicht gut!"

„Wir werden sie wohl mitnehmen müssen. Siehst du irgendwo ihr Pferd?" Philip blickte in alle Richtungen.

„Der Gaul grast da hinten gemütlich. Ich hole mal das liebe Tierchen."

Rasch kehrte er mit dem Pferd zurück. Das benommene Mädchen wurde zu Daniel auf das Pferd gehoben.

„Was ist mit der anderen?", fragte Daniel seinen Freund.

„Die ist noch mit einem der Angreifer beschäftigt. Mich hat sie angepöbelt und gesagt, ich soll machen, dass ich wegkomme. Sie sei gerade so schön in Übung. Na, da habe ich eben gemacht, dass ich wegkomme. Ich hatte nicht das Bedürfnis, mich mit der anzulegen. Vermutlich hätte die mich auch noch erledigt." Philip grinste verlegen.

„Die hier muss jedenfalls schnellstens von hier weg und in die Waagerechte", erwiderte Daniel besorgt auf seinen Schützling blickend.

Das halb bewusstlose Mädchen wurde in Daniels Zimmer gebracht und von Susan ins Bett gelegt. Hilflos ließ sie alles mit sich geschehen.

„Die Kleine hat eine ordentliche Gehirnerschütterung, ansonsten hat sie nur ein paar blaue Flecken", meinte Susan unvermittelt.

„Was zum Teufel habt ihr mit ihr angestellt?"

Mit gefährlich blitzenden Augen sah sie Philip und Daniel an.

„*Wir* erstmal überhaupt nichts", antwortete Philip leicht pikiert.

„Das Pferd ist mit ihr durchgegangen, nachdem vier üble Kerle sie und eine andere Lady bedrängten. Nach dem Horn auf ihrer Stirn zu urteilen, muss sie in vollem Galopp gegen einen tiefhängenden Ast gerauscht sein."

Susan schnitt energisch das Gemüse für das Mittagessen klein.

„Die Kleine braucht mindestens zwei Tage Bettruhe", sagte sie bestimmt.

„Wisst ihr, wer sie ist?" Philip antwortete mit einem entschiedenen: „Nein!"

„Doch", sagte Daniel ernst.

„Ich brauche etwas zum Schreiben und einen absolut verlässlichen Botenjungen."

Mit diesen kurzen Worten nahm er sich, was er brauchte, setzte sich an den Tisch und schrieb. Susan und Philip sahen sich verblüfft an, fragten aber nicht weiter, da es ihnen im Moment zwecklos erschien.

Der Botenjunge war schnell geholt. Das versiegelte Schriftstück wurde ihm ausgehändigt, dazu ein angemessener Lohn, welcher sich verdoppeln sollte, wenn der Auftrag zufriedenstellend ausgeführt war. Das Schreiben musste umgehend zu Lenox Castle gebracht werden.

„Kannst du uns jetzt mal aufklären?", fragte Philip etwas ungehalten. Er hasste es, den Unwissenden abgeben zu müssen.

„Ich habe eine Nachricht an Lenox Castle geschrieben, um denen mitzuteilen, dass Prinzessin Lizzy leicht verletzt, aber in Sicherheit ist und bla, bla, bla."

„Wer bitte ist die Kleine?", Susan sah erschrocken auf.

„Woher weißt du das?", fragte Philip erschrocken.

Daniel seufzte schwer.

„Ich habe das andere Mädchen erkannt und da diese hier mit Lizzy angeredet wurde, kann das ja dann wohl nur die jüngere Schwester sein."

Philip hatte sich wieder gefasst. „Hoffentlich erfährt niemand, dass die Kleine unter unserem Dach ist. Deine Sippe würde sich alle zehn Finger ablecken, wenn sie die Prinzessin in ihre Hände bekämen."

„Warum sollten sie. Ich tobe doch hier auch lustig durchs Haus!"

„Habe ich ganz vergessen in der Aufregung."

„Vernünftig", kam es von Daniel lässig zurück.

„Ich fürchte nur, wir müssen nun noch einmal los, denn Ahornholz haben wir immer noch nicht." Philip seufzte, bevor er erneut sein Pferd bestieg, um mit Daniel auszureiten.

Müde öffnete die Patientin die Augen. Mit hilflosem und scheuem Blick sah sie um sich. Sie konnte sich weder daran erinnern, was geschehen war, noch wo sie sich befand. Ängstlich starrte sie den jungen Mann an, der auf der Bettkante saß und sie besorgt ansah. Noch nie hatte sie in so ein wundervolles, gutaussehendes Gesicht eines Mannes gesehen. Sie errötete verlegen.

„Wo bin ich? Wie komme ich hierher? Was ist passiert?", sprudelte es aus ihr verzweifelt heraus. Gleichzeitig versuchte sie sich aufzurichten, doch pochende Schmerzen ließen ihren Kopf unter leisem Stöhnen wieder in die Kissen sinken.

Kurz und knapp berichtete Daniel über die vorangegangenen Ereignisse des Vormittages.

Unvermittelt wurde das Mädchen erneut von Angst ergriffen.

„Mein Vater, meine Schwester, sie werden sich unendlich sorgen und mich suchen. Ich muss weg …!"

Daniel hielt es für angebrachter, die leicht Verängstigte mit einem vertrauensvollen „Du", statt mit der schicklichen Anrede anzusprechen.

„Ich habe sie umgehend informiert. Du hast im Schlaf deinen Namen gesagt", log er der Not gehorchend.

Sie wurde etwas ruhiger. „Du musst dich nicht sorgen, du bist hier in Sicherheit. Es ist wichtig, dass du dich ausruhst, dein Kopf hat ein bisschen was abbekommen. In etwa drei Tagen werden wir dich nach Hause bringen können."

Daniel lächelte sie sanft an.

„Oje", ging es Lizzy durch den Kopf. Ihr Herz würde bei diesem umwerfenden Lächeln stehen bleiben. Was war nur los mit ihr. „Der Kopf, es ist nur der Kopf", dachte sie verstört. Das wird es sein.

Daniel nahm kurz ihre Hand in die seine.

„Du solltest versuchen zu schlafen."

Gehorsam schloss sie die müden Augen. Erst als ihr Atem ruhig und gleichmäßig ging, ließ er ihre zarte Hand los. Während sie schlief, betrachtete er sie eingehend. Lizzy war bei weitem nicht so hübsch anzusehen, wie ihre energische Schwester. Doch ihr zartes, sanftmütiges und liebreizendes Wesen strahlte eine Natürlichkeit aus, die Daniel unwillkürlich fesselte und sein Herz aus dem Takt brachte.

Sein harter Verstand siegte über sein Herz. Abrupt löste er sich von ihrem Anblick.

Minuten später war er tief in die aufwendigen Intarsienarbeiten eines Nähschränkchens für Lord Murrays extrovertierte Frau versunken.

Lily spurtete laut vor sich her singend in die Werkstatt.

„Dad soll in die Küche kommen, ganz fix hat Mum gesagt."

„Sag ihr, ich kann jetzt nicht."

„Mum hat aber gesagt, *jetzt*."

Philip sah die lustig vor sich hin trällernde Lily gereizt an.

„Noch mal. Ich habe jetzt keine Zeit!"

Daniel sagte beschwichtigend:

„Lass nur. Der Fischleim muss sowieso erst aushärten, bevor ich weiter machen kann. Ich gehe schon." Philip nickte erleichtert, während sich Lily kopfüber und lauthals kreischend in die mit Hobelspänen gefüllte Abfallkiste plumpsen ließ.

„Wieso hat mein Gatte schon wieder keine Zeit? Er hat mir versprochen, das abgeerntete Erbsenbeet umzugraben. Die Erde ist dort fest wie Stein. Da soll ich mich doch wohl nicht mit herumquälen. Wozu habe ich einen Mann, frage ich dich? Wird das etwa wieder nichts oder was!" Aufgebracht warf sie ein Holzscheit in den Herd. Daniel fingerte eine der Himbeeren vom frisch belegten Tortenboden, während Susan wütend in der halbfertigen Kartoffelsuppe rührte. Ungerührt sich die klebrigen Finger ableckend sagte Daniel:

„Dein Gatte trägt mehrschichtig Schellack auf, da ist nichts mit zwischendurch Beete umgraben. Ich habe gerade Zeit, also grabe ich, wenn es der Dame des Hauses recht ist."

Susan knurrte irgendetwas unverständliches, als Daniel munter die Küche verließ, um sich in den Garten zu trollen.

Susan sah oft nach ihrem hochrangigen Gast. Jedes Mal, wenn sie das Zimmer betrat, fragte Lizzy nach Daniel, der so oft seine Zeit es zuließ, ihr Gesellschaft leistete.

Lizzy fühlte sich mehr und mehr zu ihm hingezogen. Er strahlte trotz seines ernsten und überlegten Gesichtsausdrucks eine vertraute Wärme aus, die sie in seinen Bann zog.

Unendlich war sie ihm dankbar, dass er die Nacht in dem alten, abgenutzten und recht unbequemen Sessel unter dem Fenster verbrachte und sie nicht in dem fremden Zimmer allein ließ. Sicher schickte sich so etwas nicht, aber Lizzy fühlte sich unendlich einsam und verlassen, wenn er nicht in ihrer Nähe war.

Ihrem Kopf ging es allmählich besser. Die Beule auf ihrer Stirn war nach stundenlangem Kühlen merklich kleiner geworden. Susan versuchte es ihr so bequem, wie möglich zu machen, hielt jedoch eine gewisse Distanz zu Lizzy, da sie nicht wusste, wie sie sich richtig einer so hoch gestellten Persönlichkeit gegenüber verhalten sollte. Dabei halfen ihr auch keineswegs Lizzys offenherzige Art und ihre dankbaren Blicke.

Bei Daniel war das etwas völlig anderes. Er wohnte seit Jahren bei Philip, als dessen Freund und gleichzeitig als dessen Angestellter in der Tischlerei.

Ihn lernte sie als einfachen Möbeltischler mit all seinen Vorzügen und Schwächen kennen, als Philip sie damals ins Haus brachte. Nie wäre sie auf die Idee gekommen, dass Daniel irgendetwas anderes in seinem Leben war als ein einfacher Mensch aus ihrer Gesellschaftsschicht. Einfach, normal, angepasst und unauffällig. Erst nach der Hochzeit mit Philip offenbarte dieser ihr irgendwann ganz beiläufig, welchen Status Daniel eigentlich besaß. Sicher war sie schockiert gewesen und dachte an einen schlechten Witz von Seiten ihres Gatten. Philip beteuerte, ihr die Wahrheit gesagt zu haben und klärte sie über die Gefahren, die dieses Wissen mit sich brachte, auf.

Kurze Zeit gab sie sich Daniel gegenüber verhalten. Respekt und Ehrfurcht hemmten sie daran, Daniel natürlich gegenüber zu treten. Daniel merkte und ahnte nichts davon, was ihr sehr gelegen kam. Da aber das Leben im Haus völlig normal weiterging, konnte Susan schnell die enormen Standesunterschiede, die zwischen ihr, Philip und Daniel bestanden, ignorieren und irgendwann vergessen.

Obwohl Susan eine starke Frau war, so fiel es ihr oft schwer zu akzeptieren, dass Philip Rebellenführer war und so manche Nacht nicht im Haus war. Wenn sie allein im Bett lag, von Ängsten um ihren Mann geplagt, sehnte sie sich nach einem gewöhnlichen, friedlichen und liebenswerten Alltagstrott. War der Alltag da, dann fühlte sie wiederum ein seltsames Kribbeln auf der Haut, welches ihr unumstößlich anzeigte, dass sie die Gefahr irgendwie auch liebte, die das scheinbar eintönige Leben mit Philip interessant und aufregend machte.

Die Tatsache, dass sie in den Nächten, in denen Philip nicht im Haus war, nicht schutzlos war, beruhigte sie indes auch wieder. Daniel schlief zwar oben im Dachgeschoß, doch wusste sie, dass er wachsam genug blieb, um das Haus jederzeit vor Eindringlingen verteidigen zu können.

Bei Lizzy aber vermochte Susan die Hemmschwelle einfach nicht übertreten zu können. Die Prinzessin war eine Fremde, die in einem für sie fremdem Leben lebte.

Sarah kam vor Wut schäumend ins Schloss gestürmt. Lauthals schrie sie nach ihrem Ehemann. Vom Lärm aufgescheucht, erschienen zwei fragend dreinblickende Hausmädchen.

„Marie. Wo ist mein Vater?"

„Das weiß ich nicht", antwortete die Angesprochene kleinlaut.

„Aber ich!", sagte die andere scheu. „Seine Majestät befindet sich in der Bibliothek." „Danke. Sucht Sir Liam. Er soll umgehend in die Bibliothek kommen!"

„Jawohl, Mylady." Die Mädchen entfernten sich hastig.

Mit großen Schritten steuerte Sarah die Bibliothek an. König William befand sich in ein angenehmes Gespräch mit Dr. Gregory vertieft, als sie ohne anzuklopfen ins Zimmer stürmte. Ohne Begrüßung platzte sie damit heraus, dass Lizzy verschwunden war.

„Was soll das heißen Sarah?" König William starrte sie entgeistert an.

„Was an dem Wort ‚verschwunden' verstehst du denn nicht, Dad. Sie ist weg, verschwunden, nicht auffindbar."

„Zügle dich in deiner Wortwahl Sarah und berichte bitte in chronologischer Reihenfolge. Kein Mensch versteht hier, was geschehen ist." Dr. Gregory wies Sarah ruhig an, sich zu setzen, tief durchzuatmen und sich zu sammeln. Sarah gehorchte unwillig.

„Trink das!", sagte er und reichte ihr ein Glas Whisky.

„Und nun erzähle."

Sarah stöhnte betroffen. In knappen Sätzen berichtete sie, was sich zugetragen hatte.

„Was um Himmels Willen hat euch bewogen, die Landesgrenzen allein abzureiten? Hatte ich nicht ausdrücklich befohlen, wenigstens zwei Männer als Geleitschutz mitzunehmen?", fragte der Vater zornig seine Tochter.

„Meine Güte Dad! Bisher konnten wir uns immer bestens verteidigen. Die Kerle waren keine Häscher von Corlens Castle, sondern einfach nur mieses Pack, das uns für verlockende, leicht zu erbeutende Leckerbissen hielt. Ich habe zwei von ihnen locker erledigt. Der Letze ist panisch davon gehüpft wie ein Kaninchen. Dass Lizzys Pferd durchgeht, ist doch etwas völlig anderes."

König William billigte diese Rechtfertigung in keinster Weise. Bevor er jedoch eine Tirade zum Thema Gehorsamsverweigerung an den Tag legen konnte, brachte ein Diener ein Schreiben. Unwirsch nahm er den Brief entgegen. Störungen dieser Art hasste er, wenn er doch gerade so schön in Fahrt war. Da das Schreiben den Vermerk „eilt" enthielt, unterbrach er die verbale Zurechtweisung seiner Tochter, um hastig den Brief zu öffnen.

Sarah und Dr. Gregory sahen William fragend an, als er seufzend den Brief auf den Schreibtisch warf und sich bequem in seinen Sessel zurückfallen ließ.

„Es wird keine Suchaktion stattfinden. Lizzy wird von einer Familie, deren Name im Schreiben nicht genannt wird, aufopferungsvoll gepflegt. Man hatte sie verletzt gefunden und in Sicherheit gebracht. In etwa drei Tagen wird sie mit Geleitschutz hierher zurückgebracht. Es gehe ihr den Umständen entsprechend gut. Der Verfasser des Briefes weist darauf hin, dass der Aufenthaltsort der Prinzessin nicht genannt wird, da er sich auf den Ländereien von Corlens Castle befindet. Man möge bitte den Wunsch der Familie, die Prinzessin nicht zu suchen respektieren, da man das Leben der Prinzessin, als auch dass der unbescholtenen Familie nicht gefährden will."

„Du willst allen Ernstes abwarten, Dad? Was ist, wenn das eine Falle ist? Man wird Lösegeld fordern!"

„Lies selbst den Brief und urteile neu. Den Brief hat niemand geschrieben, der böses im Sinn hat. Er hatte einen Anflug von Besorgnis. Außerdem ist der Schreiber gebildet und mit Sicherheit kein dahergelaufener Lump, der das schnelle Geld wittert."

Es klopfte und Liam trat ins Zimmer.

Mit einem Handzeichen gab ihm Dr. Gregory zu verstehen, dass er Platz nehmen sollte.

„Wir werden die vorgegebenen drei Tage abwarten. Nach Ablauf des Ultimatums können wir immer noch handeln", entschied König William unwiderruflich.

Sarah war mit dieser Entscheidung keineswegs einverstanden, wagte aber nicht zu widersprechen.

Unwillig las sie den Brief Wort für Wort nun schon das zweite Mal. Auch musste sie sich eingestehen, dass ein unüberlegtes Eingreifen vermutlich eher Schaden als Nutzen bringen würde. So beschränkte sie sich darauf Liam zu instruieren, einen Notfallplan aufzustellen, damit gegebenenfalls eine sofortige, systematisch geführte Suchaktion erfolgen konnte.

Dem hatten weder König William, noch Dr. Gregory etwas entgegenzusetzen.

Sarahs aufgewühltes Gemüt hatte sich zwischenzeitlich abgekühlt. Von Selbstvorwürfen zerfressen, suchte sie ihre privaten Räumlichkeiten auf. Die Zimmer im Schloss waren freundlich, luftig und hell eingerichtet, ganz entgegen Sarahs Geschmack. Sie bevorzugte wuchtiges, solides und dunkles Mobiliar. Von einem ihrer Fenster aus hatte sie freien Blick auf das riesige, düstere Gemäuer von Corlens Castle. Das alte Schloss, mit seiner Architektur und seiner komplizierten Bauweise faszinierte sie. In Gedanken stellte sie sich oft vor, wie sie die dunklen, verschlungenen Gänge entlangging, die großen, schweren Eichentüren öffnete und die mit dunklem Holz vertäfelten Zimmer betrat. Die Möbel stellte sie sich rustikal und schwer vor. Welche, die jeden zartbesaiteten Betrachter einschüchtern oder gar erdrücken würden.

Ihre Phantasie regten überlieferte Erzählungen an, welche sich ausschließlich mit Corlens Castle befassten.

Schnell fasste sie sich wieder und machte der Realität Platz. Grausame Szenarien sollten sich hinter den riesigen Schlossmauern abspielen. Szenarien, wie man sie nur aus dem Mittelalter kannte.

„Könnte ich doch nur diese Mörderbrut ausräuchern", schoss es Sarah durch den Kopf. Doch das Land der Corlens war riesig, die Armee König Georgs mächtig und unbezwingbar. Wenn sie doch nur einen Weg finden würde, um der Gewaltherrschaft in diesem geschundenen Land ein Ende setzen zu können. Doch wie? Es gab keine Alternativen. Lenox Castle musste weiterhin jedweder Bedrohung, Anfeindung und Provokation durch die Corlens aus dem Weg gehen, ignorieren, Ruhe bewahren und Übergriffe abwenden.

Im Moment hatte Sarah jedoch andere Sorgen. Ihre kleine Schwester war irgendwo in diesem schrecklichen Land, verletzt, verstört und allein.

„Hätte ich doch nur gesagt, sie solle sich verstecken, anstatt auf das Pferd zu steigen!"

Es brachte nichts, über derartige Fehlhandlungen ihrerseits nachzudenken.

Müde ließ sie sich schließlich auf ihr Bett fallen. Liam riss sie schließlich aus ihren düsteren Gedanken. Polternd, wie immer, war er ins Zimmer getreten. Er wollte angeln gehen. Ein völlig untypischer Zeitvertreib für einen großen, breitschultrigen Mann, der eigentlich nie genau wusste, wohin er mit seiner enormen Kraft sollte. Liam entstammte einer verarmten Adelsfamilie, was Sarah nicht hinderte, ihn zu heiraten. Für sie war er der ideale Mann, ein Brustkorb wie ein Stier, hart wie Stahl und fast emotionslos. Dafür war er mit Verstand weniger gesegnet, sodass er Sarah absolut hörig war. Nur in den seltensten Fällen begehrte er auf, korrigierte seine Frau oder gab seine Meinung zum Besten. Da er alles andere als redselig war, äußerte er seine Belange stets in kurzen, knappen, aber präzisen Worten.

Als Befehlsoberhaupt der Garde, einer Eliteeinheit von ausgewählten, königstreuen, verschwiegenen und kampferfahrenen Soldaten, war er unschlagbar. Das Kampf- und Situationstraining für Spezialeinsätze oblag Sarah. So arbeiteten Liam und Sarah überwiegend Hand in Hand.

Oberst Stelton hingegen, ein äußerst zuverlässiger und brillanter Methodiker und Stratege, befehligte das königliche Heer, das nicht sehr groß war, aber dafür um so effektiver arbeitete.

Liam legte Sarah schweigend den gewünschten, konzeptionellen Plan für die Suche Lizzys vor. Ein kurzer Blick genügte Sarah, um den Plan als genial einzustufen, sollte es zu dessen Ausführung kommen. Liam beobachtete ausdruckslos seine temperamentvolle Frau. Er sah ihr perfekt geschnittenes Gesicht, ihr blondes, wallendes Haar, ihren ebenso perfekt proportionierten Körperbau. Er liebte sie unsterblich und würde bedingungslos sein Leben für sie geben. Trotzdem sehnte er sich hin und wieder, wenn auch nur ein ganz kleines bisschen nach mehr Liebreiz, Zärtlichkeit und Einfühlungsvermögen, wie es Sarahs Schwester innehatte.

Gleichzeitig bewunderte er die Entschlossenheit, die Härte und die Intelligenz seiner angetrauten Gattin. Schwächen gab es für Sarah nicht. Nur wenn es um ihre Schwester ging, dann wurde sie butterweich.

„Zufrieden?", fragte Liam. Sarah nickte.

„Auf mich wartet Arbeit", sagte er dumpf, machte kehrt und verschwand so polternd, wie er gekommen war. Sarah sah auf die marmorne Kaminuhr, ein Hochzeitsgeschenk entfernter Verwandter Liams. Auch für sie wurde es allerhöchste Zeit ihren festgelegten Arbeiten im wirtschaftlichen Verwaltungssektor des Schlosses nachzugehen.

Der kommende Tag zeigte sich grau und bedeckt. Die Luft war feucht und unangenehm warm. Gewitterluft.

Lizzys Kopfschmerzen waren fast verebbt. Die Schwindelattacken wie fortgeblasen.

Daniel hatte ihr das Frühstück gebracht.

„Besser heute?" Aufmunternd sah er sie an. Sofort spürte Lizzy wieder die Wärme und Vertrautheit, die von ihm ausging. Erneut begann ihr Herz schneller zu schlagen.

„Ich glaube schon."

„Heute Nachmittag zeige ich dir Susans Garten, ist zwar hauptsächlich ein Gemüsegarten, aber du kommst an die frische Luft oder wie man das da draußen gerade nennt."

„Oh, nein!", dachte Lizzy aufs Neue. Wieder sah sie dieses zaghafte Lächeln in dem sonst so ernsten Gesicht. Es ließ sie innerlich dahin schmelzen. Verlegen betrachtete sie ihre Finger.

Daniel war sich seiner Wirkung auf Frauen nie bewusst geworden. Sicher hatten ihn sowohl in dieser vermaledeiten Eliteschule als auch im Schloss die Mädchen umschwärmt. Er hätte jede haben können, wenn er gewollt hätte.

Er hatte andere Prioritäten, dazu gehörte der Widerstand gegen die Gewaltherrschaft seines Vaters und seines Bruders sowie sein eigenes Überleben. Eine Frau hätte ihn nur unvorsichtig und, was viel schlimmer war, erpressbar gemacht.

Bei Lizzy war alles anders. Daniel fühlte, dass er bei diesem Mädchen seinen strickten Vorsätzen untreu werden könnte. Es zog ihn mehr und mehr zu ihr, viel mehr als er sich eingestehen wollte. Dagegen anzukämpfen, erschien ihm schon bald zwecklos. Noch siegte sein Verstand. Lizzy würde gehen und alles wäre beim Alten. Nur ein Gefühl der Leere würde zurückbleiben, weiter nichts.

Am späten Vormittag entlud sich ein kräftiges Gewitter. Es regnete sturzbachartig. Der Sturm heulte unheimlich um das Haus.

Philip und Daniel waren in der Tischlerei beschäftigt, Susan mit dem Einkochen von Erbsen. Schlecht gelaunt stiefelte das Kind durch das Haus auf der Suche nach Abwechslung. Spontan fiel ihr der Gast ein, der in Daniels Kammer untergebracht war. Vielleicht war der ja lustig und spielte mit ihr. Entgegen aller Verbote von Seiten ihrer Mutter kletterte sie unbeholfen die steile Treppe zur Dachkammer hinauf. Mühselig betätigte die Kleine die Türklinke. Dabei stellte sie sich auf Zehenspitzen, um mit den Fingerchen gerade noch so die Klinke herunter drücken zu können. Glücklich, die Tür geöffnet zu haben, platzte sie ins Zimmer. Vor dem Bett blieb sie stehen. Neugierig legte sie den Kopf schief, um die Fremde begutachten zu können.

Überrascht über den seltsamen Besuch musste Lizzy lachen.

„Nanu, wer besucht mich denn da?", begrüßte Lizzy das Kind.

„Ich wohne hier. Spielst du mit mir?", lispelte Lily keck.

Lizzy winkte das putzige Wesen zu sich ans Bett. Vertrauensselig hüpfte das Kind wie selbstverständlich auf das Bett, um sich auf Lizzys Beine zu setzen. Dann sah sie Lizzy wartend an.

Dass sich ein Kind im Haus befand, wusste Lizzy von Daniel, doch dass die Kleine so zuckersüß und putzig war, hatte er nicht erzählt.

„Also gut. Dann sage mir, was du gerne spielen möchtest!"

Die Frische des Mädchens belebte Lizzy auf seltsame Weise. Der letzte Anflug von Kopfschmerzen war verflogen.

„Kannst du mir eine Geschichte erzählen? Eine ganz tolle, schöne."

Lizzy musste lachen. Dann zog sie ganz wichtig denkend die Stirn in Falten, ohne an die blau gefärbten Reste der Beule zu denken. Ein Fehler wie sie schmerzhaft feststellen musste.

„Ich erzähle dir eine Geschichte, eine ganz alte. Die hat mir meine Schwester früher oft erzählt, wenn ich mich in der Nacht fürchtete und nicht schlafen konnte."

Die quirlige Lily saß ganz ruhig da, hatte ihre kleinen Hände in den Schoss gelegt und wartete nun gespannt mit offenem Mund.

„Es war einmal ein kleines Raupenkind. Das hatte immer furchtbare Angst, wenn es draußen dunkel wurde und die Nacht hereinbrach. Bei Tage war es lustig und froh. Ausgelassen spielte es mit den anderen Kindern auf der bunten Blumenwiese. Doch sobald es zu dunkeln begann, versteckte sich das Raupenkind in einer kleinen Steinhöhle aus Kieseln. Dort saß es zitternd und bibbernd und erschrak fürchterlich, bei jedem noch so kleinen Geräusch, das aus der Dunkelheit kam. Es meinte Gespenster und Unholde zu hören und Bestien zu sehen.

Erst wenn der Morgen graute, schlief das Raupenkind ein. Die anderen Raupenkinder verlachten es sehr und schimpften es „Angsthase". Dann weinte es bittere Tränen. Schließlich spielte es mit den anderen Kindern nicht mehr und zog sich zurück. Traurig saß es nun auch bei Tage in seiner Schlafhöhle, bemitleidete sich, weinte und bemitleidete sich wieder.

Eines Tages wurde es sehr, sehr müde. Obwohl draußen der herrlichste Sonnenschein herrschte, kroch es ganz, ganz tief in seinen Unterschlupf, wickelte sich in warmes Blattwerk und schlief ein.

Als es wieder erwachte, war draußen finsterste Nacht. Verschlafen zwängte es sich aus der viel zu klein gewordenen Höhle hinaus in die Dunkelheit.

Es reckte und streckte seine Glieder im Mondschein.

„Nanu", dachte es unvermittelt, „ich habe ja gar keine Angst mehr!"

Da merkte das Raupenkind, dass es kein Raupenkind mehr war. Es war zum Nachtfalter geworden. Flugs richtete der Falter seine Flügel, spannte sie straff, um schließlich in die Nacht zu fliegen. Da gab es so viel zu entdecken. Eine Spinnenfamilie machte einen Ausflug mit den lieben Kinderchen, ein dicker Käfer baute unbeholfen an seinem Haus, vier Schnecken lieferten sich ein Wettrennen und eine grobschlächtige Alte schallt wütend ihren Enkel an, welcher mit seinen Spielgefährten die frisch aufgehängte Wäsche mit Matsch beworfen hatte.

Nun wusste der Falter, dass es keinen Grund zur Angst gab, wenn die Nacht hereinbrach. Es gab keine Gespenster. Nur Nachttiere, die in der Dunkelheit lebten, wie anderes Getier am Tage. Er musste furchtbar über seine Dummheit lachen.

Gut gelaunt und zufrieden flog der Nachtfalter zu den anderen Nachtfaltern, die ein großes Fest feierten, mitten in der Nacht, mitten in der Dunkelheit …"

Niemand hatte gemerkt, dass Daniel irgendwann leise ins Zimmer getreten war. Schweigend war er an der Tür stehen geblieben, um Lizzys sanfter Stimme zu lauschen. Erst als Lizzy ihre Geschichte beendet hatte, bemerkten sie den Eindringling. Verlegen und mit hochrotem Kopf sah Lizzy zu ihm auf. Seine Gesichtszüge waren wie fast immer ernst, unergründlich, geheimnisumwittert.

Lily durchbrach unbewusst die peinliche Stille.

„Ich habe manchmal auch ganz dolle Angst in der Nacht", sagte sie wichtig, was sie durch ein kräftiges Kopfnicken nachdrücklich unterstrich.

„Du solltest lieber vor deiner Mutter Angst haben, du Ausreißer. Wir suchen dich schon eine ganze Weile", sagte Daniel weich. Lily klettere langsam vom Bett.

„Ich war doch bei Tante Lisi. Jawohl! Schimpft Mum?"

Daniel holte tief Luft, bevor er matt lächelnd antwortet.

„Ich glaube schon. Du hattest Verbot hier herauf zu stolpern."

Lizzy sah in Liliys schuldbewusstes Gesicht.

„Es hat mir nichts ausgemacht, wirklich nicht!", beteuerte Lizzy, das Kind in Schutz nehmend.

„Ich war sogar ganz froh darüber, mir war auch langweilig …"

Daniel nahm Lily auf den Arm. Die schlug beide Ärmchen um seinen Hals, während sie ihr Köpfchen in vertrauter Geste auf seine Schulter legte.

„Willst du mit uns unten essen? Susan meinte, sie könne es verantworten, dass du aufstehst", fragte er vorsichtig.

Lizzy nickte freudig.

„Ich bin in fünf Minuten unten."

Um nicht schon wieder rot zu werden, versuchte sie seinen Blick zu meiden, der fest auf ihr zu kleben schien.

„Warum war er nur so ernst?", dachte sie still, als er gegangen war. Dann eilte sie sich, dass sie zum Essen kam.

Das Gewitter hatte sich verzogen, der Himmel war aufgerissen und die Sonne breitete ihre Strahlen über das Land. Die Luft war nun klar und frisch.

Daniel führte Lizzy durch den großen, gepflegten Garten. Lizzy bewunderte die sauberen Beete, die hohen Apfelbäume und die kleine Blumenrabatte. Etwas unsicher sagte Lizzy:

„Mir ist, als ob wir uns schon ganz lange kennen. Du bist mir so unendlich vertraut."

Daniel seufzte hilflos bei ihren sanften, warmherzigen Worten, erwiderte aber nichts. Noch vertraute er seinem Selbstschutz.

„Ich muss morgen zurück. Sehen wir uns vielleicht wieder?", fragte sie verlegen, auf ihre Schuhspitzen schauend.

Daniel rang mit sich.

„Ich weiß nicht, ob das eine gute Idee ist. Du Prinzessin, ich Tischler? Schlechte Konstellation, oder?"

Lizzy sah ihm fest in die Augen.

„Bei uns gibt es keine Standesunterschiede in der Partnerwahl."

Daniel schüttelte abwehrend den Kopf. Lizzy verstand diese Geste falsch und bezog sie auf ihr Äußeres.

Gekränkt sah sie zu Boden. Wie konnte sie sich auch einbilden, dass ein Mann mit so einem Aussehen, so eine kleine graue und tollpatschige Maus, wie sie es war, lieben konnte? Während sie ihren düsteren Gedanken nachging, nahm er plötzlich ihr Gesicht in seine Hände, um ihr tief in die Augen sehen zu können. Leise, fast traurig sagte er:

„Mich umgibt ein dunkles Geheimnis, das nur Susan und Philip kennen. Jeder der es kennt, riskiert sein Leben und das anderer Menschen."

„Hast du jemanden umgebracht?", fragte sie bestürzt.

„Nein, nicht so etwas. Ich habe einfach nicht das getan, was man von mir erwartete. Ein Mord wäre da geradezu als banal zu bezeichnen."

„Du bist nicht der, der du bist, stimmt's? Aber ich will dich nicht in Verlegenheit bringen oder dich gar diskreditieren. Ich will einfach nur dich und ich weiß nicht wieso, aber ich vertraue dir." Daniel sah tief Luft holend an ihr vorbei. Lizzy legte nun allen Mut und vollste Zuversicht in ihre zitternde Stimme.

„Ich habe mich, glaube ich, unsterblich in dich verliebt."

Daniel führte einen erbitterten Kampf mit sich und seinem Gewissen. Er startete einen letzten Versuch, um sie von ihm abzuhalten.

„Lizzy. Es ist lebensgefährlich für dich, wenn du dich mit mir abgibst. Glaub es mir. Ich kann das nicht verantworten", sagte er schroffer, als beabsichtigt. Alle Bitterkeit hatte er in diesen einen Satz gelegt. Doch leise, fast lautlos fügte er hinzu:

„Dafür liebe ich dich viel zu sehr, als dass ich dich in Gefahr bringen könnte."

„Das ist mir egal!", sprudelte es aus ihr heraus.

Lizzy fühlte, was in ihm vorging. Daniel sah in ihre treuen, von Tränen gefüllten Augen, die ihn flehend und angstvoll ansahen. Das Herz siegte über den Verstand und alle gutgemeinten Vorsätze.

Ohne weitere Überlegungen nahm er sie entschlossen in die kraftvollen Arme und kam nicht umhin, sie zu küssen. Lizzy sah selig zu ihm auf. Ihre Augen leuchteten wie Diamanten in der Sonne vor lauter Glück. Daniel schluckte. Er sah aus, als hätte er gerade ein Verbrechen begangen.

„Wir sehen uns wieder, aber nicht hier. Das ist zu gefährlich für Philip und seiner Familie. Ich lasse mir etwas einfallen. Versprochen.“

Er drückte sie fest an sich, so fest, als müsse er befürchten, dass der Erdboden sie jeden Moment verschlucken könnte, wenn er sie losließ.

Am nächsten Morgen war Lizzy soweit wieder genesen, dass man es riskieren konnte, sie nach Hause zu bringen. Philip und Daniel begleiteten sie. Lily war mit Lizzys Heimreise so gar nicht einverstanden, büßte sie doch eine treue Spielgefährtin ein, die noch dazu lustige Geschichten erzählte konnte.

„Ich will aber nicht, dass du zu deinem Daddy gehst, du musst hierbleiben bei Lily", maulte sie und sah ihre neu gefundene Freundin vorwurfsvoll an.

„Sieh mal, mein Dad macht sich doch Sorgen um mich. Genauso sorgen sich deine Eltern um dich, wenn du einfach ohne zu fragen ins Dorf läufst, um mit den Kindern zu spielen."

Lizzy war in Hocke gegangen, um mit Lily auf Augenhöhe zu sein.

„Versprich mir, dass du schön lieb bist, wenn ich weg bin. Vielleicht kann ich ja mal kommen und dich besuchen, wenn deine Eltern nichts dagegen haben."

„Oh fein", schniefte die Kleine zwischen Tränen und Lachen.

Auch von Susan verabschiedete sie sich herzlich. Sie dankte ihr für die Fürsorge und die Wärme, die man ihr in diesem Haus entgegengebracht hatte. Obwohl Lizzy nur drei Nächte bei den Hendersons verbracht hatte, waren ihr die Bewohner in dieser kurzen Zeit zutiefst vertraut geworden.

Auf dem Rückweg wurde kaum ein Wort gesprochen. Kurz vor dem Schloss, als man keine Gefahr mehr für das Mädchen sah, verabschiedeten sie sich. Lizzy sah bedrückt und gequält aus, während Daniel ihr mit unergründlichem Gesichtsausdruck wortlos die Hand zum Abschied reichte.

Wohlwollend verabschiedete sich auch Philip. Ohne sich noch einmal umzusehen, gab Lizzy dem Pferd die Sporen, damit keiner von beiden ihre Tränen sah.

Erst nachdem Lizzy die schützenden Schlossmauern passiert hatte, wendeten die beiden Freunde ihre Pferde, um zurück zur Tischlerei zu reiten, wo mehr als genug Arbeit auf sie wartete.

„Du weißt, was du da tust?", fragte Philip von der Seite und sah Daniel ernst an.

„Nein, das weiß ich ausnahmsweise mal nicht", antwortete der Angesprochene kurz angebunden.

Philip hatte die bedrückte Stimmung seines Gegenübers erfasst und respektierte sie, ohne weiter Fragen zu stellen. Schweigend ritten sie nebeneinander her, jeder mit seinen eigenen Gedanken beschäftigt.

Es war spät geworden an diesem Abend. Die Kirchturmuhr im Dorf verkündete mit dumpfem Glockenschlag die elfte Nachtstunde.

„Hast du gewusst, was zwischen Daniel und der Prinzessin läuft?", fragte Philip seine Frau neugierig.

„Aber ja doch. Das war doch wohl kaum zu übersehen, zumindest wenn man genauer hinsah."

Philip zog sich die Bettdecke bis unter das Kinn.

„Deine Beobachtungsgabe möchte ich haben", seufzte er schwer.

„Ich habe das erst gerafft, als die sich verabschiedeten oder besser als ich sah, wie sie es taten."

Susan rollte sich auf die Seite, um ihrem Mann ins Gesicht sehen zu können.

„Wie, wie?", fragte Susan unverblümt.

Er zögerte, als suche er nach den passenden Worten.

„Na eben zu nüchtern, kalt wie Hundeschnauze oder wie man das so nennt", stammelte er.

„Ich fragte ihn, ob er weiß, was er da macht und der sagt einfach so ‚Nein'."

Susan drehte sich lachend wieder auf den Rücken. Nach einer kurzen Pause sagte sie wieder ernst werdend:

„Er wird die Konsequenzen, die sich daraus ergeben genau abgewogen haben und entsprechend handeln. Er weiß doch, was auf dem Spiel steht."

„Aber irgendwann muss er ihr sagen, wer er ist und was wir, speziell ich, hier so treiben", sprudelte es aus Philip zweifelnd hervor.

„Er wird keinen von uns in irgendeine Gefahr bringen, schon Lilys wegen nicht. Und wenn er ihr die Wahrheit über sich sagt, dann auch nur, wenn er zu hundert Prozent sicher ist, dass er ihr vertrauen kann. Und Daniel vertraut in der Regel niemandem, außer uns und sich selbst. Soweit müsstest du ihn doch wohl kennen."

Sie löschte das Licht.

„Ich mache mir aber Sorgen. Von allem was kommen konnte, kommt natürlich das Schlimmste in Form von Prinzessin Elizabeth von Lenox Castle. Ich glaube es einfach nicht ..."

„Es wird sich alles fügen. Vertraue deinem Freund, wie du es immer getan hast. Und nun schlafe endlich und freue dich, dass du in dieser Nacht im warmen Bett bist und nicht im kalten, verräucherten Kellern bei den Widerständlern." Damit war für sie das Gespräch beendet. Brüsk wand sie ihrem Gatten den Rücken zu, um endlich zu schlafen.

Lizzy wurde im Schloss aufgeregt empfangen. Sie wurde von ihrem Vater, als auch von Sarah mit Fragen überschüttet.

„Ich sage nicht, wo ich mich aufhielt. Die Menschen dort waren alle so gut zu mir. Nie würde ich es auch nur ansatzweise wagen, den Leuten in irgendeiner Form Ärger zu bereiten. Es bringt nichts, mich weiter nach ihnen auszufragen", sagte sie entschieden, vor Selbstbewusstsein strotzend.

„Das Pferd ging durch, ein Ast war meinem Kopf im Weg, fertig. Mir geht es gut, ich bin unversehrt und wohlbehalten wieder hier. Jetzt lasst mich bitte ausruhen, ich möchte allein sein."

Ohne ein weiteres Wort drehte sie sich um und ging aus dem Arbeitszimmer ihres Vaters, um sich in ihren eigenen Räumlichkeiten zu verkriechen.

König William und Sarah sahen sich verblüfft an. So sicher und selbstbewusst in ihrem Auftreten hatten sie Lizzy noch nie erlebt.

„Na gut", schnaufte William ratlos.

„Dr. Gregory werde ich ihr aber doch nachschicken. Ich muss ganz sicher gehen, dass es meiner Kleinen wirklich gut geht."

Gregory untersuchte seine etwas widerwillige Patientin akribisch und kam zu dem Schluss, dass Lizzy nur noch etwas Ruhe bedurfte, ihr ansonsten aber nichts fehlte.

Im Kellergewölbe, unter der „Alten Schenke" waren die Mitglieder der Widerstandsgruppe versammelt. Unter ihnen befanden sich, kampferfahrene und unerschrockene Männer jeder Altersgruppe und aus allen Gesellschaftsschichten.

Sie alle verfolgten nur ein Ziel: „Der Herrschaft des Königs mit aller Härte die Stirn zu bieten". Jeder Einzelne von ihnen hoffte, dass man den Herrscher irgendwann stürzen und dem jungen Thronfolger den Weg für die Regentschaft ebnen zu können. Auch wenn niemand wusste, wo er untergetaucht war. Alle Hoffnung war auf den Kronprinzen gesetzt, er würde wieder Wohlstand, Freiheit und Gerechtigkeit über das Land und seine Bewohner bringen.

„Ich habe beunruhigende Nachrichten. Im Schloss vermutet man einen Spitzel, welcher interne Informationen über die Aktivitäten des Königshauses in Bezug auf Geldbeschaffungsmaßnahmen nach außen an die Rebellen weitergibt. Man versucht mit allen Mitteln, meinen Informanten zu enttarnen. Er ist somit gezwungen, seine Aktivitäten im Schloss auf ein Mindestmaß zu reduzieren. Gleichzeitig plant man, eine vertrauliche Mitteilung mit einer Falle zu garnieren, um aus dem Hinterhalt die Rebellen, also uns, zu stellen, zu verhaften und natürlich unschädlich zu machen."

Philip fuhr mit schneidender Stimme fort:

„Wir werden deshalb unseren Tatendrang auf eher zufällig eintretende Ereignisse beschränken müssen. Und auch hierbei sei allerhöchste Vorsicht geboten."

Ein mürrisches Raunen zog sich durch den Raum.

„Also Däumchen drehen und zusehen, wie Oma Agatha aus dem Bett gezerrt, ihr von den Schergen des Königs das letzte Huhn geklaut und ihr noch das Dach über dem Kopf angezündet wird."

„Ach so!", fuhr Lord Milton mit sarkastischem Unterton auf.

„Und mich macht man einen Kopf kürzer, weil ich in eben diese Falle, trotz Warnung blindlings reingelatscht bin, um Oma zu helfen. Tolle Aussichten."

„Wir können im Moment nichts anderes machen. Kommen wir gerade dazu, wenn Oma Agathas Huhn geklaut wird, sind wir da und helfen. Wenn nicht, hat sie Pech gehabt, die Gute, leider. Aber nach Plan vorgehen …? Nicht mit mir, nicht nach der Warnung", sagte der Besitzer der Glashütte mit schneidender Stimme. Ein anderer höhnte:

„Du hast ja auch deine Schäfchen im Trockenen!"

Philip fuhr dazwischen.

„Was nützt es, wenn auch nur einer von uns in Gefangenschaft gerät oder was viel schlimmer ist, getötet wird, nur weil wir unbesonnen vorgehen. Ihr wisst alle, dass die Herrschaften auf dem Schloss mittelalterliche Verhörmethoden anwenden, um jemanden zum Reden zu bringen.

Ich möchte den sehen, der da nicht seine alles geliebte Großmutter verrät. Kurz und gut: ‚Haben die Einen von uns, sind wir alle dran, einschließlich unserer Familien.'"

Philip spuckte fast vor Zorn. Mit Nachdruck fügte er hinzu:

„Wir sollten abwarten, bis ich bessere Nachrichten erhalte."

Es wurde nun auf einem weniger aggressiven Niveau debattiert. Letztendlich akzeptierte man Philips Vorschlag einstimmig.

„Wir sollten uns jetzt besser um den Ersatz für Livington kümmern. Sein Tod liegt nun schon fast vier Wochen zurück", gab Lord Milton zu bedenken.

„Na, finde mal jemanden auf die Schnelle, der für unsere Sache den Kopf riskiert und noch dazu verschwiegen ist wie ein Grab", polterte der kleine, aber athletische Müllerssohn los. Ein anderer rief mit dreister Stimme:

„Wie sieht es denn mit deinem Angestellten aus Philip? Der hat keine Familie und scheint gut durchtrainiert zu sein."

Philip seufzte schwer, bevor er antwortete:

„Gib dem eine Waffe in die Hand und du musst aufpassen, dass er sich nicht selbst verletzt. So etwas hat mir gerade noch gefehlt", log Philip unverblümt bedauernd. Allgemeines Gelächter folgte.

„Mein Schwager ist ein stiller Aufrührer, er kann gut mit Schwert und Degen umgehen. Soll ich dem mal diskret auf den Zahn fühlen?", fragte der Besitzer der Schusterwerkstatt.

„Einen Versuch ist es wert", erwiderte Philip. Man diskutierte noch über dieses und jenes. Mitternacht war lange vorbei, als einer nach dem anderen die Schenke in teils sturzbetrunkenem Zustand oder teils griesgrämig verlies. Die Tarnung verlief wie immer perfekt.

Beunruhigt steuerte Sarah an einem frühen Abend das Schlafzimmer ihrer Schwester an.

Lizzys Veränderung bereitete ihr Sorgen. Sicher ging sie präzise ihren Pflichten im Schloss nach, doch wirkte sie oft abwesend, dann wieder traurig oder sie starrte mit entrücktem Lächeln zum Fenster hinaus. Irgendetwas hatte Lizzy verändert, irgendetwas hatte sich zugetragen, dass mit dem Verschwinden ihrer Schwester zu tun hatte. Hatte man ihr vielleicht doch Gewalt angetan, sie bedroht und zur Verschwiegenheit genötigt?

Tausend wirre Fragen gingen ihr seit Tagen durch den Kopf, die sie nicht ruhen ließen und deren Beantwortung sie sich heute von Lizzy erhoffte.

Wie von Sarah erwartet, saß Lizzy schon im Bett, versunken in ihrer Einschlaflektüre.

„Ist es schon zu spät zum ‚Schwesternkuscheln'?", fragte Sarah gespielt übermütig.

„Rutsch rein ins Bett", erwiderte die Angesprochene lächelnd. Sarah streifte ihre Reitstiefel ab und schlüpfte grazil unter die dünne Daunendecke.

„Wir hatten schon lange keinen gemütlichen Schwesternabend mehr, findest du nicht?"

Sarah begann mit leichter Konversation.

„Schon lange nicht mehr." Lizzy griff nach dem Glas Rotwein auf ihrem Nachttisch. Sie trank einen Schluck und reichte das Glas schweigend an ihre Schwester weiter.

„Der Wein ist verdammt gut. Aus Dad's heimlichen Vorräten?"

„Ertappt. Habe ich gestern mitgehen lassen, als ich die Weinbestände geprüft hatte, um die Neubestellungen an den Verwalter weitergeben zu können."

Nach Minuten des Schweigens entschloss sich Sarah den direkten Weg einzuschlagen und konform zu gehen.

„Was ist mit dir los? Du bist völlig verändert, seit du wieder hier bist", fragte Sarah forsch.

Lizzy schnaubte kurz durch die Nase. Sie ließ sich Zeit mit der Beantwortung der Frage.

„Gar nichts ist los, alles ist in bester Ordnung, wie immer."

„Nichts ist in Ordnung, kleine Schwester. Hat man dir etwas getan? Setzt man dich unter Druck? Droht man dir? Rede endlich mit mir!", donnerte Sarah gereizt heraus.

Lizzy indes lächelte nur in sich gekehrt.

„Ich habe mich nur unsterblich verliebt, das ist alles."

Sarah starrte sie mit offenem Mund an.

„Mach den Mund wieder zu, es ist passiert und du kannst es nicht rückgängig machen."

Lizzy lächelte matt.

„In wen und wo und wie?"

„In den, der mich gefunden und mir geholfen hat."

„Der den Brief geschrieben hat? Der weiß, dass du eine Prinzessin bist. Der versucht doch nur, das für sich profitbringend auszunutzen." Sarah war schockiert.

„Wie kannst du nur auf so etwas reinfallen, Lizzy?"

Die Angeredete blieb ruhig und gelassen.

„Du kennst ihn nicht, auch nicht die Familie, bei der er wohnt und arbeitet. Sie waren alle so herzlich und besorgt um mich."

Abrupt änderte sie ihre Tonlage, während sie ihr Gesicht ihrer Schwester zudrehte.

„Hat irgendjemand Geld gefordert? Ja?", begehrte sie wütend auf.

Sarah schwieg.

„Hat irgendjemand, irgendetwas für mich gefordert? Die Antwort ist ein klares Nein. Höre auf mit deinen lächerlichen Verdächtigungen. Ich bin zwar etwas jünger als du und habe keine Erfahrungen mit Männern, doch besitze ich so viel Weitsicht um einschätzen zu können, wer es darauf anlegt, meinen Status als Prinzessin auszunutzen."

Sarah schwieg noch immer. Für Einwände fehlten ihr im Moment einfach die Worte.

Lizzy atmete heftig vor Erregung. Krampfhaft versuchte sie sich zu beruhigen.

Nach einigen peinlichen Minuten sagte Sarah kleinlaut:

„Aber ich habe mir einfach nur fürchterliche Sorgen um dich gemacht, kleine Schwester. Du wirkst immer so zerbrechlich und zart. Ich will dich beschützen, eben weil du in vielen Sachen noch unerfahren bist."

„Das brauchst du aber nicht. Daniel ist ein einfacher Möbeltischler, kommt aus simplen Verhältnissen, geht sträflich und korrekt seiner Arbeit nach und hilft seinen Wirtsleuten, wo er kann. Er ist ein Mensch, kein Monster oder Verbrecher."

„Du triffst ihn heimlich?", fragte Sarah vorsichtig.

„Ja", kam es kurz und knapp zurück. Auch wenn Sarah die Situation als keinesfalls gut einschätzte, so antwortete sie von sich selbst überrascht:

„Nimm bitte in Zukunft immer zwei Wachen als Geleitschutz mit. Du kannst sie ja in angemessener Entfernung auf dich warten lassen. Bitte versprich mir das!"

„Mache ich, versprochen. Weißt du, was komisch ist? Daniel hatte mir zu dieser Maßnahme auch schon geraten. Der ist um mich mindestens genauso besorgt, wie du es bist." Lizzy lachte gepresst. Für sie war das Thema hier beendet.

Es war fast Mitternacht, als Sarah ihr Schlafzimmer aufsuchte. Liam spielte mit Oberst Stelton und Dr. Gregory Karten. Das konnte mitunter die ganze Nacht in Anspruch nehmen.

So war sie allein und konnte das eben gehörte in Ruhe verdauen und ihren eigenen Gedanken störungsfrei nachgehen. Noch immer nicht so recht zufrieden krabbelte sie schließlich ins Bett. Die Zweifel an diesem Tischler waren ihr keineswegs genommen. Vielleicht steckte doch Eigennutz hinter dem Handeln dieses Mannes.

War es nicht kinderleicht, bei so einem Stelldichein Lizzy kurzer Hand zu kidnappen und später Lösegeld zu fordern? Der Hinweis von ihm, sie möge in Begleitung reiten, war vielleicht nur gezielt gesetzt, um zu erfahren, wie bewacht Lizzy auf ihren heimlichen Ausritten tatsächlich war.

Sarah hatte Lizzy versprechen müssen, ihr nicht zu folgen bzw. sie verfolgen zu lassen. Irgendetwas musste sie aber doch tun. Aber was! Es würde sinnlos sein, nach einem jungen Tischler suchen zu lassen, der bei irgendwelchen Leuten wohnte. Das konnte überall sein, ging es ihr durch den Kopf.

Ihr Vater legte keinen Wert auf Konventionen und ließ seinen Töchtern die freie Partnerwahl insofern, dass nicht irgendwelche miesen Machenschaften von den gewählten Partnern ausgingen. Trotzdem würde sie mit ihm reden müssen. Gewiss würde es sich einrichten lassen, dass Lizzys heimliche Liebschaft ins Schloss eingeladen würde. Nur so hatte sie die Möglichkeit, dem Tischler gehörig auf die Finger schauen zu können, gegebenenfalls seine Absichten zu ergründen. Selbstzufrieden mit dieser Lösung fand Sarah endlich Schlaf.

Daniel hatte zutiefst gehofft, Lizzy würde nicht beim ersten vereinbarten Treffpunkt erscheinen, nicht um seinetwillen, sondern um ihretwillen.

Wozu eine Liebe festigen, die niemals sein durfte. Vielleicht hatte der Abstand zu ihm in den wenigen Tagen gereicht, sie zu Sinnen zu bringen. Würde sie nicht erscheinen, würde er aufatmend in die Tischlerei zurückkehren, sich noch eine Zeit lang quälen und sie, so hoffte er, irgendwann vergessen. Doch Lizzy kam und sie kam immer wieder, trotz seiner Einwende und Vorbehalte. Je öfter sie sich trafen, desto mehr schweißte es sie zusammen.

Daniel machte sich Vorwürfe, dass er nicht die Kraft besaß, diesem natürlichen, treuherzigen Mädchen zu widerstehen. Er hatte alles versucht, sie von der Sinnlosigkeit ihrer verbotenen Liebe zu überzeugen, doch sie blieb ungerührt und fest in ihren Absichten.

Irgendwann würde einer von beiden dafür bezahlen müssen. Da war sich Daniel sicher. Die Sorge um Lizzy schwächte sich auch nicht ab, als er erfuhr, dass sie von zwei bewaffneten Wachen begleitet wurde, welche sich in gebührendem Abstand zu ihnen aufhielten.

Die kleine Ruine des alten Fischerhäuschens am Green Lake bot einigermaßen Schutz vor neugierigen Blicken. Kaum einer wagte sich hierher, da die Sage umging, dass ein furchtbar armer Fischer, der hier aus Verzweiflung Frau und Kinder ermordete und sich selbst erschoss, als blutrünstiges Gespenst umherging. Stunden lang saßen Lizzy und Daniel dicht nebeneinander gedrängt, verborgen in der von Efeu eingewachsenen Ruine, fernab von der Außenwelt, gehüllt in Glück und Seligkeit.

Seit einiger Zeit forderte Lizzy Daniel immer wieder auf, mit auf das Schloss zu kommen, um der Heimlichtuerei ein Ende setzen zu können. Bisher hatte er es geschafft, ihr diese eingehende Bitte unter fadenscheinigen Ausreden abzuschlagen. Doch Lizzy drängte ihn immer mehr in die Enge.

„Dad interessiert es nicht, ob du adlig bist oder vom einfachen Volk abstammst. Er will nur das Beste für mich und das sind nach seiner Meinung Liebe, Vertrauen, Treue und Respekt. Konventionen sind für ihn unwichtig." Sie sah ihm tief in die Augen.

„Sieh mal, Sarah hat auch einen Mann von weit unter unserem Stand geheiratet. Liam stammt zwar vom Adel ab, aber seine Familie ist völlig verarmt. Mache dir doch nicht solche Sorgen, Dad lädt dich herzlich ein, soll ich dir sagen." Lizzys Gesicht strahlte vor Offenheit.

Daniel schluckte, bevor er in sachlichem Ton antwortete.

„Der Stand interessiert mich auch nicht Lizzy, dem entspreche ich leider voll und ganz. Es ist eher meine Herkunft, die mich zwingt, die Einladung deines Vaters rigoros abzulehnen."

Lizzy sah ihn verblüfft an.

„Was für einen Stand? Earl, Peer, Duke?" Sie lachte unbekümmert. Daniel lachte mit, doch es war kein herzliches Lachen, es war Bitterkeit. Lizzy sah ihn irritiert an.

„Es ist viel schlimmer", erwiderte er leise, mehr zu sich selbst.

„Wie viel schlimmer geht es denn noch?", scherzte sie mit klopfendem Herzen.

Daniel stöhnte gequält.

„Lizzy, dein Vater würde mich vierteilen, nachdem er mich ertränkt und erschossen hat, meine Einzelteile fest verschnüren und triumphierend nach Corlens Castle schicken."

„Verdammt Daniel. So schlimm kann es doch wohl nicht sein. Dad ist der liebste und verständnisvollste Mensch, den ich kenne. Er wäre zu so etwas niemals fähig. Außerdem gibt es doch gar keinen Grund dafür."

Sanft nahm sie seine Hand, doch er entzog sie Lizzy gröber, als er eigentlich gewollt hatte.

„Es geht hier nicht nur um mich. Ich verrate auch die Hendersons."

Lizzy standen die Tränen in den Augen. Nach kurzem Schweigen entschied er sich, ihr die Wahrheit zu sagen. Es würde ein schmerzliches, aber schnelles Ende ihrer Beziehung sein. Hatte er sich in Lizzy getäuscht, so bestand nur ein minimales Risiko bei einem Verrat. Die Tischlerei würde sie nicht wiederfinden, dazu waren Philip und er mit Lizzy zu viele Umwege geritten. Mit todernster Miene wand er sich ihr zu und sah in ihr tränennasses, trauriges Gesicht.

„Ich bin Kronprinz Daniel Alexander", kam es leise und gepresst aus seinem Mund.

Lizzy blickte ungläubig auf, doch er hatte sein Gesicht betreten abgewendet.

„Das ist ein Scherz, oder?"

„Siehst du mich lachen?", antwortete er forsch und sah ihr fest in die Augen.

„Die Schergen des Königs suchen mich wegen Hochverrats. Man jagt mich, versucht mich zu erpressen und man tötet jeden, der auch nur in meiner Nähe gesichtet wird."

Kalt und abweisend fügte er hinzu:

„Jetzt kennst du mein grässliches Geheimnis und hast mich in der Hand. Steig auf dein Pferd und reite nach Haus. Es war falsch von mir, dich und andere in unnötige Gefahr zu bringen." Er stockte kurz.

„Und rufe nicht nach den Wachen, du müsstest sonst ohne sie zurückreiten."

Lizzy hatte ihn noch nie so voller Bitterkeit erlebt. Die Kälte in seiner Stimme drang bis in ihre Knochen und sie begann zu frösteln. Ihr war beklommen ums Herz. Enttäuschung und Fassungslosigkeit nahmen von ihr Besitz. Hilfesuchend sah sie ihn an. Er ignorierte ihre verständnislosen Blicke, auch wenn ihm selbst das Herz immer schwerer wurde. Lizzy musste einsehen, dass es im Moment besser war, zu schweigen und sich vorerst zu fügen. Von Kummer geplagt, bestieg sie ihr Pferd. Als er keine Anstalten machte, sie zurückzuhalten, gab sie dem Pferd die Sporen und ritt davon.

Die Heimreise gab ihr die Gelegenheit, über das Gesagte nachzudenken. Ausgerechnet in den Sohn ihres ärgsten Feindes hatte sie sich verliebt. Hatte Sarah am Ende doch Recht? War sie so naiv? War sie so eine dumme Gans? Wie konnte sie sich nur so getäuscht haben? Daniel schien so normal, er hatte sich dem einfachen Leben in dieser wunderbaren Familie perfekt angepasst. Er arbeitete, hatte sich einen respektablen Beruf zugelegt, den er beherrschte und den er liebte. Abrupt fiel ihr die Familienchronik der Corlens ein.

Wie sie Geschichtsunterricht gehasst hatte. Nun rief sie in ihrem Kopf alles auf, was ihr ihr alter, längst verstorbener Lehrer über die Corlens beigebracht hatte. Unwillkürlich musste sie schmunzeln, als sie daran dachte, dass Daniel es überhaupt nicht nötig hatte, zu arbeiten, dass er mit hoher Intelligenz beschenkt war, eine Eliteausbildung besaß und eigentlich Dank seines perfekten Aussehens jede Frau hätte haben können.

Trotzdem hatte er das Leben unter einfachen Menschen gewählt. Hatte sie sich nicht ursprünglich in den Tischlerangestellten Daniel verliebt?

Je mehr Lizzy grübelte, desto entschlossener wurde sie.

„Ich habe keine Angst, ich liebe dich und das werde ich dir beweisen, egal was für Konsequenzen für mich damit verbunden sind", dachte sie entschlossen und zufrieden mit sich selbst.

Daniel war in den folgenden Tagen recht schweigsam. Susan runzelte jedes Mal mitleidig die Stirn, wenn sie seinen starren Gesichtsausdruck sah. Insgeheim ahnte sie, dass er die seltsame Verbindung mit Lizzy beendet hatte und nun still vor sich hin litt.

Es waren keine drei Tage vergangen, als Lily in die Tischlerei gewuselt kam mit einer neuen, hübschen Puppe auf dem Arm. Stolz wollte sie ihrem konzentriert arbeitenden Vater das neue Spielzeug präsentieren.

Der hatte nur einen kurzen, beiläufigen Blick für das Püppchen. Enttäuscht drückte sie die Puppe fest an sich. Energisch stellte sie sich zu Daniel, um ihm das Geschenk unter die Nase zu halten. Auch hier hatte sie wenig Erfolg, da dieser eine Zeichnung mit dazugehörigen Berechnungen für einen Schreibtisch eines exzentrischen Kunden anfertigte.

Lily sah schmollend zu Boden.

„Dann gehe ich eben wieder zu Mum und Tante Lisi in die Küche. Ihr seid alle beide blöd, so!"

Lizzy saß in der Tat bei Susan in der Küche. Bei einer Tasse Tee erfuhr Susan, was zwischen den beiden vorgefallen war und dass Lizzy keinesfalls gewillt war, sich durch Daniels Aussagen abschrecken zu lassen. Die Frauen redeten eine ganze Weile vertrauter als sonst miteinander, wobei Susan ihre anfängliche Scheu gegenüber der treuherzigen Lizzy nun ganz und gar verlor. Nach diesem Gespräch waren sie nicht nur Verbündete, sondern wurden zu Freundinnen.

„Wie hast du uns eigentlich gefunden?"

„Ach weißt du, als die beiden mich damals zurück zum Schloss brachten, haben sie hübsche kleine Umwege gemacht. Aber ich besitze einen ausgeprägten Orientierungssinn. Außerdem waren die Menschen hier in der Gegend recht auskunftsfreudig auf meine Frage, nach einer Möbeltischlerei hier in der Nähe."

Lily kam hereingesaust, um sich freudestrahlend neben Lizzy zu setzen. Die beiden Frauen unterbrachen ihr Gespräch lachend.

„Du bist ja schon wieder da?", fragte Susan ihre aufgeweckte Tochter.

„Die sind beide doof. Immer nur arbeiten. Meine schicke Puppe haben die gar nicht richtig angesehen …" Empört schlug sie die Fäustchen auf den Tisch.

„Du sollst nicht doof sagen, Lily. Wie oft soll ich dir das noch sagen?" Susan sah die Kleine böse an. Lily zog eine Schippe, dann kuschelte sie sich verschwörerisch blickend an Lizzy.

„Tante Lizzy hilft dir auch nicht, wenn ich mit dir schimpfen muss."

Die Kleine ließ sich nicht beeindrucken. Stattdessen fragte sie Lizzy:

„Spielst du mit mir?"

Lizzy lachte herzlich auf.

„Ich habe erst noch etwas sehr Wichtiges zu erledigen, dann vielleicht."

Damit löste sich Lizzy von der Umarmung Lilys, um aufzustehen. Susan lächelte sie zuversichtlich an, als Lizzy mit gemischten Gefühlen, aber entschlossen die Küche verließ.

Übermütig war Lizzy forschen Schrittes in die Tischlerei gegangen. Philip kurz grüßend schnappte sie sich energisch Daniels Arm, um ihn wortlos in den Garten zu zerren. Das Fluchen Philips, den Daniels aus der Hand gefallener Zirkel nur um Zentimeter verfehlte, hörten sie nicht mehr. Der völlig überrumpelte Daniel sah Lizzy irritiert und ungläubig an.

„Glaube nicht, dass du mir so einfach entkommst", sagte sie keck und legte ihre Hände auf seine Brust. Durch sein dünnes Hemd fühlte sie jeden einzelnen Muskel.

„Ich liebe dich nun mal und alles andere ist mir doch sowas von egal …" In ihren großen Augen sah er ein neckisches Funkeln.

Ohne auch nur zu einer Gegenreaktion fähig zu sein, musste er es sich gefallen lassen, dass Lissy ihn plötzlich fest an sich zog und ihn stürmisch küsste. Nachdem er sich recht umständlich aus ihrem Klammergriff befreit hatte, fragte er nach Worten ringend:

„Bist du dir ganz sicher?"

„Ganz sicher", hauchte sie ihm liebevoll ins Ohr, „Ich habe mich in dich verliebt und in keinen Namen."

Vor Wut schnaubend suchte Sarah in den Besitzurkunden für die Ländereien von Castle Lenox. Mit brachialer Gewalt hatte sie sämtliche Schubladen aus der Kommode gerissen und den Inhalt wild auf dem Parkettfußboden verteilt.

Seit einer Stunde schon suchte sie den Nachweis, dass Lord Bradley außerhalb seiner Grundstücksgrenzen das ihn umgebene Land widerrechtlich und dreist für seine Zwecke nutzte.

Ungehalten öffnete Sarah nun bereits die achtzehnte Urkundenrolle, als sie ins Stutzen kam. Das vor ihr liegende Dokument regelte die abgetretenen Besitzverhältnisse einer kleinen Landfläche, angekauft vor fünf Jahren von Castle Corlens. Die markante Handschrift auf der Urkunde kam ihr seltsam bekannt vor. Stirnrunzelnd legte sie die Rolle beiseite, um sich weiter im Chaos der Papierwelt durchzuarbeiten. Nach weiteren unendlich langen Minuten hatte sie gefunden, wonach sie gesucht hatte.

„Wurde auch Zeit", dachte sie aufatmend.

In hohem Bogen flog die gesuchte Rolle zielsicher auf den Schreibtisch, wo sie haarscharf an der Schreibtischkante zum Liegen kam. Beim Wiedereinräumen der Schubladen ließ sie ihr ganzes, ungestümes Temperament walten.

In wenigen Minuten waren die ramponierten Schubladen wieder an ihrem Platz und die Rollen vom Boden aufgesammelt. Nur eine Rolle hielt sie zurück. Eine, welche ihr Kopfzerbrechen bereitete. Irgendetwas war hier nicht richtig, nicht mit der Urkunde selbst, nein, vielmehr mit der Handschrift. Sarah marterte sich das Gehirn. Noch einmal besah sie sich das Papier.

Die Urkunde war vom Kronprinzen der Corlens aufgesetzt, unterzeichnet und von ihrem Vater gegengezeichnet. Nichts Ungewöhnliches wie sie fand.

Dann fiel ihr ein, dass sie die Schrift erst vor Kurzem auf einem anderen Schriftstück schon einmal gesehen hatte. Die Neugier packte sie. Stöbernd machte sie sich an dem Schreibtisch ihres Vaters zu schaffen. Nach eingehender Suche, zwischen abgelegten, erledigten Korrespondenzen, Notizen und Rechnungen fand sie einen Kurzbrief mit der gesuchten Handschrift.

„Donnerwetter. Ich werde nicht wieder …", brach es aus ihr heraus, als sie auf das Blatt stierte, wie eine Eule auf eine fette Maus. Der Brief, welchen sie in Händen hielt, stammte vom unbekannten Schreiber, der Lizzy gefunden hatte.

„Von wegen Tischler", knurrte Sarah verächtlich, „habe ich dich!"

Umgehend hatte sie Liam instruiert, sechs der besten Gardemitglieder für einen Sondereinsatz bereit zu halten. Lizzy, die ihrer Schwester seit der Beichte um Daniel vertraute, erzählte ihr auf geschickte Anfrage arglos, wann sie Daniel wieder treffen würde.

Sarah war sich sicher, dass Lizzy nicht die beste Vorsicht walten lassen würde. Dieser Umstand würde die Sache für Sarah vereinfachen. Blieben nur noch die beiden Wachleute, die Lizzy stets zu begleiten pflegten.

Sarah verschwendete keine weiteren Gedanken an dieses kleine Problem. Es würde sich vor Ort lösen lassen. Bedauerlich fand sie, dass sie nie versucht hatte, die Wachen zu bestechen, damit sie den geheimen Treffpunkt der beiden preisgeben würden. Doch so viel Niedertracht hatte sie bisher nicht in Erwägung gezogen, es bestand kein Grund dafür. Die Situation hatte sich grundlegend geändert. Sie musste auf alles vorbereitet sein. Ihr Gegner war wendig wie ein Frettchen und galt mit Schwert und Degen als unbesiegbar.

Eine Niederlage durfte sie nicht riskieren.

Kurzzeitig meldeten sich Gewissensbisse, die sie schnell beiseite wischte. Lizzy würde ihr unendlich dankbar sein, wenn sie erfahren würde, welcher Lüge und Hinterhältigkeit sie sich ausgeliefert hatte.

Triumphierend rieb sich Sarah die Hände. Dieses war das letzte „Stelldichein" für das ungleiche Paar, dessen war sie sich gewiss.

Ihr Plan ging auf. Lizzys Verfolger verstanden ihr Handwerk perfekt. Unsichtbar und geräuschlos hatten sie die am Treffpunkt wartenden Wachen überwältigt.

Obwohl Daniel, von einem unguten Gefühl getrieben, immer wieder die Umgebung wachsam im Auge behielt, bemerkte er keine Auffälligkeiten. Lizzy fühlte seine Unruhe und Nervosität, die sich immer mehr steigerten. Immer wieder misstrauisch das Umfeld taxierend, beschloss Daniel schließlich, Lizzy schnellstmöglich nach Hause zu schicken. Doch es war zu spät. Die blitzschnell, aus dem Nichts aufgetauchten Gardesoldaten ließen Daniel nicht die kleinste Möglichkeit auf Widerstand. Sechs geladene Schusswaffen waren auf ihn gerichtet, dazu Sarahs bedrohlich näherkommende Degenspitze an seinem Hals.

Lizzy war vor Entsetzen zu keiner rationalen Handlung fähig. Erst als man sie von Daniel wegzerrte, verstand sie was um sie herum vor sich ging. Ihr Herz setze einige Schläge aus, als sie mit weitaufgerissenen Augen Sarahs als Organisator dieser Farce ansichtig wurde.

Wutentbrannt schrie sie ihre Schwester an:

„Was soll das? Bist du wahnsinnig geworden? Missbrauchst du so mein Vertrauen?" Tränen schossen ihr in die Augen.

„Du wirst mir noch auf Knien danken, glaub mir Schwesterchen. Es geschieht alles nur zu deinem Besten und zum Wohl unseres Landes." Mit verächtlichem, hasserfülltem Blick sah sie Daniel an, dem man die Arme recht unsanft auf den Rücken zusammengebunden hatte.

Der hielt Sarahs Blick gelassen und ungerührt stand.

„Abführen und zurück zum Schloss!", herrschte sie die Soldaten an.

Sarah war fest davon überzeugt, dass ihre Handlungsweise die einzig Richtige war.

Zurück im Schloss erkundigte sie sich umgehend nach dem Aufenthaltsort ihres Vaters. Von einem Bediensteten erhielt sie die Auskunft, dass sich seine Majestät in seinem Büro aufhielt und nicht gestört zu werden wünschte.

Wie schon so oft, widersetzte sich Sarah dieser Anweisung ungeniert. Resolut marschierte sie in die angegebene Räumlichkeit ohne Anmeldung, ohne Klopfen, ohne Gruß.

Ihr Vater saß tief über einem Schreiben gebeugt, am penibel aufgeräumten Schreibtisch. Dr. Gregory stand neben ihm, ebenfalls mit gespanntem Blick auf das Papier gerichtet. Als von Sarah die Tür aufgerissen wurde, sahen beide mit empörtem Gesichtsausdruck auf den Störenfried, der triumphierend in das Zimmer trat.

Die immer noch tobende, fast schon hysterische Lizzy schob sich an ihrer siegestrunkenen Schwester vorbei, bevor Sarahs Trophäe von zwei Gardemitgliedern unsanft in den Raum gedrängt wurde.

König William schloss tief durchatmend kurz die Augen, bis er meinte bereit zu sein, sich dem Tumult in seinem eben noch ruhigen Büro zu stellen. Seitlich von ihm stand noch immer Dr. Gregory halb belustigt, halb schockiert über die seltsame Szene. Lizzy schrie ihre Schwester tränenreich an. Diese resignierte und lachte stattdessen höhnisch auf.

„Krieg dich mal wieder ein. Schließlich habe ich dich vor der dümmsten Torheit deines Lebens bewahrt und uns stattdessen den dicksten Fisch, den wir kriegen konnten, an Land gezogen."

Aufs höchste provoziert schrie Lizzy böse:

„Du niederträchtiges Ding. Was fällt dir ein? Ich weiß ganz genau was ich mache, aber du -"

König William beendete das Gezeter, indem er ordentlich mit der Faust auf den Eichentisch schlug und sich Ruhe erbat. Sofort war es still im Raum.

„Was soll dieser Aufruhr?", fragte er in ruhigem Ton, hinter dem es jedoch bedenklich brodelte. Beide Mädchen setzten erneut zum Streitgespräch an. Während der Gefangene gelangweilt die Zimmerdecke inspizierte, gebot Dr. Gregory Lizzy fürs Erste zu schweigen und sich zu setzen.

„Dad", setzte Sarah hocherfreut an, „ich hatte dir von Anfang an gesagt, dass die Geschichte die um Lizzys Verschwinden gemacht wurde, zum Himmel stinkt! Weißt du mit wem sich Lizzy heimlich außerhalb des Schlosses trifft? Nein? Dann sage ich es dir. Mit diesem Abschaum hier, ein Corlens vom aller Feinsten. Kronprinz Daniel." Sie lachte schrill, sodass man ihre kerzengeraden, schneeweißen Zähne sah. Lizzy wollte erneut zur Rechtfertigung ansetzen, doch William gebot ihr mit einer einzigen Handbewegung Einhalt.

Ungerührt wandte er sich dem Gefangenen zu.

„Seid ihr wirklich der gesuchte Kronprinz?"

Der Angesprochene hob mit einem bedauernden Lächeln bejahend die Schultern.

„Ihr habt meine Tochter getäuscht und euch als Tischler ausgegeben? Ist das richtig?"

Daniel sah immer noch ungerührt aus, bevor er seine Kenntnisse als erfahrener Möbeltischler herunterleierte.

„Eichenschreibtisch, etwa einhundert Jahre alt, kürzlich mit Schellack aufpoliert. Intarsien aus Ahorn, Kirschbaum und Erle, soweit ich das von hier aus sehen kann. Und sollte man Euch die neu gefasste Einrahmung als Mahagoniholz verkauft haben, so hat man euch betrogen. Die Zierleisten sind nur dunkel gebeizt."

„Donnerwetter", erwiderte der König interessiert.

„Ihr meint wirklich, dass ich mit den Zierleisten betrogen wurde?", fragte er noch einmal.

„Dad, was soll das werden!", entfuhr es Sarah wütend.

„Ach ja, wo war ich stehen geblieben?" Er wand sich Lizzy zu, die den Eindruck machte, als würde sie jeden Augenblick vor lauter aufgestauten Worten der Rechtfertigung explodieren.

„Dad, was soll denn nur das Ganze? Daniel wird wegen Hochverrat am eigenen Königshaus gesucht. Der ist doch keine Gefahr für uns, im Gegenteil. Und im Übrigen sei gesagt, dass ich wusste, wer er ist und welches Risiko ich mit dem Wissen eingegangen bin." An Sarah gerichtet fügte sie unwirsch hinzu:

„Und stell dir vor, *er* hat es mir gesagt."

Sarah sah perplex ihre Schwester an. Aller Wind war ihr mit einem Schlag aus den Segeln genommen.

Doch ein Triumph blieb ihr noch, sie hatte den Kronprinzen gefangen, dass würde ein herrliches Lösegeld von Corlens Castle geben. Sie wurde ein zweites Mal enttäuscht.

Lizzy ließ es sich nicht nehmen, mit dem Brieföffner Daniels Fesseln zu durchschneiden.

„Das ist doch alles albern hier", wetterte sie unverblümt, ohne weder auf Sarah noch auf die fragend aufsehenden Wachen zu achten.

William stand von seinem Schreibtisch auf. Ein kurzer Blick auf Gregory gerichtet bestätigte ihm, dass die Entscheidung, welche er nun zu treffen gedachte, die richtige war.

„Liebt ihr meine Tochter?", ging seine kurze und knappe Fragestellung an Daniel. Dieser bejahte ebenso kurz wie entschlossen.

„Lizzy, liebst du diesen Mann?"

„Natürlich, von ganzem Herzen", gab sie mit fester Stimme zurück.

Der König setzte sich wieder in seinen bequemen Sessel, während sich Lizzy schützend neben Daniel stellte, der sich die Handgelenke rieb. Sarah wollte erneut aufbegehren, wurde aber dieses Mal von Gregory zum Schweigen aufgefordert. Für einen kurzen Moment verschwand William unter dem Schreibtisch. Als er nach einigem Suchen in den untersten Schubladen fündig wurde, tauchte er wieder auf mit einem vergilbten Schriftstück in den Händen. Etwas mühselig breitete er das alte Dokument auf dem Schreibtisch aus, warf einen kurzen, bestätigenden Blick darauf und nickte zufrieden.

„Ich verbiete euch beiden mit sofortiger Wirkung, euch am Green Lake herumzutreiben. Ab sofort und das ist mein bitterer Ernst, erfolgen Ausritte grundsätzlich mit Begleitschutz, besonders was die Corlens Ländereien betrifft. Das gilt für euch beide und ich hoffe, ich habe mich klar ausgedrückt. Mit jetziger Wirkung ...", er richtete seine Worte speziell an Daniel, „mit jetziger Wirkung werdet Ihr Euch als mein lieber, etwas unerfahrener Urgroßneffe Sir Daniel Craine ausgeben und die Räumlichkeiten neben Lizzy bewohnen." Wie zu sich selbst fügte er etwas leiser hinzu:

„Die Zimmer haben Verbindungstüren."

„In meinem alten Zimmer!", empörte sich Sarah erneut. William ignorierte diese Feststellung.

„Vor zwei Tagen seid Ihr mit dem Frachtschiff Santa Lucretia angekommen und habt Euch abenteuerlustig auf unseren Ländereien herumgetrieben. Sarah hat Euch gegen Euren Widerstand eingesammelt und an Euren Bestimmungsort geschafft. Ihr wurdet von Euren völlig überforderten Verwandten geschickt, um in unserem Haus den sogenannten ‚letzten gesellschaftlichen Schliff' zu erhalten."

Daniels Augen wurden groß wie Wachteleier vor Verblüffung. Eigentlich hatte er sich darauf eingestellt, dass er sich in der nächsten Zeit in der untersten Etage des Schlosses aufhalten werden müsse. Dass das Blatt sich derart wenden würde, darauf war er nicht vorbereitet.

„Selbstverständlich steht es Euch frei, das Schloss zu verlassen, damit ihr Euren Verbindlichkeiten weiter nachgehen könnt", schloss der König seine Rede, um der Angelegenheit ein Ende zu setzen.

Freudestrahlend hatte sich Lizzy an Daniels Hals gehängt. Sachte drückte er sie zurück.

„Du erwürgst mich", sagte er leise zu ihr, ohne seinen ernsten und überlegten Gesichtsausdruck zu ändern.

Sarah brauste auf wie eine von der Kette gelassene Dogge.

„Was tust du da Dad? Dieser Mistkerl kann uns gut verpackt Lösegeld, Freibriefe, Wegerechte und, und, und einbringen! Und was tust du? Einer Laune folgen? Und du Lizzy solltest dich schämen, dich mit einem Corlens einzulassen und … ich wage gar nicht weiter zu denken."

„Ist auch zu spät", antwortete Lizzy spitz.

„Es ist jetzt genug Sarah. Mäßige dich in deinem unangemessenen Tonfall. Ich bin noch nicht senil mein Töchterchen. Ich weiß was ich tue. Im Übrigen steht der junge Mann hier auf unsere Seite. Lass endlich Vernunft walten Sarah und beschäme uns nicht. Mein Entschluss steht fest. Damit ist das Gespräch hier beendet und ihr könnt euch alle entfernen."

Während sich das Zimmer leerte, nahm Dr. Gregory zwei Kristallgläser aus dem Schrank und füllte sie mit Brandy. Stumm reichte er seinem verärgerten Freund ein Glas.

„Ich hätte es nicht besser machen können", sagte er immer noch leicht amüsiert.

„Ich weiß nicht, was in Sarah gefahren ist. So kenne ich sie nicht." Mit einem Zug leerte William das ihm gereichte Glas.

„Instinkt, einfach nur Instinkt", sagte Gregory schmunzelnd.

Sarah war mit der prompten Entscheidung ihres Vaters in keinster Weise einverstanden.

Daniel gehörte einer Mörderfamilie an, die ihre Macht durch Hochmut und Tyrannei ausweitete.

So einer konnte nicht unschuldig sein, niemals. Fest von der Richtigkeit ihrer Einschätzung überzeugt, würde sie Möglichkeiten finden, Daniel zu überführen. Doch zuvor musste sie seine Schwachstellen finden und diese bei passender Gelegenheit gegen ihn ausspielen. Sie würde ihn demütigen, kompromittieren, beleidigen und verhöhnen, bis er sein wahres Ich zeigen würde. Dann war sie am Zug zu handeln.

Vorerst musste sie sich geschlagen geben. Die Dauer dieser Niederlage lag nun ganz allein in ihrer Hand.

*L*izzy war überglücklich, über die souveräne Entscheidung ihres Vaters, wenngleich ihr Sarahs hasserfüllter Blick Sorgen bereitete. In erster Linie galten Lizzys Gedanken nur Daniel.

Später fragte sie sich oft, warum Sarah ihr so furchtbar wehtat. Sarah war doch immer für sie da gewesen, sie war die ältere, erfahrenere, intelligentere und selbstbewusstere Schwester. Warum vertraute Sarah ihr plötzlich nicht mehr, fiel ihr stattdessen schamlos in den Rücken, missbrauchte ihre Vertrautheit? Daniel war doch kein Unmensch und würde es nie sein.

Mochte sie doch denken, was sie wollte. Lizzy vertraute Daniel und er ihr, da war sie sich sicher. Hätte er ihr sonst erzählt, wer er war? Er hätte das Versteckspiel doch noch bis in die Unendlichkeit treiben können, wenn er gewollt hätte. Seltsam fand sie jedoch, dass ihr Vater ihm anscheinend ebenfalls vertraute, obwohl er Daniel nicht kannte. Er kannte nur Daniels Ruf und seine Mission dem Volk gegenüber, was ihm offenbar genügte.

Sarahs Anfeindungen Daniel gegenüber waren oft lästig. Sie begannen beim Frühstück und endeten beim Abendessen. König William ermahnte sie mehrfach, dieses niveaulose Gehabe zu unterlassen. Sarah warf dann herablassend den Kopf in den Nacken, nahm einen überlegenen Gesichtsausdruck an, um dann zufrieden ihre Mahlzeit weiter einzunehmen.

Die Ruhe und Gelassenheit Daniels stachelte sie noch mehr an. Jede Frechheit von ihr schien an ihm abzuperlen wie ein Wassertropfen an einer frisch geputzten Fensterscheibe.

Nach Sarahs fester Überzeugung gehörte ein Corlens nun einmal nicht an den Familientisch. Schon bald machte sie ihrem Vater klar, dass sie es nicht verstehe, warum er diesen Frevel nicht unterband. Stattdessen förderte der König Daniels Integration in das Familienleben und man behandelte ihn, als gehöre er ganz selbstverständlich in das Schloss.

Wut und Hass zerfraßen den Rest ihres sonst so genauen und überlegten Handelns.

Zwischen den Schwestern war ein lautloser Keil getrieben. Sarah liebte ihre Schwester und wollte um keinen Preis ihre Gunst verlieren. Doch der Keil genügte, um immer neue gespannte Stimmungen zu provozieren.

Liam hingegen vertraute seinem eigenen Urteil, wenn er denn eines hatte. Er sah nur den Menschen vor sich und der gefiel ihm ganz gut. Er ignorierte den von seiner Frau geführten Kleinkampf und hielt sich aus ihren Angelegenheiten, sehr zum Ärger Sarahs, heraus. Verlegen fragte er Daniel, ob er bereit wäre, mit ihm zum Angeln zu gehen.

Zufrieden, endlich jemanden für seine Angelleidenschaft begeistern zu können, saß er am Ufer des Teiches auf einer uralten, gebrechlichen Holzbank und zeigte Daniel die verschiedensten Tricks beim Fischfang. Später wurde weniger geredet. Die meiste Zeit verbrachten die Männer schweigend, jeder mit seinen eigenen Gedanken beschäftigt.

Im Teich quakten ein paar liebeshungrige Frösche, Grillen surrten und eine Blässhuhn Mutter bestritt ihren ersten Ausflug mit ihrem flauschigen Nachwuchs.

Alles strahlte Ruhe und Frieden aus und schien in warmes Sonnenlicht getaucht zu sein. Der krasse Gegensatz zum täglichen Trubel im Schloss.

Liam wusste genau, was ihm blühte, wenn er zurück ins Schloss kam. Sarah würde ihn, wie nach jedem Angelausflug mit Daniel, selbstherrliche Vorhaltungen über seine Handlungsweise machen. Und Daniel, der würde wieder ungerührt ihre Beleidigungen und Provokationen über sich ergehen lassen. Selten konterte er. Als sie ihm jedoch einmal in Liams Gegenwart vorwarf, er sei ein skrupelloser Mörder, da meinte er trocken:

„Ich bin zwar zum Töten ausgebildet worden, aber ich töte nur, wenn ich absolut keine andere Wahl mehr habe. Was ich von dir allerdings nicht sagen kann. Ich erinnere nur an die Geschichte vor Lizzys Gehirnerschütterung."

Der Pfeil hatte ins Schwarze getroffen und nahm ihr die Widerworte.

Irgendwann hatten die Männer es geschafft gemeinsam, von Sarahs Adleraugen ungesehen aus dem Schloss zu reiten. Ihr Ziel war die Tischlerei der Hendersons. Liam interessierte sich brennend, mit welchen Techniken dort gearbeitet wurde, um feine Schnitzereien und Einlegearbeiten an den teils wertvollen Möbeln ins perfekte Licht zu setzen.

Philip und Susan freute es jedes Mal aufs Neue, wenn Daniel sie mit oder auch ohne Lizzy besuchte.

Die übermütige Lily fragte Daniel Löcher in den Bauch und meinte, nicht von seiner Seite weichen zu dürfen. Susan hatte oft ihre liebe Mühe, die Kleine aus Daniels Umfeld zu ziehen, damit dieser sich hin und wieder ungestört mit Philip über die Aktivitäten der Widerstandsbewegung austauschen konnte. So erfuhr Daniel stets, was im Land aktuell vor sich ging. Die Informationsquelle zu Corlens Castle musste weiterhin gekappt bleiben. Zu groß war die Gefahr, dass die Königin als Agentin für ihren Sohn enttarnt werden würde, sowie einige andere mir ihr. Dass Daniel irgendwo im Untergrund mit den Rebellen sympathisieren könnte, diesen Verdacht hegte man schon lange. Bisher war der Königin nichts nachzuweisen. Auch war unbekannt, dass sie Kontakt zu ihrem Sohn pflegte, da man sie rund um die Uhr observierte. Besonders Prinz Damian war Daniel ein vergifteter Dorn im Auge. All seine Bestrebungen, seinen verräterischen Bruder ausfindig zu machen, blieben ergebnislos und machten ihn daher umso reizbarer und aggressiver.

Für die Rebellen war es schwer, unter den gegebenen Bedingungen weiterzuarbeiten. Die Angst vor Verrat und klug ausgetüftelten Fallen wuchs zusehends. Daniel selbst war im Moment auf Lenox Castle relativ sicher. Philip ließ auf Grund der steigend angespannten Lage im Land zu noch mehr Wachsamkeit und Vorsicht aufrufen. Wie ein Luchs achtete er selbst in seinen eigenen vier Wänden auf jedes ungewohnte Knacken und Knirschen. Skeptisch beäugte er jeden Reiter, der an der Tischlerei vorbeikam. Auch die Kunden, besonders Neukunden, wurden von ihm aufmerksam unter die Lupe genommen.

Philip schien es ratsam nach Daniels Auszug, keinen neuen Tischler einzustellen.

Allein in der Werkstatt fehlte ihm oft Daniels Gesellschaft, ebenso dessen Ideen und sein handwerkliches Geschick. Selbst die resolute Susan musste zugeben, dass es besonders abends im Haus ruhig geworden war, wenn Lily im Bett lag und sie allein mit Philip in der Küche saß.

Liam ließ sich eingehend die Tischlerei von Philip zeigen. Beeindruckt begutachtete er jedes Werkzeug, welches der Holzbearbeitung diente. Ebenso gespannt und aufmerksam folgte er den Erklärungen und Erläuterungen Philips zu Holzarten und deren Verwendungsmöglichkeiten. Liam, sonst schweigsam wie ein Grab, überhäufte Philip mit Fragen über Fragen.

Daniel hingegen erging es kaum anders als seinem Freund Philip. Nur hier stellte ein kleines Mädchen, das plantschend in einer alten Messingwanne herum hopste, die Fragen und diese waren bei weitem nicht so einfach zu beantworten, wie die sachlichen Erkundigungen Liams.

Als Liam und Daniel am frühen Abend zurückritten, konnte Liam nicht mehr denken. Sein Kopf war vollgespickt mit neuem Wissen und unzähligen Eindrücken. Und Daniel brannte das Hirn von Lilys Frage- und Antwortspielchen.

Trotz aller Vorsicht wurde an diesem Tag Daniel von einem Späher der Corlens erkannt, als er mit Liam die Schlossmauern von Lenox Castle passierte.

Es war ein äußerst verregneter Tag. Dunkle Wolken hingen träge über dem Land, während bleierner Dunst in den Regenpausen über dem Schlossteich waberte.

Lizzy hatte das trügerische Gefühl, dass es heute überhaupt nicht mehr richtig hell werden würde. Eigentlich fand sie so ein Wetter herrlich, wenn sie am Abend bei Kerzenschein mit Daniel in den schweren Ledersesseln saß, einen guten Wein genoss und ein knisterndes Feuer im Kamin himmlische Wärme spendete. Manchmal spielte ihr Daniel auf ihrem alten Klavier etwas vor. Manchmal spielten sie vierhändig. Da fiel es nicht weiter auf, wenn sie eine Taste falsch drückte. Dann wieder erzählten sie sich gegenseitig Episoden aus ihrem Leben. Und hin und wieder wagten sie von einer unbeschwerten Zukunft zu träumen.

Nach dem Mittagsessen hatte sich Lizzy in die Bibliothek zurückgezogen, um zu lesen. Daniel war ihr später gefolgt. Während er in Nachschlagewerken über Süßwasserfische stöberte, war Lizzy über ihrem Buch eingeschlafen. Als Sarah ebenfalls in die Schlossbibliothek gerauscht kam, lag Lizzy zusammengerollt und das Buch noch aufgeschlagen zwischen ihren schlaffen Händen auf dem Divan.

„Geht es noch ein bisschen lauter?", fragte Daniel leise und sah sie vorwurfsvoll an.

Sie warf ihm verächtliche Blicke zu, als er vorsichtig das Buch aus Lizzys Händen zog, sie mit einer Decke zudeckte und ihr liebevoll über die Wange strich. Sarah musste wegsehen. Es ekelte sie an, wenn ein Corlens ihre Schwester berührte.

Von Abscheu gepackt und gleichzeitig von Daniels Fürsorge erschrocken, verließ sie auf dem Absatz kehrt machend ohne ein Wort die Bibliothek.

Lizzy hatte sich in eines ihrer besten Kleider gezwängt. Lustlos drehte sie sich vor dem Spiegel.

„Was ist los? Zweifel an dir oder an dem Kleid? Du siehst bildhübsch aus."

„Ach was, ich und hübsch. Sarah ist hübsch."

„Ansichtssache!"

Nervös nestelte sie an einer Kleiderfalte herum, sich weiterhin mit wenig Interesse im Spiegel begutachtend.

„Gegen Sarah bin ich nur die zweite Garnitur. Komisch, dass du dich nicht in sie verliebt hast."

Forschend sah sie ihn an. Daniel seufzte halb belustigt, halb ernst.

„Ich liebe dich und sonst niemanden. Geht das mal irgendwann in dein süßes Köpfchen!"

„Naja. Sarah ist ja nicht immer so. Sie ist sonst ganz toll, man kann mit ihr über alles reden und sie hilft wo sie kann. Dass sie dich ständig angreift, entspricht eigentlich nicht ihrem Charakter", schob Lizzy, noch immer unzufrieden an ihrem Kleid herum zupfend, nach.

„Aber ich stehe nun mal weit hinter ihr. Sie sieht perfekt aus, hat einen hohen Intellekt, ist selbstbewusst und ihr gelingt einfach alles, was sie anpackt."

Daniel ignorierte Lizzys letzten Satz.

„Also gut. Du bist nicht bildhübsch, du bist nur absolut zauberhaft. Sei froh, dass du ein Kleid trägst, aus dem ich dich nicht so schnell herausgeschält bekomme."

Lizzy griff ein Kissen und warf es lachend nach ihm.

„Mich nervt heute einfach diese blöde Gesellschaft, die Vater heute Abend gibt. Sarah lässt bestimmt nichts aus, um dich in irgendeiner Weise vor den alten Adelsdamen und ihren Gatten bloß zu stellen.

Diese netten Damen beobachten ganz genau, ob die Etikette streng eingehalten wird, nervig. Für die muss alles perfekt sein. Das Essen, die Kleidung, die Musik, selbst die Art der Konversation. Pass bloß auf, dass du mich nicht anlächelst. Ich werde puterrot. Die Damen würden über diese Anstößigkeit äußerst entrüstet reagieren. Es würden bittere Vorwürfe wegen meiner mutterlosen Erziehung fallen, wenn wir richtig Glück haben, den ganzen Abend", schloss sie ironisch ihre kleine Ansprache.

„Na, dann auf in das Vergnügen."

Daniel schob Lizzy zur Tür hinaus, damit sie nicht noch weiter aufgeregt an dem ohnehin schon perfekt sitzendem Kleid und der leichten Hochsteckfrisur herum zupfte.

In der Bibliothek herrschte eine rege Unterhaltung zwischen den Herren, während die Damen über ihre Ehemänner, sowie die Nachbarn und Freunde aus ihren Kreisen herrlich lästerten. Lizzy und Sarah fühlten sich in dieser Klatschrunde deplatziert.

Höflich nickten sie artig allem Gerede verstehend oder bedauernd zu. So, wie die Damen es von ihnen erwarteten. Daniel hingegen hielt sich bei den angeregt geführten Herrengesprächen dezent, aber höflich zurück. Schließlich war er erst zu kurze Zeit am Hof, um die Gepflogenheiten der höheren Gesellschaft besser verstehen zu können.

Viel zu schnell fiel den Damen Daniels charmantes Aussehen und seine überlegte Zurückhaltung auf. Listig versuchten sie ihn für ihre Zwecke der Beredsamkeit zu gewinnen. Geschickt wusste dieser den anzüglichen Augenaufschlägen und leicht anstößigen Bemerkungen einiger aufdringlicher Damen höflich und diskret auszuweichen.

Sarah amüsierte sich köstlich über Daniels missliche Lage. Ihre herrlich blasierte Stimmung erstarb jedoch ebenso schnell, wie sie gekommen war, als sie enttäuscht feststellen musste, dass er der außergewöhnlichen Situation überaus gewachsen war und den Umgang mit dieser korrekt beherrschte.

Einen Triumph hatte sie jedoch für diesen Abend noch bereit, den sie gänzlich auszukosten gedachte. Heimtückisch rieb sie sich in Gedanken verloren die Hände.

Vor dem Dinner waren es die geladenen Herrschaften gewohnt, von der überaus reizenden Sarah durch einige Klavierstücke von Franz Schubert unterhalten zu werden.

Die bequemen Sessel im Musikzimmer waren fast alle besetzt. Die alten Herren hatten es geschafft, sich von ihren geliebten Zigarren zu trennen und die Whiskygläser abzustellen.

Die ehrwürdigen Ehefrauen thronten wie Buddhas auf ihren Sitzgelegenheiten und harrten der Dinge, die sie erwarteten.

König William, Dr. Gregory, Liam, Lizzy und Daniel hatten in den hinteren Reihen Platz gefunden. Liam, von Musik völlig unbeeindruckt, starrte interessiert auf seine Schuhspitzen. Gregory, der die Stücke schon viel zu oft gehört hatte, wirkte leicht abwesend. Daniel faszinierte der Blick aus einem großen, hinter dem Klavier liegenden Fenster und Lizzy gähnte verhalten hinter einem bestickten Taschentuch.

Erwartungsvoll sahen die Gäste auf den imposanten, weißen Flügel, auf dem Sarah jeden Moment die perfekte Kunst des Klavierspiels zelebrieren wollte. Die Tür öffnete sich und die Pianistin erschien mit bedauerndem, schmerzverzehrtem Gesicht.

„Es tut mir unendlich leid, aber ich habe mir draußen gerade zwei Finger geklemmt. Es wird unmöglich sein, so zu spielen." Vorsorglich hielt sie ein Taschentuch um die gezwickten Finger, damit niemand ihren Schwindel durchschauen konnte.

„Oh, aber Prinzessin Lizzy kann euch doch gewiss würdig vertreten", sagte eine der Damen in der ersten Reihe mit derber Stimme.

„Ich fürchte meine liebe Schwester würde euer feines Musikgehör ein klein wenig überstrapazieren."

Als alle sich hoffnungsvoll zu Lizzy umdrehten, nickte diese betreten zustimmend.

„Ja", setzte Sarah sinnierend fort, „mein Gatte Sir Liam ist ein ausgezeichneter Ausbilder für unsere Soldaten. Jedoch fehlt ihm für das Klavierspiel das feine Gespür für die empfindlichen Tasten des Flügels."

Das Publikum stöhnte enttäuscht auf. Arglistig sah Sarah in die Runde.

„Aber vielleicht kann uns ja Sir Daniel etwas von seinem Können präsentieren!"

Erwartungsvoll sah man zu Daniel.

Sarah hatte nie gehört, dass Daniel Klavier spielte und wenn er es konnte, so würde er komplett aus der Übung sein. In Tischlereien gab es ganz gewiss keine Klaviere.

Felsenfest war sie überzeugt, dass sie ihn nun bis aufs Blut bloßstellen konnte.

Seine Majestät blickte flehentlich zu Daniel. Danach sandte er seiner niederträchtigen Tochter beschämte Blicke zu.

Die herrschaftliche Gesellschaft hingegen hatte mit lauter Bekundung neue Hoffnung auf ein musikalisches Debüt geschöpft. Wollte Daniel das Königshaus nicht in Unannehmlichkeiten bringen, so musste er handeln.

Widerwillig stand er auf, mit unergründlichem Gesichtsausdruck ging er zum Flügel.

Sarah reichte ihm mit süffisantem Lächeln ihre Notenblätter.

Er ignorierte Sarah gänzlich, setzte sich und spielte. Und was nun folgte, beeindruckte alle. Ohne Noten spielte Daniel freie Stücke, die er sich für Lizzy in trauter Zweisamkeit ausgedacht hatte.

Absolut fehlerfrei hörte man Stück für Stück und jedes auf seine Weise frisch, dann wieder blumig oder leicht tiefgründig. Sicher waren die Stücke vom Anspruch her nicht sehr hoch gesteckt, doch dafür waren die Melodien einprägsam und unvergesslich. Beim letzten Stück bat er die völlig verblüffte Lizzy mit an das Klavier. Als sie protestieren wollte, sagte er gelassen:

„Ein vierhändiges Musikstück zum Beweis, dass die Prinzessin doch nicht so unbegabt ist, wie dem Publikum suggeriert wurde." Lizzy war von dieser Geste tief gerührt.

Daniel hatte so eine Möglichkeit gefunden, Lizzys angekratzte Ehre wie er fand, wieder rein zu waschen. Vierhändig spielten sie Lizzys Lieblingsstück, entstanden in einer heißen, schlaflosen Gewitternacht.

Der Beifall ließ nicht auf sich warten. Sarah kochte innerlich vor Wut, sodass sie den Herrschaften beim Hinausgehen nur ein gekünsteltes Lächeln schenkte und hoffte, der Abend möge schnell vergehen.

Es war schon nach Mitternacht, als Lizzy sich entrüstet über Sarah ausließ.

„Was sollte das nun schon wieder! Sarah hat sich doch niemals die Finger geklemmt. Mir hätte sowas passieren können, aber niemals Sarah." Zornesfalten hatten sich auf ihre Stirn gelegt.

„Du kennst sie doch. Sie wollte mich blamieren, ist ihr nicht gelungen und gut ist es", sagte Daniel gedehnt.

„Ja und wenn es ihr gelungen wäre, dann wären ihre Fingerchen ganz plötzlich auf wundersamer Weise wieder in Ordnung gewesen, damit ihr Gesicht und das unserer Familie gewahrt bliebe. Ich verstehe sie einfach nicht mehr. Warum verhält sie sich nur so abscheulich? Wir waren doch immer füreinander da. Sie hatte mich beschützt wie eine Mutter und ich konnte mit ihr reden wie mit einer allerbesten Freundin. Jetzt könnte ich sie nur noch zum Mond schießen."

Während sie sich etwas Rotwein nachschenkte, fuhr sie unbeirrt fort:

„Dr. Gregory hatte genau ihre Hände beobachtet. Er hat nicht einmal gefragt, ob er ihr helfen könnte. Der hat die Charade auch durchschaut."

Mit gleichmütiger Stimme sagte ihr Gegenüber:

„Rege dich nicht auf. Ich bin es von Haus aus schon gewohnt, angefeindet zu werden. Nimm dir das nicht so zu Herzen. Ich kenne schlimmeres. Das hier lässt mich kalt."

„Sie versucht aber nicht nur dir weh zu tun, sie verletzt auch mich. Das muss sie doch wissen!" Treuherzig sah sie Daniel an.

„Sie kann nicht über ihren Schatten springen. Sei gewiss, dass sie dich noch genauso liebt, wie in der Zeit bevor ich in dein Leben getreten bin. Sarah will dich vor mir beschützen, das ist alles. Ich bin der Keil, der zwischen euch sitzt und den versucht sie ganz einfach zu entfernen."

Liebevoll nahm er sie in den Arm, um sie zu trösten.

Als notorischer Frühaufsteher saß Daniel oft schon vor dem ersten Hahnenschrei unten in der großen Schlossküche für einen ruhigen Morgenkaffee in einfacher Umgebung. Zu dieser Uhrzeit war ein Minimum an Küchenpersonal anwesend. Daniel genoss die Zeit der Ruhe, bevor das geschäftige Treiben im Schloss seinen alltäglichen Lauf nahm. Obwohl es eigentlich unüblich war, dass Familienmitglieder der Königsfamilie sich in der Schlossküche aufhielten, tauchte auch Sarah regelmäßig am Tisch für die Angestellten auf.

Trafen sich Daniel und Sarah zur gleichen Zeit, dann warf Sarah ihm vernichtende Blicke zu, bevor sie sich so weit weg wie nur möglich von ihm setzte.

Viele Male hatte Daniel in sachlichem Ton versucht, Sarah zu bitten, Lizzy aus diesem Trauerspiel herauszuhalten. Eindringlich versuchte er ihr klar zu machen, dass er eine gewisse Rücksichtnahme auf Lizzy wünschte, da sie unter den gegebenen Umständen furchtbar litt. Je ruhiger er Sarah sein Anliegen darlegte, desto aggressiver und unbeherrschter wurde sie.

„Merke dir eins. Hier herrscht erst wieder Ruhe und Frieden, wenn du aus dem Schloss bist."

Mit eiskalter, verachtender Stimme setzte sie hinzu:

„Ich habe mir geschworen, dass ich jeden Corlens töten werde, jeden. Du hast bis jetzt nur Glück gehabt, dass ich Rücksicht auf meine Schwester genommen habe. Es kommt der Tag, da wird auch sie merken, dass du es nicht wert bist zu leben. Dann werde ich da sein und handeln!"

„Und du meinst, ich mache es dir so einfach, wenn es darum geht mir die Lichter auszublasen? Dir kann wirklich keiner mehr helfen", antwortete er bedauernd den Kopf schüttelnd, bevor er ging.

Daniel überlegte immer öfter, ob es nicht ratsamer wäre, dem Schloss auf Nimmerwiedersehen den Rücken zu kehren. Der Unfrieden, welchen er zwischen den Schwestern unwillentlich heraufbeschworen hatte, belastete das gesamte Königshaus. Lizzy war, was Sarah anbelangte, unglücklich. Doch würde sie glücklicher sein, wenn er fort wäre?

Entgegen Sarahs entschiedener Einsprüche, zog König William ihn bei geschäftlichen Unstimmigkeiten wie selbstverständlich mit zu Rate. Konnte Daniel es wagen, den König vor den Kopf zu stoßen, der ihm anscheinend vertraute und respektierte?

Auch mit Liam gab es keine Probleme. In seiner Gesellschaft profitierte jeder der beiden, was beispielsweise die Nahkampfausbildung anbelangte. Jedoch die Fechttechnik, die Daniel speziell auszeichnete und die er nur gelegentlich anwandte, verriet er niemandem.

Ein guter Freund konnte schnell zum gefürchteten Gegner werden. Dass hatte ihm sein alter, längst verstorbener Fechtlehrer eingeschärft.

Daniel war in einen Gewissenskonflikt geraten für den er keine rationale Lösung fand.

In den Schlossmauern war es düster und erdrückend geworden. Es regnete schon den ganzen Tag ohne Unterbrechung. Der aufgezogene Sturm peitschte die nassen Wogen des Regens wie Gischt gegen die Fensterscheiben.

Trübes und stürmisches Wetter lag über dem Land.

Die Tristesse ließ den Schlossherren streitsüchtig und mürrisch werden.

Stark angetrunken spielten König George, sein Sohn Damian, sowie drei weitere Oberhäupter aus dem Beratungsstab des Königs Karten. Jeder, der dieser Szenerie ansichtig werden würde, hätte meinen können, dass er sich in eine versiffte Spelunke am Hafen verirrt hatte, wo sich schmutzige Dockarbeiter und betrunkene Matrosen unflätig beschimpften und beleidigten.

Königin Margaret hatte sich bei Zeiten zurückgezogen. Das Abendessen würde sie in ihren Privaträumlichkeiten einnehmen. Die Türen hatte sie fest verschlossen. Nur sie besaß die Schlüssel. Auf einem Malachittischchen neben der Tür, lag eine schussbereite Pistole. Die Königin war sich schmerzlich bewusst, dass es für sie besser war, sich vor ihrem trunksüchtigen Ehegatten geschützt im Verborgenen zu halten.

Sollte er doch seinen Harem, angefüllt mit willigen, lüsternen, jungen Dingern aufsuchen und sich dort seinen Spaß holen, wenn er volltrunken war. Beim bloßen Gedanken an seinen unreinen Atem, seiner speckigen Haut und seinen fleischigen Pranken, die gierig und unbarmherzig nach ihr griffen, erschauderte sie vor Ekel.

Das angenehme, wärmende Feuer im Kamin knisterte leise. Die zusätzlich angezündeten Lichtquellen schafften eine angenehme Behaglichkeit im Raum. Schweigend stickte sie an einem Zierkissen, während ihre treue Zofe aus einem uralten Geschichtenbuch heitere Anekdoten vorlas.

Keine der beiden Frauen ahnte auch nur im Geringsten, dass dunkle Wolken aufzogen, noch viel dunklere, als die Regenwolken, die schwer über dem Land hingen.

Ein kleiner, spindeldürrer Mann mit spitzem Rattengesicht war unbemerkt in die grölende, trunkene Runde geschlichen. Heimtückisch grinsend hatte er sich neben Prinz Damian positioniert.

„Was soll das, du Nichtsnutz? Klopft man nicht an, wenn man vor den König tritt? Hüte dich deiner Frechheiten!", herrschte Damian den dreisten Wicht an.

Der Gescholtene sah scheinbar tief betreten zu Boden.

„Es interessierte Euch doch aber sicher, dass ich gesehen habe, dass Euer viel gesuchter Bruder ganz selbstverständlich durch die Tore von Lenox Castle reitet. Immer schön in Begleitung. Noch schöner anzusehen ist, wenn er die Eskorte für die zuckersüße Prinzessin Elisabeth gibt." Schmeichlerisch wählte er Wort für Wort, um den Effekt seiner tagelangen Beobachtungen ausgiebig genießen zu können.

„Dein saubere Bruder und das Prinzesschen. Ich glaub' es ja nicht", höhnte seine Majestät.

Damian warf die Karten ungeachtet des guten Blattes, welches er auf der Hand hatte, auf den Tisch, um sich kerzengerade aufzurichten.

„Wenn der mit dem Kätzchen was hat, dann kriege ich den schneller aus dem Schloss, als er bis drei zählen kann." Damien war plötzlich stocknüchtern geworden. Seine Augen glitzerten hinterlistig, während sich sein Mund zu einer bösartigen Grimasse verzog.

Dem grinsenden Späher warf er ein paar Goldmünzen vor die Füße.

„Ein Wort von dir kleinem Widerling an irgendjemanden und du lernst die Katakomben unter dem Schloss kennen und lieben."

Mit einer flüchtigen Handbewegung gab er dem heuchlerisch lächelnden Manne unmissverständlich zu verstehen, dass er sich schleichen sollte.

König William saß müde am Schreibtisch seines Arbeitszimmers. Die private Korrespondenz stapelte sich seit Tagen und wartete auf Bearbeitung bzw. Beantwortung. Seinen Sekretär hatte er mit anderen, weniger privaten Schreibarbeiten betraut.

Nach mehreren Anläufen schob er das erste Schreiben seufzend beiseite, um sich am nächsten zu versuchen. Vergebens. Schnaubend lehnte er sich auf seinem Stuhl zurück.

Immer aufs Neue schlichen seine Gedanken zu Sarah zurück. Eine normale Verständigung mit ihr erwies sich in letzter Zeit als äußerst schwierig. Ihre Beherrscht- und Besonnenheit hatte sie gegen Spötteleien, Unbeherrschtheit und Überheblichkeit eingetauscht. Ein Zustand, welchen er unter seinem Dach nicht billigte. Schlimmer empfand er die zügellose Aggressivität gegen Daniel, die alle Familienmitglieder mit ertragen mussten. Aussprachen mit ihr wurden mit einem ungerührten Schulterzucken quittiert. Sarah mit Strafen zu belegen, würde sie nur in eine Ausuferung ihrer Ausschweifungen treiben.

Irgendwo verstand er ihre Haltung gegen die Corlens, schließlich vertrat er die gleiche. Doch Daniel, der ganz offensichtlich die Ursache für ihren Sinneswandel war, stand auf der guten Seite, dessen war er sich sicher. Vielleicht hatte aber auch Dr. Gregory mit dem Wort „Instinkt" Recht.

Seine düsteren Gedanken wurden von dem Eintreten eines steifen Dieners unterbrochen, welcher den Brief eines Boten überbrachte. Der Brief trug das Siegel Lord Cliftons, einer alten, hochrangigen Adelsfamilie, die gänzlich ohne Nachkommen geblieben war.

Die Frau des Lords war seit jeher Lizzy sehr zugetan. Sie schätzte das Mädchen, liebte ihre Gesellschaft und lud sie daher häufig zum Nachmittagstee ein.

Lizzy mochte die alte Dame sehr und freute sich sichtlich über die neue Einladung. Nachmittage, außerhalb des Schlosses waren ihr immer eine willkommene Abwechslung.

Pünktlich bestieg sie gekleidet in ein luftiges, aber dezentes Kleid die kleine Kutsche, die sie von zwei Wachleuten begleitet zu Lord Clifton bringen sollte.

Der Kutscher war ein erfahrener und aufmerksamer Mann.

Lizzy wäre natürlich lieber selbst geritten, doch schickte es sich nicht, in bequemen Reithosen zum Nachmittagstee bei der alten Lady zu erscheinen.

Die alten Tugenden hatte sie nun einmal in gehobenen Kreisen zu respektieren und einzuhalten, insbesondere bei Lady Clifton.

Lizzy hatte einen frisch geschnittenen Rosenstrauß in den Händen, den sie auf die freie Sitzfläche neben sich legte, bevor sie ihr Kleid richtete. Dann gab sie dem Kutscher das Zeichen zur Abfahrt.

Da Sarah ihre üblichen Trainingsstunden mit den Gardemitgliedern abhielt, Daniel und Liam in den Pferdeställen verschwunden waren und Gregory seinen Pflichten als Arzt bei der Betreuung zweier leicht verletzter Soldaten nachging, verriegelte das Oberhaupt des Schlosses aufatmend die Tür zum Arbeitszimmer.

„Ruhe", dachte er, „was für eine himmlische Ruhe."

Zum zweiten Mal an diesem Tag ließ er sich auf seinen Stuhl fallen, um sich erneut der Korrespondenz zu widmen. Inständig hoffte er, dass seine Gedanken nicht wieder vom Wesentlichen abgleiten würden um sich angemessen auf seine Aufgaben, die er vor sich hatte, konzentrieren zu können.

Auf dem Vorhof zu den Pferdeställen donnerte Lizzys Kutsche gezogen von einem wild gewordenen Pferd. Liam, welcher der Stalltür am nächsten stand, hechtete mutig auf das Pferd zu, ergriff es am Halfter und brachte es zum Stehen. Daniel kam Unheil ahnend Liam zur Hilfe, während Sarah aufgeregt vom Trainingsplatz eilte. Mit bösen, funkelnden Augen stieß sie Daniel beiseite, um ungehindert Einblick in die Kutsche zu erhalten.

Liam war auf den Kutschbock geklettert, um nach dem bewegungslosen Kutscher zu sehen.

Der Mann hatte keinen Pulsschlag mehr. Ein Messerstich hatte ihn tödlich im Hals getroffen.

Sarah hatte unterdessen die kleine Tür der Kutsche aufgerissen. Lizzy kauerte mit zerfetztem Kleid, ihre Brust mit den zerkratzten Armen bedeckend, wild um sich sehend auf dem Boden der Kutsche. Sarah erfasste die Situation mit einem einzigen Blick.

Sie beugte sich zu ihr und fragte mit leiser, fast flüsternder Stimme:

„Wer hat dir das angetan?"

Lizzy kostete es Überwindung zu antworten. Kaum hörbar hauchte sie Sarah ins Ohr:

„Corlens, Prinz Damian …"

„Hat er …?"

Lizzy würgte ein gepresstes „Ja" hervor.

Als Lizzy Daniels ansichtig wurde, der betroffen und kreidebleich dicht hinter Sarah stand, verzog sich ihr ohnehin schon völlig verzerrter Gesichtsausdruck zu einer steifen Maske.

Wie eine wildgewordene Katze fauchte sie ihn an.

„Verschwinde. Ich will dich nie wiedersehen. Sarah hatte Recht, ihr alle seid die Pest!"

Liam hatte eine Decke gebracht und die sich heftig wehrende Lizzy mit festem Griff darin eingewickelt. Ohne Umschweife trug er sie ins Schloss vorbei an den Angestellten, die mit entsetzten Gesichtern ihre Arbeit unterbrochen hatten.

„Was ist geschehen?", wagte eine Magd Liam zu fragen. Er antworte kurz und präzise:

„Ein Raubüberfall."

Daniel war vorsorglich mehrere Schritte von Sarah zurückgetreten. Er war gänzlich unbewaffnet, was ihn beunruhigte. Ihre Stimme bebte vor Wut, Hass und Ekel.

„Ich wusste es doch, habe es immer gewusst! Das war also der Plan!"

Noch ehe sich ihr Gegenüber rechtfertigen konnte, hatte sie das uralte, zweihändige Langschwert des toten Kutschers ergriffen, auf Daniels Hals gezielt und ausgeholt.

Der reagierte blitzschnell und flink wie ein Wiesel, um dem todbringenden Schwerthieb auszuweichen. Sein Kopf blieb wo er war. Die Spitze der scharfen Klinge hatte ihn lediglich unterhalb des linken Auges getroffen und einen feinen Hautschnitt hinterlassen.

Die vom Trainingsplatz hinzu geeilten Gardemitglieder regten sich nicht. Ihre Trainerin hatte sie immer wieder gelehrt, Ruhe und Besonnenheit walten zu lassen. Niemals dürfen Gefühle die Oberhand bekommen und zu irrationalen Handlungen führen. So hielten sie es nun für ratsamer Sarah, die gerade vor lauter Hysterie die Kontrolle über sich verlor, zu bremsen und vor weiteren Tötungsabsichten abzuhalten, zumal ihr Gegner unbewaffnet war.

Sarah hatte sich wieder einigermaßen in der Gewalt, nachdem man ihr mühsam das Schwert aus der Hand gedreht hatte.

Mit kalter und eisiger Stimme sagte sie:

„Mach, dass du wegkommst, so schnell und soweit du kannst. Ich werde dich suchen und ich werde dich finden! Du wirst bezahlen für das, was man meiner Schwester angetan hat!" Ihre Worte waren hart, bitter und drakonisch.

Unwirsch entwand sie sich den Händen, die sie noch immer festhielten.

„Verschwinde!", sagte sie noch einmal.

Einer der Gardemitglieder hatte ihm schnell sein Pferd gebracht, ungesattelt. Ohne noch weiter zu zögern, sprang Daniel gekonnt auf den Pferderücken.

„Mach dir nicht die Mühe, mich zu suchen. Was du vorhattest, werden jetzt andere für dich erledigen. Du brauchst dir deine sauberen Finger nicht an mir schmutzig zu machen. Du hast deinen Triumph."

Diese Worte kamen ruhig, wohlüberlegt und fast bedauernd.

Dem Pferd die Sporen gebend jagte er davon, seinem Schicksal entgegen.

Daniel wusste, dass er gegen die Schergen seines Vaters kaum eine Chance hatte, so wollte er doch nichts unversucht lassen, ihnen zu entwischen. Die Umgebung genauestens fixierend ritt er bedächtig und auf das Äußerste gespannt durch den dichten Wald vor Lenox Castle.

Ein winziges Fünkchen Hoffnung blieb immer, dachte er verbissen.

Ein heftiger Schlag gegen die Schulter riss ihn vom Pferd.

Die Männer waren aus dem Nichts aufgetaucht. Kräftige Hände zerrten ihn derb auf die Füße.

Die zerschossene Schulter brannte höllisch. Daniel verzog keine Miene. Die Blöße würde er sich nicht geben, als er seinem schmutzig lachenden Bruder gegenüberstand.

„Ließ sich gut reiten, die Kleine! Hattest du was mit der? Viel dran ist ja nicht an dem Püppchen!", sagte er provozierend. Da sein Bruder keinerlei Reaktionen auf das Gesagte zeigte, holte er Schwung und zertrümmerte seinem Gegenüber die Nase. Benebelt ging Daniel in die Knie und dann auf den Boden. Boshaft lächelnd sah Damian auf sein Opfer.

„Noch hast du die Wahl, wie du stirbst. Langsam oder schnell. Wer sind deine Komplizen!"

Daniel schmeckte mit jedem Atemzug Blut. Er hatte nur Verachtung für seinen Bruder übrig.

Verbissen sagte er: „Vergiss es!"

Von Wut über die dreiste Antwort erfasst, trat Damian auf den Oberkörper seines Opfers ein.

Daniel merkte nur kurz, dass seine Rippen der massiven Gewalteinwirkung nicht standhielten und brachen. Dunkelheit erfasste ihn blitzschnell und brachte Schmerzlosigkeit und Vergessen.

Gregory begab sich im Eilschritt auf direktem Weg zu Lizzys Schlafzimmer, während William nach Sarah und Liam rufen ließ, die sich unverzüglich in seinem Arbeitszimmer einfanden.

Der König wirkte müde und angespannt. Erneut war er mit der Bearbeitung seiner Korrespondenz zum Scheitern verurteilt worden.

Sarah durchschritt aufgebracht das Zimmer.

„Was zum Teufel ist hier passiert?", fragte William gezwungen ruhig.

Sarah stürzte auf den Schreibtisch ihres Vaters zu.

„Diese verdammte Corlens Brut!", schrie sie unflätig.

„Lizzy wurde überfallen und brutal missbraucht von diesem Prinz Damian höchstpersönlich."

Fast schon spuckend vor Wut setzte sie hitzig hinzu:

„Der Kutscher wurde erstochen. Er hinterlässt eine Frau und zwei kleine Kinder. Was aus den Wachen geworden ist, weiß kein Mensch. Wir sollten schleunigst ausreiten und nach ihnen suchen."

Sarahs Kopf war hochrot angelaufen. Liam nickte bestätigend.

„Ihr bleibt hier im Schloss. Da draußen wimmelt es vermutlich noch von den Schergen König Georgs. Wo steckt Daniel? Sollte er nicht auch unterrichtet werden darüber, was geschehen ist?"

Ungläubig ob dieser Fragestellung antwortete Sarah sarkastisch:

„Den haben wir liebevoll zum Tee eingeladen. Meine Güte, Dad. Ich habe ihn zum Teufel gejagt. Umbringen konnte ich ihn ja nicht. Der Mistkerl ist wendig wie ein Marder. Außerdem haben mich frecher Weise die Gardemitglieder an weiteren Handlungen gehindert. Da ist übrigens das letzte Wort auch noch nicht gesprochen."

Ihre Marschrute setzte sie nun weiter im Zimmer fort. Liam fühlte sich nicht recht wohl in seiner Haut. Er konnte keinerlei Aussagen machen, was geschehen war, da er Lizzy, geschützt vor neugierigen Blicken, ins Schloss getragen hatte.

König William ließ einen der Gardemitglieder umgehend zu sich kommen.

Dieser wirkte beim Eintreten absolut überzeugt und selbstsicher, was die Richtigkeit seines Handelns anbelangte.

„Wir haben die Situation voll erfasst, handelten aber nicht vorschnell, da zu klären gewesen wäre, was Recht und Unrecht war. Deshalb hielten wir es für angemessen, Mylady von übereilten Handlungen abzuhalten. Eine vorschnell geführte Exekution ist bekanntlich irreversibel."

„Danke, Ihr dürft Euch entfernen", sagte William überlegt.

Gregory kam ins Zimmer gerauscht. Ohne Aufforderung ließ er sich in einen der Ledersessel am Fenster fallen. Bevor er sich zu einer Aussage über Lizzys Gesundheitszustand herabließ, zündete er sich eine Zigarre an. Sarah sah genervt zur Zimmerdecke.

„Lizzy geht es den Umständen entsprechend gut. Außer einiger Blessuren, hat sie keine nennenswerten Verletzungen. Körperlich gesehen. Wie es in ihrer Seele aussieht, lässt sich nur vermuten. Ich habe alles Nötige getan, was in solchen Situationen zu tun ist. Sie schläft jetzt. Ich habe ihr ein starkes Beruhigungsmittel gegeben. Ihre Zofe ist bei ihr und informiert mich umgehend über jede Veränderung."

Eine letzte, klärende Frage brannte William noch unter den Nägeln.

„War Daniel wenigstens bewaffnet, als ihr ihn aus dem Schloss gejagt habt?"

„Nein", kam die prompte Antwort Liams.

„Nach Sarahs Anschuldigung hielt das niemand für angemessen", fügte er unsicher hinzu.

Im Raum herrschte kurzes Schweigen. Unvermittelt donnerte William los:

„Seid ihr euch der Tragweite des Ganzen überhaupt bewusst?"

Alle bis auf Gregory sahen ihn verständnislos an.

„Sarah, hast du deinen Verstand heute Morgen im Bett gelassen? Seit wann lässt du dich von Gefühlen leiten und ignorierst die Tatsachen?"

Sarah starrte ihren Vater mit weit aufgerissenen Augen an.

„Dad. Daniel hat das mit seinem Bruder eiskalt geplant. Ist dir das nicht klar? Ich habe dich immer gewarnt! Immer wieder. Aber auf mich wolltest du ja nicht hören. Nein, da muss erst die arme Lizzy dran glauben, bevor dir die Augen geöffnet werden. Ich habe dem Einhalt geboten, rigoros. Ich werde den Mistkerl suchen, finden und beenden, was ich begonnen habe."

Entschlossener den je sah sie ihren Vater mit funkelnden Augen an.

„Was soll das ganze Gerede hier noch. Lass mich lieber handeln. Je schneller Lizzy gerächt ist, desto besser."

William richtete sich kerzengerade auf, bevor er besonnen antwortete:

„Der Junge ist hoffentlich schon tot. Wenn nicht, erlebt er gerade die Hölle auf Erden.

Sarah deine Suche ist sinnlos. Ihr seid einem äußerst perfiden Plan Prinz Damians auf den Leim gegangen. Ihr habt getanzt wie Marionetten, genauso, wie er es wollte.

Der Überfall auf Lizzy war nur ‚das Mittel zum Zweck', um an Daniel zu kommen."

Im Arbeitszimmer herrschte Totenstille. William wurde nun laut.

„Dein zwanghafter Hass ist zu einer Manie geworden, Sarah. Du hast einen Unschuldigen an die Schergen des Königs ausgeliefert, ohne auch nur einen Augenblick an die Konsequenzen zu denken. Ist dir eigentlich klar, dass du mit Daniels Tot dem Volk dort drüben jeder Hoffnung beraubst? Hast du vergessen, was sie auf dem Schloss mit Hochverrätern anstellen? Nein?"

Etwas ruhiger sprechend fügte er hinzu:

„Die verwenden mittelalterliche Methoden, um jemanden zum Reden zu bringen. Hoffe inständig, dass Daniel nicht mehr lebt. Sollten sie ihn gefasst haben, dann wünscht er sich gerade, nie geboren worden zu sein."

Gregory war seufzend aufgestanden, um Whisky in Gläser zu schütten. Er sah es als angebracht an, die erhitzten Gemüter zu beruhigen.

„Glaubst du wirklich an das, was du da von dir gibst, Dad?" konstatierte Sarah hochmütig.

William ignorierte die Frechheit seiner Tochter und leerte das ihm gereichte Glas.

„Warten wir es ab", erwiderte er trocken. Entschlossen setzte er eine Wartefrist von drei Stunden aus. Hatte er bis dahin keine Nachricht von seinem Informanten auf Corlens Castle, dann würde es Sarah freistehen, umgehend nach den vermissten Soldaten zu suchen.

Ungehalten über die Sturheit ihres Vaters schlug sie mit der Faust gegen die Wand.

„Die Corlens lachen sich doch blöd und dusselig über uns Idioten, während wir hier rumstehen und auf irgendetwas warten wollen, was niemals eintreten wird."

Der König ließ sich nicht beirren. Seines Handelns war er sicher.

„Liam, ich möchte, dass du dich mit mindesten sechs Gardemitglieder für einen Einsatz bereithältst. Es ist möglich, dass du noch heute Nacht in die Kerker von Corlens Castle musst."

Sarah hatte entschiedene Einwände, kam aber nicht mehr dazu, sie preiszugeben. Ein Diener überbrachte eine Botschaft vom Stallmeister.

„Ich soll euch ausrichten, dass er nicht wisse, ob es von Belang ist. Er hielt es aber für richtig, Meldung zu machen. Das Pferd von Sir Daniel ist allein zurückgekommen. Es weist frische Blutspuren auf, welche nicht vom Pferd stammen."

William dankte dem Diener, der sich lautlos zurückzog. Liam stand auf.

„Ich sehe mir das an, dann treffe ich entsprechende Vorbereitungen und halte die Garde in Bereitschaft."

Sarah saß gelangweilt am Fenster und gähnte demonstrativ. Keiner achtete auf ihr ungehöriges Benehmen. Es herrschte gespenstische Stille im Raum. Der Arzt zog genüsslich und entspannt an einer Zigarre. Seine Augen waren hingegen spannungsgeladen auf

William gerichtet. Liam war wieder zurückgekommen. Gehorsam meldete er, dass alle Vorbereitungen getroffen waren, bevor er sich neben Sarah niederließ. Der alte Regulator tickte unablässig leise vor sich hin. Minute für Minute, Stunde um Stunde.

William ging wartend seinen trüben Gedanken nach. Sarah tat, als wäre sie über diese absurde Posse eingeschlafen. Es wurde dunkel und Lampen wurden entzündet.

Abrupt wurde die fürchterliche Stille durch das erneute Eintreten eines Dieners unterbrochen.

„Eine dringende Nachricht für seine Majestät persönlich."

Ungeduldig riss William das unversiegelte Schreiben auf. Stumm las er den Inhalt.

„Liam! Sofortiger Aufbruch. Ziel sind die besagten Kerker", sagte er bitter.

Gregory nahm seinem Freund das Schreiben sanft aus der Hand.

„Und was steht da Schönes? Ein Lockruf für die nächste Falle?" Sarah lachte verhalten.

Gregory las vor: „Warenlieferung stark beschädigt eingetroffen. Bitte um umgehende Abholung bis zum Morgengrauen, sonst keine Bezahlung!"

Langsam ließ er das Schreiben sinken. „Lange Nacht und langer Morgen."

Damit stand er auf. „Ich lege mich für ein paar Stunden schlafen. Wie aus dem Schreiben zu entnehmen ist, ist die Ware stark beschädigt. Ich sollte ausgeruht sein, sollte man mich bei eurer Rückkehr noch brauchen, was ich hoffe."

An der Tür drehte er sich noch einmal um.

„Liam, ich lasse dir meine Notfalltasche bringen. Solltet ihr noch rechtzeitig kommen, werdet ihr sie brauchen. Alles Gute!"

„Was soll diese Nachricht bedeuten?", fragte Sarah ihren Vater, obwohl sie die Antwort schon ahnte.

„Wir haben keine Zeit. Sie haben ihn und er wird bis zum Morgengrauen tot sein, wenn nichts geschieht."

„Und wir latschen denen direkt in ihre Mausefalle! Klasse. Wie vertrauenswürdig ist denn dein Informant?", spottete sie gekünstelt. Leichte Unsicherheit hatte sich in Sarah geregt.

„Hundertprozentig verlässlich!"

„Auch mit einer Schusswaffe an der Stirn?"

„Ein Restrisiko bleibt immer, solltest du doch eigentlich wissen. Vorsicht und Selbstschutz bilden die obersten Prioritäten bei solchen Einsätzen."

Sarah schien mit sich zu ringen. Nervös knetete sie ihre Hände, bis sie schließlich sagte:

„Ich werde mitgehen und Liam zur Seite stehen, falls es brenzlig wird. Werde ich eines Besseren belehrt, was Daniel anbelangt, werde ich mich fügen und bei der Rettung deines geliebten Schützlings nicht im Wege stehen, beziehungsweise sie unterstützen."

Liam stand ungeduldig wartend an der Tür.

„Dann los jetzt, wir haben keine Zeit zu verlieren. Wie gut steht dein Plan?"

„Perfekt. Wir nehmen den alten Stollen, der von den Klosterruinen direkt in die Katakomben von Corlens Castle führt. Es ist derselbe Weg, den ich damals gewählt hatte, als wir Gardemitglied Burtons aus der Gefangenschaft befreien mussten. Ich hoffe nur, dass der Geheimgang noch begehbar ist."

„Passt auf euch auf. Ihr betretet die Höhle des Löwen." William seufzte von Sorgen geplagt.

Daniel brauchte lange, um zu erraten, wo wer sich befand. Nur schleichend kehrten die Erinnerungen an die vorangegangenen Ereignisse zurück. Nichts ahnend, wie viel Zeit seit seiner Gefangennahme vergangen war, versuchte er sich anhand der Lichtverhältnisse im Kerker zu orientieren. Öllampen und blakende Fackeln hatten das Gewölbe matt erleuchtet. Obwohl er den Kopf kaum bewegen konnte, blickte er zum Lichtschacht hoch oben in der rauen Kerkerwand. Es gab keinen Lichteinfall, also war es Nacht. Oder schon wieder?

Fest stand, dass er gefesselt auf einem der uralten Hinrichtungstische lag.

Als Schritte im Gang wahrnehmbar wurden, versuchte er den Kopf zu heben. Ein Fehler, wie er sich eingestehen musste. Rasende Kopfschmerzen und ein brutaler Schmerz in der Schulter ließen ihn kurz aufstöhnen und nach Atem ringen. Diesen Reflex unterdrückte er schleunigst, da er befürchteten musste, dass ihm der Brustkorb zerspringen würde.

„Endlich aufgewacht?", höhnte eine eisige Stimme neben ihm.

„Nun, ich höre! Wo hattest du dich versteckt. Wer sind deine Komplizen?" Die Frage kam sanft, beinahe freundschaftlich höflich. Daniel antwortete nicht. Prinz Damien holte ein ganzes Set kleiner, scharfer, stilettartiger Messer aus einer geschnitzten Holzkiste hervor.

„Mal sehen, ob du reden wirst, wenn ich die alle an Ort und Stelle in deinem Körper platziert habe. Ich verspreche dir, dass kein einziges Messerchen tödlich sein wird." Daniel sah nur noch das bösartige Grinsen seines von Mordlust befallenen Bruders.

Bei jedem Messerstich und jedem Schnitt dachte er an Lily, nur an die kleine, unschuldige Lily, an ihr verschmitztes Lächeln, ihre nervigen Fragen, ihre kleinen ungelenken Händchen, mit denen sie ihre Bausteine aufeinanderschichtete. Niemals würde er dieses Kind verraten können. Daniels angetrunkener Peiniger war in schierem Blutrausch geraten, provoziert von der hartnäckigen Verschwiegenheit seines Opfers. Die Stilette waren fast aufgebraucht, als es in Daniels Ohren zu rauschen begann. Bittere Kälte legte sich über ihn und ließ seinen verhaltenen Atem stocken. Langsam schwanden ihm die Sinne.

Noch einmal sah er Lizzys unbefangenes Gesicht, dann hörte er Lily mit feinem Stimmchen eines ihrer lustigen Kinderlieder trällern. Sein letzter Gedanke betraf ihn selbst. Die Hoffnung, nie mehr aufzuwachen.

Dann versank er in die erlösende Dunkelheit.

Sarah war noch immer nicht ganz davon überzeugt, dass sie nicht in eine morbide Falle der Corlens laufen würden. Auch stellte sie sich immer wieder dieselbe Frage. Wer war der Informant ihres Vaters, dass dieser ihm so dermaßen vertraute? Auf ihre Frage hin, wer denn der geheimnisvolle Unbekannte auf Corlens Castle sei, hatte er nur ausweichend geantwortet:

„Das, mein liebes Kind, geht dich im Moment nichts an." Sarah hatte daraufhin schockiert den Kopf geschüttelt und wortlos das Arbeitszimmer ihres Vaters verlassen.

Die Gardemitglieder waren gut bewaffnet und für solche Einsätze bestens von Sarah und Liam ausgebildet. Sarahs ungutes Gefühl hatte ihre Sinne geschärft. Jede Bewegung und jedes Geräusch wurden präzise von ihr erfasst und mahnten zur äußersten Vorsicht. Im Stollen war es dunkel, eng und feucht. Die Luft roch muffig und abgestanden. Mit Fackeln ausgestattet, bahnten sie sich unerschrocken ihren Weg zum Schloss. Der sich bewegende Lichtschein warf seltsame Schatten an die grobbehauenen Felswände. Der Geheimgang schien kein Ende zu nehmen. Trotz schlüpfrigen Untergrundes kamen sie zügig voran. Der Stollen begann anzusteigen. Nach einer letzten Biegung konnte Sarah in der Ferne matte Lichtflecken erkennen. Liam zog an einem kleinen verrosteten Hebel. Eine löchrige, marode Steinplatte schob sich zur Seite und gab den Weg zu den mit triefenden, von Fackeln beleuchtetem Kellergewölbe frei. Die Steinplatte, in die tanzende Teufel gemeißelt waren, wurde wieder verschlossen. Eine unheimliche Stille umschloss die Eindringlinge. Schleichend, auf jedes noch so nichtige Geräusch achtend, erreichten sie die Gefängniszellen. Ein grobschlächtiger Gefängniswärter kam ihnen schlurfend entgegen. Gewohnheitsgemäß richtete Sarah ihre Pistole auf ihr Gegenüber. Dieser zeigte sich von dieser Geste ungerührt. Mit seiner tellergroßen Hand wies er Sarah von den Gefängniszellen weg, hin zu einem gesonderten abgelegenen Gewölberaum. Sarah senkte die Schusswaffe. Schweigend folgten sie ihm.

Beim Anblick des Gewölbes lief Sarah ein Schauder über den Rücken, während eine seltsame Beklommenheit die hartgesottene Mannschaft umschloss.

Der Gefängniswärter öffnete wortlos eine fest verschlossene Tür zu einem kalten, feuchten Nebenraum, in dem wenige Fackeln dumpfes Licht warfen.

Sarah packte das pure Entsetzen, als sie beim Eintreten Daniels ansichtig wurde, der in der Mitte des Raumes gefesselt auf einem massiven Holztisch lag. Wie erstarrt blieb sie stehen, zu keiner weiteren Bewegung fähig. Liam schob sich seitlich an ihr vorbei. Ihm folgten wortlos die Gardemitglieder. Besonnen steuerte Liam auf den regungslosen, blutüberströmten Gefangenen zu. Routinemäßig fühlte er Daniels Pulsschlag am Hals.

„Lebt noch", sagte er sachlich. Sarah atmete auf. Es kam wieder Leben in sie. Doch plötzlich beunruhigte sie etwas. Sie witterte irgendeine Gefahr. Nervös sah sie sich um. Eine Frau, hochaufgerichtet, mit versteinertem, emotionslosem Blick, trat aus einer dunklen Nische heraus. Sarah zögerte keine Sekunde. Entschlossen richtete sie ihre Schusswaffe auf den Kopf der erhaben wirkenden Dame. Diese drehte sich unbeeindruckt langsam zu Sarah.

„Wenn Ihr gekommen seid, um meinen Sohn zu retten, dann solltet Ihr diese Albernheit lassen und euch stattdessen beeilen." Ihre Stimme war hart, eisig und gebieterisch.

„Die Königin höchstpersönlich", dachte Sarah beeindruckt und senkte die Waffe.

Die Männer waren damit beschäftigt, Daniel transportfähig zu machen. Jeder Handgriff war eingespielt. Plötzlich zog Liam besorgt die Stirn in Falten.

„Verdammt! Der atmet nicht mehr!"

Sarah stürzte besorgt hinzu.

„Nicht jetzt und nicht hier!", platzte es wutentbrannt aus ihr heraus. Sie schaffte sich zwischen den Männern Platz, bevor sie ohne zu zögern kraftvoll mit der Faust auf Daniels Brustkorb schlug. Die Männer sahen sie schockiert an.

„Na was denn!", schnauzte sie ärgerlich, „noch mehr ‚kaputt' geht doch wohl nicht."

Fragend sah sie zu Liam.

„Glück gehabt. Ich kann seinen Puls wieder fühlen." Liam war trotz des Vorfalls nicht aus der Ruhe geraten.

Die Königin wand sich Sarah zu, die sich ungerührt das Blut von den Händen an ihrer Kleidung abwischte.

„Mein Sohn ist eben verstorben. Niemand wird nach ihm suchen. Sollte er überleben, dann versprecht mir, dass Ihr auf ihn aufpassen werdet. Er beginnt, Fehler zu machen."

Kein Muskel regte sich in ihrem maskenhaften, fahlen Gesicht. „Sie muss einmal wunderhübsch gewesen sein", dachte Sarah kurz, bevor sie hart und entschlossen antwortete:

„Nein. Das hier ist ganz allein meine Schuld. Für diesen Fehler trage ich die Verantwortung." Sarah schluckte. Die Königin musterte Sarah, bevor sie sagte:

„Dankt Eurem Vater. Er weiß wofür. Und Euch Sarah gilt ebenfalls mein Dank dafür, dass Ihr versucht, das Leben meines Sohnes zu retten."

Ohne ein weiteres Wort wandte sie sich ab, um mit steifem Schritt den Ort des Grauens zu verlassen. An der Tür drückte sie dem wartenden Wächter einen prall gefüllten Geldbeutel in die ausgestreckte Hand.

„Ihr wisst, was zu tun ist?" Der Angesprochene nickte ergeben. „‚Gerade gestorben' wird meine Meldung lauten, Mylady."

Sarah lief wie benebelt von den Worten der Königin den anderen hinterher. Es war höchste Eile geboten.

Der Wächter tat, was ihm der jüngere Sohn des Königs befohlen hatte. Sollte der Gefangene bis zum nächsten Verhör das

Zeitliche gesegnet haben, so sollte er den Toten zerteilen und den Schweinen zum Fraß vorwerfen. Er verrichtete seine schreckliche Arbeit völlig emotionslos. Nur zerhackte er nicht Daniel, sondern einen toten diebischen Trunkenbold, den man in seiner Zelle vergessen hatte.

Beim Hinausgehen hatte Sarah aus dem Augenwinkeln gesehen, welches grausame Geschäft der Wärter an einem Menschen vollzog. Die dumpfen Schläge der Axt verfolgten die Fliehenden noch bis zur Stein Tür mit den tanzenden Teufeln. Kaum hatte sich die Steinplatte hinter Sarah geschlossen, erbrach sie sich angewidert und von Ekel erfüllt.

Prinz Damian war verärgert und enttäuscht.

„Verdammt", fluchte er ungehalten, „wieso ist das Aas schon verreckt? Ich dachte, ich hätte am Morgen noch ein bisschen Spaß mit ihm." Seine Augen glitzerten vor Blutgier und Boshaftigkeit.

König George warf seinem Sohn verächtliche Blicke zu.

„Ich hatte dir geraten, einen Fachmann die Arbeit erledigen zu lassen."

„Ich bin mindestens ebenso gut, wie diese Stümper. Mein lieber Bruder hat nichts ausgehalten, das ist alles", antwortete er mit einem süffisanten Grinsen, bevor er das eben gefüllte Branntweinglas in einem Zug leer trank.

„Egal, jetzt bin ich Kronprinz und das Pack da draußen wird sich mir fügen müssen."

„Noch bin ich hier das Oberhaupt, du Versager! Solange ich lebe, habe ich hier die Befehlsgewalt und nicht du."

Mit heimtückisch funkelnden Augen blaffte Damian zurück: „Dann pass gut auf dich auf, Daddy!"

König George ignorierte die Worte seines Sohnes. Sein Erstgeborener war tot. „Das war gut so", dachte er zufrieden. Eine Enttäuschung weniger. Auf den zweiten Sohn, der ganz nach seinem Geschmack geraten war, musste er nun gut achtgeben. Damian war übermotiviert und gefährlich. Wie auch immer, das Exempel war statuiert. Der Kronprinz war tot. Diese Form der Abschreckung wird dem Volk den gehörigen Respekt zum König und dem neuen Kronprinzen einbringen und sie beugsamer den je machen. Angst und Schrecken zu verbreiten, war schon immer gut, konstatierte König George lächelnd.

Und was die lästigen Rebellen anbelangt, die werden schon einknicken und ihren Widerstand aufgeben. Damian wird ihnen schnell einbläuen, dass ihr jetziges Leben auch ihr Zukünftiges sein wird. Zufrieden mit dieser Einschätzung lehnte er sich zurück.

Damian war sturzbetrunken zur Seite gekippt.

Es wurde Zeit, dass George seine geliebte Ehefrau zu sich beorderte. Er lechzte förmlich danach, sich an ihrem Gesichtsausdruck ergötzen zu können, wenn sie vom plötzlichen Dahinscheiden ihres Lieblingssohnes erfuhr.

Die Königin erschien, bleich, kalt, schön und unnahbar. Mit einem schmierigen Lächeln setzte er seine Frau über das Ableben Daniels in Kenntnis. Ganz entgegen seiner Erwartungen behielt die Königin ihre Fassung. Kein einziger Muskel in ihrem starren Gesicht zeigte auch nur den Ansatz einer Bewegung.

„Das war zu erwarten, nachdem Damian Hand an ihn legen durfte. Er hat früher schon seine Messerspiele an kleinen Hunden und Katzen ausprobiert, bevor er mit dieser perfiden Gabe auf Menschen losgegangen ist. Du siehst mich also nicht erschüttert zusammenbrechen. Ich weiß, dass das dir Freude bereitet hätte.

Du wirst mich jetzt entschuldigen müssen, da ich mich um angemessene Trauerkleidung bemühen muss. Die Form sollte doch wohl nach außen gewahrt werden oder etwa nicht?"

Nach diesen unmissverständlichen Worten verließ sie ihren enttäuschten Ehegatten.

„Wie schade", dachte der und griff nach der halbvollen Branntweinflasche, um mit schwankendem Gang und gierigem Blick eine seiner ganz persönlichen Huren aufzusuchen.

Königin Margaret zog sich mit klopfendem Herzen zurück in ihre Gemächer. Sie war allein. Niemand würde sie hören oder sehen können. Erschöpft ließ sie sich in einen der schweren Ledersessel fallen. Fassungslos legte sie die Hände vor ihr Gesicht. Der

Anblick ihres Sohnes ließ sie keinen Moment los. Hemmungslos weinte sie, geplagt von Ungewissheit, Entsetzen und Angst.

Im Land hatte sich die Kunde über den Tod des Thronfolgers wie ein Lauffeuer verbreitet. Unruhe und Ungewissheit breitete sich über das Land. Flüsternd und tuschelnd tauschte man sich auf den Straßen und in den Gassen aus. Fragende Blicke gingen von einem zum anderen. Nach außen hin schien der Alltag der Menschen seinen gewohnten Gang zu nehmen. Nur ein sehr guter Beobachter konnte die versteckte Angst, die Hilflosigkeit und die tiefe Erschütterung in den Gesichtern erkennen.

*S*arah fühlte sich elendig. Gleichzeitig drangen immer wieder die Axtschläge in ihre trüben Gedanken, welche jedes Mal erneut Übelkeit in ihr hervorriefen.

Auf dem gesamten Weg von der Klosterruine bis Lenox Castle hielt sie Daniels Kopf leicht zur Seite gedreht auf ihrem Schoß. Durch die Erschütterungen der Kutsche auf dem recht unwegsamen Gelände, sickerte ein dünner Blutstreifen aus Daniels Nase über ihre stützende Hand hinweg. Die Angst, er könne den Transport nicht überleben, machte sie ungeduldig und nervös.

Selbstvorwürfe begannen an ihr zu nagen. Sie war schuld, nur sie. Warum nur hatten sie ihr Verstand und ihre Vernunft im Stich gelassen? Wo waren ihre eisernen Nerven geblieben, ihr Gewissen, ihre Besonnenheit? Sie marterte sich das Gehirn. Ein gesunder Zweifel war wichtig und richtig. Doch sie hatte nach falschen Grundlagen vorverurteilt und auf ihren eigenen Schuldspruch mit „schuldig" plädiert. Sarah war am Verzweifeln. Wenn sie doch nur endlich im Schloss wären. Der Weg schien schier endlos.

Es war noch dunkel, als sie im Schloss eintrafen. Das Personal war noch nicht auf den Beinen, selbst in der Küche war noch kein Lichtschein zu erkennen.

Durch den Hintereingang brachte man Daniel in Gregorys Behandlungsräume.

Ruhig und professionell verschaffte der Arzt sich einen kurzen Überblick über Daniels Verletzungen.

„Schlimmer ging es wohl nicht mehr", fragte er seufzend, ohne den Blick von seinem Patienten zu nehmen.

„Doch. Es ging noch schlimmer. Aber wenn ich darüber rede …", mitten im Satz brach Sarah ab. Gregory sah auf und bemerkte ihr grünes Gesicht.

„Ja, nicht hier drin. Raus, aber schnell!" Sarah blieb stehen, die Hand vor dem Mund, beherrscht, verzweifelt, fragend.

„Ich gebe mein Bestes und jetzt raus. Ich habe ein Menschleben zu retten."

Kurze Zeit später steuerte Sarah geradewegs das Arbeitszimmer ihres Vaters an. Wie ein geprügelter Hund mit angelegten Ohren betrat sie gespenstisch blass das Arbeitsrefugium. König William sah seine Tochter mit weit aufgerissenen Augen an.

„Meine Güte Kind, bist du verletzt?", fragte er erschrocken. Jetzt erst fiel Sarah auf, was sie für einen Eindruck mit ihrer blutbeschmierten Kleidung auf ihren Vater machen musste.

„Nein", gab sie entschieden zurück. Mir ist nichts geschehen. Ich melde, dass alles weitgehend nach Plan lief und niemand zu Schaden kam."

„Was heißt weitgehend? Gab es doch Probleme?"

„Die Königin war da. Ich soll dir danken, du wüsstest schon wofür."

William nickte übernächtigt mit sorgenvollem Gesicht.

„Ist sie deine Informantin?", fragte Sarah müde.

Sie bekam keine Antwort. Stattdessen wurde ihr eine Tasse Tee gereicht, extra schwarz und stark.

„Was ist mit dem Jungen?", fragte König William ungeduldig.

Schulterzuckend versuchte Sarah den heißen Tee zu trinken, ohne sich zu verbrennen.

Plötzlich platzte es aus ihr heraus.

„Dad. Das sind Barbaren, kaltblütige Mörder. Das war die Hölle dort. Was die mit Menschen anstellen, ist einfach unfassbar." Sie holte tief Luft, damit ihr nicht wieder übel wurde, als sie an die Axt dachte. Mit gepresster Stimme unterrichtete sie ihren Vater von dem nächtlichen Einsatz.

„Liam hat schon einmal einen Gefangenen dort herausgeholt. Doch den hatte er in einem Kerker eingesperrt und in Ketten gelegt vorgefunden. Der war leicht lädiert, kaum der Rede wert. Aber das heute spottet jeder Beschreibung. So etwas kenne ich nur aus alten Büchern.“

Nun gänzlich erschöpft ließ sie sich in den Sessel zurückfallen.

„Und alles ist meine Schuld“, seufzte sie fast weinerlich. Es entstand eine kurze Pause, in der William das Gesicht seiner Tochter taxierte.

„Deine Vorgehensweise war unbeherrscht, unüberlegt und töricht! Das sagte ich dir bereits. Aber Schuld? Schuld haben die, die diesen perfiden Plan mit Lizzy als Kollateralschaden ausgeheckt und erfolgreich umgesetzt haben. Ihr anderen habt nur wie die Marionetten getanzt, wie man es von euch erwartet hatte. Deine Schuld ist lediglich, dass du mir und deiner Schwester nicht vertraut hast.“

„Danke, dass du mich trösten willst. Funktioniert aber nicht. Übrigens hat Königin Margaret Daniel für tot erklären lassen. Sie ist um seine Sicherheit besorgt.“

Ihr Vater wirkte niedergeschlagen und traurig. Für den Moment sah er aus, wie ein alter Greis, nicht wie ein gestandener Mann in den besten Jahren.

Die Gefühlsduselei war nur von kurzer Dauer. Entschlossen und kraftvoll drückte er das Rückgrat durch, um wieder eine angemessene Haltung einzunehmen.

„Es muss ein Gerücht im Haus gestreut werden, dass du meinen lieben, etwas zügellosen und temperamentvollen Urgroßneffen zu Unrecht beschuldigt hast, Lizzy nicht begleitet zu haben. Daraufhin hatte er beleidigt das Weite gesucht und einen schlimmen Reitunfall erlitten.“

„Das bekomme ich ohne weiteres hin, Dad. Eine meiner leichtesten Übungen.“ Ein flüchtiges Lächeln zog über ihr hübsches Gesicht.

„Du solltest dich jetzt ausruhen, mein Kind.“

Entschieden und wieder hellwach schüttelte Sarah den Kopf.

„Ich will erst wissen, was mit Daniel ist. Und Lizzy muss ich auch sehen. Außerdem ist es meine Pflicht diesen Tischler und seine Familie aufzusuchen, um sie in Sicherheit zu bringen. Ich halte es zwar nicht für möglich, aber sollte doch der Fall eingetreten sein, dass man Daniel die Zunge gelöst hat, dann ist diese Familie in äußerster Gefahr und bedarf unseres Schutzes. Das bin ich diesen Leuten schuldig."

William willigte ein, setzte aber voraus, dass Sarah Prioritäten setzte und sich umgehend um die Familie Henderson kümmerte. Lizzy würde zu dieser frühen Stunde mit Sicherheit noch schlafen und Gregory würde sie auf dem Gang stehen lassen, solange er beschäftigt war.

Die Möbeltischlerei war schnell gefunden. Sarah und Liam mieden die Wohnungstür der Familie. Stattdessen nahmen sie, wie es ordentliche Kundschaft zu tun pflegte die Tür zur Werkstatt. Ein kleines, aufgewecktes Mädchen sauste trällernd an ihnen vorbei.

Beim Klang des Türglöckchens ließ Philip den Hobel sinken. Misstrauisch musterte er die Fremden. Sarahs Blick wanderte nach allen Seiten in der Werkstatt. Es war außer ihnen selbst und dem Tischler niemand weiter da. Ohne Umschweife kam Sarah zur Sache.

„Ihr seid Philip Henderson?", fragte sie resolut.

„Wer will das wissen?", kam es schroff zurück. In Philips Augen blitzte es lauernd.

Unmerklich ließ er die Hand in eine Schublade neben sich gleiten, was Sarahs geschultem Blick nicht entging.

„Ich bin Lizzys Schwester Sarah. Und das neben mir ist mein Ehegatte Liam."

Philip horchte auf, erkannte Liam, beließ aber weiterhin die Hand am Griff der Pistole.

Lächelnd sagte Sarah:

„Ihr könnt die Hand ruhig von der Schusswaffe nehmen. Wir sind in keiner bösen Absicht hier. Im Gegenteil. Ihr müsst schnellstens für einige Tage die Tischlerei verlassen. Es ist möglich, dass man euch sucht."

Bei diesen Worten klappte Philip der Unterkiefer herunter. Doch er blieb besonnen und fragte ruhig: „Warum sollte man mich suchen?"

„Weil sie Daniel geschnappt haben?"

„Unmöglich!", platzte es aus Philip unverhohlen heraus.

„Und doch ist es so. Wir sind um Eure Sicherheit besorgt. Bitte gebt Eurer Frau umgehend Bescheid, dass sie das Notwendigste zusammenpackt. Eine Kutsche wird Euch zu uns aufs Schloss bringen. Eine kleine Wohnung steht für Euch bereit."

Der Tischler schien zu überlegen.

„In Ordnung. Meine Familie wird mitgehen. Ich werde bleiben, um meinem Freund zu helfen. Ich verfüge über Mittel und Wege …"

Sarah fiel ihm ins Wort:

„Die Hilfe kommt zu spät. Tut mir leid. Bitte kommt mit uns."

Philip war bleich geworden.

„Ich sage meiner Frau Bescheid."

Während er sich zum Gehen abwandte, stolperte ein lauthals, weinendes Mädchen mit schaukelndem Pferdeschwanz in die Werkstatt.

„Eine olle Wepse hat mich gepikst", schluchzte sie und hielt ihrem Vater die kleine, gerötete und leicht geschwollene Hand entgegen. Sarah, die kaum Erfahrungen mit Kindern hatte, nahm sich der Kleinen an, damit Philip Vorbereitungen für die Abreise treffen konnte.

„Zeigst du mir mal dein Händchen?", fragte sie unsicher. Lily sah die fremde Frau neugierig an, die sich bereitwillig zu ihr heruntergebeugt hatte.

Die Dame gefiel ihr. Ohne Scheu streckte sie ihr die schmerzende Hand direkt vor die Augen, sodass Sarah nichts mehr sehen konnte. Schmunzelnd nahm sie vorsichtig die Hand der Kleinen und hielt sie in ihr natürliches Blickfeld. Nach eingehender Begutachtung sagte sie:

„Da ist ein Stachel drin. Das war keine Wespe, die dich gestochen hat, sondern eine freche Biene."

Vorsichtig entfernte Sarah den Stachel.

„Wie heißt du?"

„Ich heiße Lily, jawohl. Warum war das keine Wepse?", fragte die Kleine mit tränennassem Gesicht. Sarah erklärte ihr den Unterschied zwischen einem Wespen- und einem Bienenstich mit einfachen Worten. Lily fand das lustig, und die großen Kullertränchen versiegten.

„Ich glaube, wir sollten zu deiner Mutter in die Küche gehen. Sie gibt uns etwas, damit dein Händchen nicht mehr so weh tut."

Sarah fühlte sich augenblicklich pudelwohl in der kleinen, liebevoll eingerichteten Wohnküche. Lily rief lauthals nach ihrer Mutter. Während sie auf Susan warteten, fiel Sarahs Blick auf ein hübsches, kleines Puppenhäuschen in Lilys Spielecke.

„Das Haus ist wunderschön", sagte sie hingerissen. Dabei hatte sie einen winzigen Stuhl aus einem der hübsch eingerichteten Zimmerchen genommen und begeistert in der Hand gedreht.

„Hat dein Dad das für dich gebaut?"

„Och, der hat doch nie Zeit. Das hat Daniel mir gemacht. Den kennst du nicht. Der hat hier gewohnt. Jetzt nicht mehr. Das finde ich ganz doof", sagte sie einen Schmollmund ziehend.

„Den hattest du wohl gern?", fragte Sarah.

„Au ja. Mit dem konnte ich immer so schön Unsinn machen. Jetzt habe ich gar niemanden mehr hier zum Spielen. Wir haben mal ganz dollen Ulk gemacht. Rate mal, was wir gemacht haben?" Aufgeregt plapperte sie los, ohne beim Reden Luft zu holen.

„Ich habe ganz viele, schöne Schnecken vom Komposthaufen gesammelt, zum Spielen. Dann hat es doll geregnet. Ich habe die auf dem schön gedeckten Küchentisch krabbeln lassen. Die Schnecken haben sich bestimmt gefreut. Daniel hat gesagt, dass ich das darf." Lily lachte verschmitzt.

„Und dann haben wir gewettet, welche schöne Schnecke zuerst über den Tisch kriecht. Die Dummchen sind aber alle über die Teller gekrochen. Das war lustig, jawohl. Dann sind Mum und Dad nach Hause gekommen und wir haben ganz fix die Teller geputzt, aber …"

Lily holte jetzt tief Luft.

„Aber Dads Teller haben wir vergessen. Und mein Daddy hat dann von dem Schneckenteller gegessen." Lily kicherte schelmisch.

Einen Finger vor die geschlossenen Lippen legend flüsterte sie: „Aber Mum und Dad haben wir das gar nicht gesagt. Du darfst das auch nicht verraten. Ich kriege sonst keinen Nachtisch", schob sie kopfnickend in ihrer kindlichen Naivität nach.

Noch bevor das Kind weiterplappern konnte, unterbrach Susan unvermittelt das Gespräch. Sie war fast unbemerkt in die Küche gekommen. Sarah sah ihre rot geweinten Augen. Beschämt senkte Sarah den Blick. Fragend sah Susan von dem Kind zu Sarah.

„Ich heiße Sarah und wollte fragen, ob ihr mir eine Zwiebelscheibe geben könntet und vielleicht eine kleine Binde. Lily wurde von einer Biene in den Handrücken gestochen."

Susan gab Sarah schweigend das Geforderte. Sarah legte die Zwiebelscheibe auf Lilys kleines Händchen und fixierte sie vorsichtig mit dem Verbandsmaterial.

„Gleich wird es nicht mehr wehtun, versprochen." Lily lächelte. Die erfrischende Unterhaltung mit dem natürlichen, unverdorbenen Kind tat ihr gut und ließ sie für Augenblicke das Schreckliche vergessen. Doch stets wurde sie an die Tatsachen erinnert, die sie hierhergeführt hatten. Daniel war in diesem Haus allgegenwärtig. Er gehörte zur Familie, hatte hier sein zweites Leben. Und war vielleicht wirklich schon tot.

Kurze Zeit später war alles Notwendige in der Kutsche verstaut.

„Lily, du musst nun ganz lieb sein und den Anweisungen deiner Eltern artig folgen. Ihr verreist jetzt für einige Tage. Wenn du schön lieb bist, zeige ich dir, wo ich wohne. Einverstanden?" Lily nickte unbekümmert. Im Arm hatte sie eine Puppe, die Sarah als Lizzys Puppe wiedererkannte. Unwillkürlich musste sie lächeln.

„Wir sehen uns später, kleiner Wirbelwind." Lily winkte Sarah stürmisch aus der Kutsche zu.

Eine stumme, erschütterte, aber starke Susan hatte das Kind liebevoll in die Arme genommen. Die Kutsche fuhr ab. Philip befestigte Schilder an Vor- und Hintertür, mit der Aufschrift: „Wegen Trauerfall vorübergehend geschlossen."

„Hoffentlich nicht", dachte Sarah besorgt. Philip stieg ebenso wortlos, wie seine Frau auf sein Pferd, bevor sie alle der davonfahrenden Kutsche folgten.

„Ach Liam", seufzte Sarah irgendwann, als sie sich auf dem Rückweg zum Schloss befanden.

„Es muss schön sein, in so einer Familie leben zu können. Ich könnte Daniel direkt beneiden."

„Mache dir keine Illusionen. Sorgen haben die auch, nur eben andere als wir hier im Schloss. Und dann vergiss nicht die ständigen Ängste, denen sie ausgesetzt sind. Der eine gesucht wegen Hochverrat, der andere ist Rädelsführer der Rebellen. Schlechte Konstellation für ein friedliches Leben."

„Du hast Recht Liam. Ich meinte nur, dass ich es wunderbar finde, wie die kleine Lily in einer so liebevollen, natürlichen Atmosphäre aufwachsen kann. So etwas könnten wir einem Kind niemals bieten."

„Dann ist es ja gut, dass es bei uns mit dem Kindersegen nicht funktioniert hat", fügte er nüchtern hinzu.

Je näher man Lenox Castle kam, desto beklommener wurde Sarah um ihr Herz.

Der kurze Besuch bei den Hendersons hatte vollauf genügt, um ihr zu zeigen wie Daniel, obwohl er ein Corlens war, wirklich dachte. Die einfachen Bemerkungen der kleinen Lily hatten ihr seinen Charakter und seine Ideologie nur zu gut verdeutlicht. Kein Wunder, dass Lizzy diesem Mann blind und unerschütterlich vertraute, auch als sie von seiner wahren Identität erfuhr.

Sarah zwickten erneut Selbstvorwürfe über ihre Fehleinschätzung und deren weitreichenden Folgen. Doch Selbstvorwürfe halfen nicht. Sie musste handeln. Der Gedanke über das Wort „Infiltration" kreiste unaufhörlich in ihrem Kopf herum.

Daniel hatte dieses Wort bei irgendeinem Gespräch mit ihrem Vater eingeworfen. Damals hatte sie darüber wegwerfend gelacht. Nun war es ihr wieder in den Sinn gekommen. Je mehr sie darüber nachdachte, desto wirklicher erschien ihr die Bedeutung dieses Wortes. Wollte sie Lizzy und Daniel rehabilitieren, dann gab es nur eine Möglichkeit und die wollte sie unabdingbar nutzen. Sie würde planen, konzipieren, ausbauen und letztendlich umsetzen. Das Zauberwort hieß „Infiltration!"

Die Hendersons bezogen eine kleine, helle Wohnung im Personaltrakt des Schlosses. Das in dieser Wohnung fremde Menschen ein- und auszogen, war für die Angestellten nichts Neues. Schon oft hatte man hier Familien, welche aus irgendeinem Grund in Not geraten waren, kurzzeitig untergebracht.

Lily empfand die neue Umgebung als riesigen Abenteuerspielplatz. Aufgeregt sauste sie von einem Zimmer zum nächsten. Überall gab es Neues zu entdecken und zu bestaunen. Susan und Philip sortierten ihre Sachen an Ort und Stelle.

„Was ist nur geschehen, Philip? Wie konnte sowas passieren?", fragend starrte sie ihren Gatten an. Bedrückt und ratlos ließ er sich auf die Küchenbank nieder.

„Ich hoffe, sie werden es uns sagen. Im Moment bin ich mit der Situation einfach überfordert." Müde stützte er die Ellenbogen auf den Tisch und ließ sein Gesicht in seine Hände fallen.

„Ich habe meinen besten Freund verloren. Das tut verdammt weh, Susan."

Susan versuchte ihren Gatten zu tröstete, so gut sie es vermochte.

Sarah fand ihren Vater in seinen Privaträumen.

Vorschriftsmäßig meldete sie die erfolgreiche Evakuierung der Familie Henderson.

„Gab es Schwierigkeiten?"

„Keine. Die beiden haben die dringende Notwendigkeit dieser Sicherheitsvorkehrungen eingesehen. Sie beziehen gerade ihre Räumlichkeiten. Ich denke, es wird nicht für lange sein." Sarah schwenkte vom geschäftsmäßigen Teil der Unterhaltung zum privaten Teil über.

„Warst du schon bei Lizzy? Wie geht es ihr? Ist sie jetzt wach?"

„Körperlich geht es ihr recht gut, aber seelisch nicht. Mache dich darauf gefasst, dass du statt eines sanften Kätzchens, einen angriffslustigen Tiger vorfinden wirst."

Ein Zimmermädchen räumte die Reste eines eilig eingenommenen Frühstücks weg. Sie war so schnell verschwunden, wie sie gekommen war.

„Und hast du Informationen von Gregory, ich meine, wie es Daniel geht." Sarah versuchte gelassen zu klingen. Sie fürchtete sich vor der Antwort ihres Vaters.

„Noch lebt er. Daniel wurde nach oben gebracht, in dein altes Zimmer. Er ist noch immer bewusstlos. Gregory ist nicht besonders zuversichtlich, ob der Junge überleben wird. Die Verletzungen sind gravierend, dazu kommt der hohe Blutverlust. Wir müssen abwarten und hoffen", fasste William schwer atmend zusammen.

Sarah war erleichtert und zugleich niedergeschlagen.

„Ich gehe jetzt zu Lizzy und dann schlafen, wenn ich kann. Sage Gregory bitte, dass ich die Nachtbereitschaft bei Daniel übernehme. Er braucht keine Schwester zu bemühen. Ich kann aufpassen und nebenbei arbeiten, das kann ich in der Nacht sowieso am besten."

William nickte, ohne auch nur den Versuch zu machen, Sarah zu widersprechen. Er meinte zu fühlen, was in seiner Tochter vorging und wollte nicht noch tiefer in sie dringen. Im Übrigen hatte er seine eigenen Probleme, die mit der jetzigen Situation unweigerlich verkoppelt waren und über die er nur mit seinem Vertrauten und Freund Gregory sprach.

Im Bett sitzend knüllte Lizzy ein kleines Kissen unruhig in ihren Händen. Elsie saß am Fenster, Lizzy aus einem dicken Geschichtenbuch vorlesend. Bei Sarahs Eintreten legte sie freundlich lächelnd den Wälzer zur Seite und schickte sich an, das Zimmer zu verlassen. Sarah nickte ihr dankend zu.

„Schön, dass du auch mal vorbeikommst", sagte Lizzy bissig. Vom Tonfall Lizzys gewarnt, setzte sie sich ohne Umschweife zu ihrer Schwester auf das Bett. Ruhig sagte sie:

„Es ging nicht anders. Wir hatten einen Nachteinsatz mit der Garde. Wir sind jetzt erst zurückgekommen. Tut mir leid, Spatz."

„Aha", antwortete Lizzy in noch schärferem Tonfall.

„Ich dachte, du bringst diese Mistkerle um. Da habe ich wohl falsch gedacht. Ich bin ja auch nicht so wichtig, wie irgendwelche Nachteinsätze."

„Werde bitte nicht ungerecht, Lizzy. Der Einsatz heute Nacht war lebenswichtig. Was dich anbelangt, so bist du mir die liebste und beste Schwester die man nur haben kann. Und die Schuldigen, die erhalten ihre Strafe. Das verspreche ich dir hoch und heilig." Schwörend hielt sie ihre rechte Hand hoch.

„Geht es dir vielleicht schon etwas besser?", fragte Sarah vorsichtig.

„Besser!" Bittere, anklagende Worte folgten:

„Ich fühle mich schmutzig, dreckig, ich ekle mich vor mir selber. Es war so widerlich, so entsetzlich entwürdigend, erniedrigend und demütigend. Und dann sagte dieses Untier auch noch frech zu mir: ‚Jetzt zeigt dir ein richtiger Mann mal, wie's geht'.

Ich war so hilflos, so verdammt hilflos. Meine Geleitwachen wurden kaltblütig abgestochen vor meinen Augen. Es war einfach entsetzlich, so brutal." Lizzy holte tief Luft, bevor sie weitersprach.

„Dazu dieses hinterhältige, blasierte und arrogante Vieh, das mich benutzte wie Abfall."

Bittend sah sie ihrer Schwester fest in die Augen.

„Versprich mir, dass du diese Corlensbrut auslöschst, einen wie den anderen. Ich hätte damals auf dich hören sollen, ich dumme Gans."

„Ich habe doch schon geschworen", antwortete Sarah todernst, „Die Schuldigen werde ich zur Rechenschaft ziehen", sagte sie noch einmal.

Lizzys Wut hatte sich etwas gelegt.

„Ist der Kutscher auch tot?"

„Ja, leider. Er muss auf der Stelle tot gewesen sein. Die beiden Soldaten, die dich begleiteten, wurden heute Morgen gefunden und hierhergebracht."

Sarah streifte gähnend ihre Reitstiefel ab. Von plötzlicher Müdigkeit ergriffen, schlüpfte sie unter Lizzys Decke, ohne ihre Schwester zu fragen.

„Kannst du mir nicht auch einmal eine Geschichte aus deinem dicken Buch vorlesen?"

Lizzy war völlig perplex über Sarahs spontanes Verhalten und ihrem sonderbaren Wunsch.

„Ich soll dir vorlesen?"

„Ach ja, das wäre schön", murmelte sie erneut gähnend.

Widerstrebend griff Lizzy nach dem Buch, schlug es auf und begann irgendeine Geschichte vorzulesen. Das laute Lesen forderte Lizzys Konzentration und hinderte sie, gedanklich abzuschweifen. Bald hatte Lizzy die Handlung der Geschichte so gefesselt, dass sie nicht einmal bemerkte, dass Sarah sich dicht an sie gekuschelt hatte und längst eingeschlafen war.

Ohne Unterbrechung schlief Sarah bis zum späten Nachmittag. Dr. Gregory hatte noch einmal Lizzy untersucht. Beim Anblick Sarahs schüttelte er missbilligend den Kopf.

Später erschien König William, um sich nach dem Befinden seiner Tochter Lizzy zu erkundigen.

Zwischenzeitlich hatte Elsie der missmutigen Lizzy lustige Anekdoten erzählt. Von ihrem seltsamen, hutzligen Nachbarn der eine Stute besaß, welche auf der Veranda hockend die Hühner beobachtete oder gut gelaunt die Türklinke betätigten konnte, um in die Küche zu marschieren, wo das Pferd ungeniert Möhren stibitzen konnte.

Von alldem hatte Sarah nichts gehört. Verschlafen rieb sie sich die Augen und blinzelte Lizzy müde an. Als sie zur Uhr sah, erschrak sie.

„Ach her je. Es ist ja schon fast Abend. Ich habe noch so viel zu erledigen."

Steifbeinig kletterte sie aus Lizzys kuscheligem Bett.

„Du hast geschlafen, wie ein Murmeltier. Heute Nacht bekommst du bestimmt kein Auge zu."

Lizzy versuchte ein Lächeln.

„Heute Nacht werde ich wahrscheinlich arbeiten. Es ist viel liegen geblieben und nachts kann ich sowieso am besten denken. Geht es dir schon ein wenig besser?", fragte Sarah hoffnungsvoll.

„Ich hatte genug Ablenkung. Und für die Nacht hat mir Gregory ein Schlafmittel hiergelassen, damit ich kein dummes Zeug träume."

„Soll ich nicht doch besser hier bei dir schlafen, oder vielleicht Elsie?"

„Nein. Keine Sorge. Das Mittelchen wird mich vom Grübeln fernhalten", sagte sie zuversichtlich und entschieden.

„Du bist immer noch voller Hass, richtig?"

„Wenn ich könnte, ich würde losziehen und alle Corlens mit meinen eigenen Händen umbringen, ganz langsam und qualvoll." Ihre Worte klangen kalt und zu allem entschlossen. Sarah hatte sich ihre Stiefel angezogen. Als ihr Magen rumorte fiel ihr ein, dass sie den ganzen Tag noch nichts gegessen hatte.

„Ist sich Dr. Gregory wirklich sicher, dass diese Misshandlung ohne Folgen bleiben wird?"

Lizzy nickte mit kaltem Gesichtsausdruck.

„Ja. Und wenn er sich doch geirrt haben sollte, dann macht er *es* weg."

Sarah war leicht erschüttert von der Nüchternheit ihrer Schwester. Lizzy war irgendwie nicht Lizzy, soviel stand für sie fest. Doch wenn sie darüber nachdachte, dann würde sie ein so empfangenes Kind von so einem Schurken auch niemals austragen wollen.

Am meisten erschreckte sie Lizzys eiskalter, herzloser Blick und die Mordlust, mit welcher sie alle Corlens bedachte. Alle. Wenn sie Lizzy in ihrem jetzigen Zustand beichten würde, dass Daniel im Nebenzimmer um sein Leben kämpfte, so müsste sie befürchten, dass Lizzy ihn ohne zu zögern ins Jenseits befördern würde. Und er würde es nicht einmal merken.

„Versprich mir aber, dass du nach Elsie läutest, wenn du nicht klarkommst."

„Versprochen! Mach, dass du jetzt rauskommst. Du machst mich mit deinem Gewusel ganz kirre." Nun klang Lizzy für einen kleinen Moment wieder wie Lizzy.

Das Bad, das Sarah nahm, erfrischte sie ordentlich und ließ sie klarer denken. Beim anschließenden Abendessen versuchte man zu plaudern, wie man es immer tat. Doch heute war das Resultat ein mehr oder weniger erzwungenes Geplänkel. Lizzy und Daniel fehlten am Tisch. Obwohl Sarah vor Hunger eine ganze Ente hätte verschlingen können, bekam sie jetzt fast keinen Bissen herunter. Auch die anderen stocherten mehr oder weniger im Essen herum. Als die Tafel endlich aufgehoben wurde, suchte sie erleichtert ihre und Liams Räumlichkeiten auf. Sie hatte mit ihm einiges zu bereden und hoffte bei dieser Gelegenheit, dass er sie einfach nur mal in den Arm nahm und ihr tröstende Worte spenden würde ohne, dass sie letztendlich im Bett landen würden.

Pünktlich löste Sarah bewaffnet mit Schreibutensilien und Papier Schwester Dorothy ab. Wie Sarah vorausgesehen hatte, bestand der Arzt auf eine „Rund um die Uhr" Überwachung für seinen Patienten. Über Sarahs Hilfe war er überaus dankbar. Gregory hatte noch einmal Daniels Verletzungen begutachtet.

„Er hat leichtes Fieber. Das ist normal. Aber die Vielzahl der Verletzungen und der hohe Blutverlust sind äußerst bedenklich und bereiten mir Sorgen. Ich glaube, es ist ganz gut, dass er nicht merkt, wie schlecht es ihm geht." Mit ernster Stimme wandte er sich Sarah zu, die ihn unverwandt beobachtet hatte. „Dabei weiß ich nicht einmal, ob ich dem Jungen einen Gefallen getan habe, indem ich ihn wieder ordentlich zusammenflickte. Wenn er je wieder aufwachen sollte, werden ihn unsägliche Schmerzen erwarten. Tage, Wochen, vielleicht Monate lang. Vielleicht wird er uns alle verfluchen, dass wir ihn nicht sterben ließen. Doch ich bin Arzt mit allen damit verbundenen Konsequenzen und habe nicht zu entscheiden, was besser für meine Patienten wäre, das Leben oder der Tot." Mit offenem Mund starrte Sarah den Arzt sprachlos an.

„Keine Sorge. In den ersten und schlimmsten Tagen werde ich ihm die Schmerzen nehmen können. Doch nicht länger. Das Schmerzmittel macht irgendwann süchtig." Sarah nickte verstehend.

Sie erhielt genaue Instruktionen, was sie zu tun hatte, bevor sich der Arzt zum Gehen aufmachte. Gregory sah abgespannt, müde und niedergeschlagen aus. An der Tür sah er sich noch einmal um.

„Sollte irgendetwas sein, sollte sich sein Zustand verschlechtern, dann lass mich umgehend wecken."

„Ihr könnt Euch auf mich verlassen. Und einschlafen kann ich nicht, da ich genügend inspirierende Arbeit dabeihabe." Der

Arzt lächelte ihr vertrauensvoll zu. Er kannte Sarahs unbeding-te Zuverlässigkeit.

Nachdem Gregory sorgenvoll das Zimmer verlassen hatte, hatte sich Sarah neben Daniels Bett auf den unbequemsten Stuhl gesetzt, den sie finden konnte.

Daniel lag blass und regungslos in den schneeweißen Kissen. Bei seinem Anblick zog es ihr das Herz zusammen. Erneut hetz-ten sie Schuldgefühle.

Was würde wohl die kleine Lily dazu sagen, wenn sie wüss-te, dass ausgerechnet sie, Sarah, ihren liebsten Spielgefährten auf dem Gewissen hatte? Ihr Gewissen nagte an ihr wie eine Maus am Schokoladenkuchen. Nahm man den Kuchen nicht weg, würde die Maus weiter fressen. Sarah entschloss sich, den Ku-chen schleunigst wegzunehmen. Es würde alles gut werden, re-dete sie sich ein. Laut sagte sie:

„Die Rache ist mein! Und du machst gefälligst, dass du ge-sund wirst. Du hast ein Schloss zu führen und ein Land zu regie-ren." Gedehnt sagte sie: „Na gut. Ich gebe mich geschlagen … und Lizzy zu heiraten."

Mühsam löste sie ihren Blick von Daniel. „Infiltration" hieß ihr Motto von jetzt an. Entschlossen machte sie sich an die Ar-beit einen Plan zu erstellen, ohne natürlich ihre eigentliche Auf-gabe auch nur einen Moment zu vernachlässigen.

Lizzy hatte ihr Abendessen im Bett zu sich genommen. Widerwil-lig quälte sie sich Bissen um Bissen hinunter. Blanke Wut und un-ersättlicher Hass hatten sie jeden Hungergefühls beraubt. Letztend-lich schob sie angewidert das Tablett zur Seite, ohne auch nur noch einen Blick auf die extra für sie angefertigten Speisen zu werfen.

Wie ein kleines, ungezogenes und störrisches Kind verschränk-te sie die Arme vor der Brust, während sie böse vor sich hinstarr-te. Elsie sah stirnrunzelnd auf das Tablett und schaffte es wortlos aus dem Zimmer. Durch die geöffneten Fenster gelang Glocken-geläut ins Zimmer.

Erst ganz leise, dann lauter und schließlich hatte Lizzy das Ge-fühl, im ganzen Land würden die schweren Glocken um ihr Leben schlagen. Genervt sah Lizzy zur Tür in der Hoffnung, Elsie würde gleich wieder zurückkommen und die Fenster schließen.

Ungehalten über Elsies Fortbleiben griff sie zum Schlafmittel. Flink schüttete sie das weiße Pulver in ihr Wasserglas, um es zügig auszutrinken. Minuten später kam die Zofe mit einer Glaskaraffe, gefüllt mit frischem Wasser ins Zimmer. Wortlos tauschte sie die alte Karaffe gegen die neue aus.

„Soll ich nicht doch hier schlafen?", fragte sie kleinlaut, „Ihr seht so traurig aus."

„Nein", sagte Lizzy entschieden.

„Ich werde noch ein wenig lesen und dann früh schlafen."

Dem aufmerksamen Blick der Zofe war nicht entgangen, dass ihre Herrin das vom Arzt verordnete Schlafmittel eingenommen hatte. Beruhigt sagte sie:

„Aber scheut Euch bitte nicht, in der Nacht nach mir zu klingeln, wenn ihr Euch unpässlich fühlt oder meiner Gesellschaft bedürft."

Lizzy warf der herzlichen Elsie dankende Blicke zu.

„Kann ich noch irgendetwas für Euch tun, bevor ich mich zurückziehe?", fragte Elsie zaghaft.

„Bitte nur die Fenster schließen. Ich höre Glockenläuten sehr gern, aber heute nervt mich das Gebimmel entschieden. Wieso müssen ausgerechnet heute alle Glocken läuten. Ist etwas passiert? Brennt es irgendwo?" wollte Lizzy wegwerfend wissen.

Man hatte dem Hauspersonal erzählt, dass die Prinzessin überfallen wurde, nicht was noch mit ihr geschah. Die Zofe Elsie hatte man zusätzlich unterwiesen, nichts über den Reitunfall Sir Daniels zu erzählen, da man Lizzy nicht zusätzlich aufregen wollte. So sah Elsie es als gefahrlos an, auf Lizzys Frage einzugehen.

„Bei uns ist nichts geschehen, aber im Nachbarland bei den Corlens. Die haben ihren Thronfolger eliminiert. War bestimmt kein Verlust." Gehorsam schloss sie die Fenster." Musste ja irgendwann mal so kommen, dass die sich da gegenseitig ermorden. Eine komische Familie ist das. Was soll's. Ich kümmere mich um meine eigenen Angelegenheiten." Schulterzuckend machte sie sich an den Vorhängen zu schaffen.

„Lass bitte die Vorhänge offen, Elsie." Elsie tat, wie ihr gesagt wurde. Pflichtbewusst sah sie sich noch einmal im Zimmer um, ob sie auch all ihre Arbeiten zum Wohl ihrer Herrin erledigt hatte, bevor sie Lizzy mit einem aufmunternden Lächeln eine gute Nacht wünschte.

Lizzy angelte ungerührt von Elsies Erklärung nach ihrer Abendlektüre auf dem Nachttisch.

„Tot, na gut. Der erste ist schon weg. Manche Dinge erledigen sich von ganz allein", sagte sie trotzig und bitter zu sich selbst. Nach wenigen Seiten war Lizzy in einen traumlosen Schlaf gefallen.

Sarah hatte die ganze Nacht konzentriert und zielstrebig gearbeitet. Am Zustand Daniels hatte sich nichts geändert.

Mehrmals in der langen, endlosen Nacht fielen Sarah die seltsamen Worte der Königin ein. Wieso hatte sie Sarah ausgewählt, auf Daniel Acht zu geben? Sie war eine Frau und ihm in vielerlei Hinsicht kampftechnisch und kraftmäßig unterlegen.

Oder sollte sie nur auf ihn Einfluss nehmen? Warum ausgerechnet sie und nicht einer der Männer? Und woher wusste sie, dass Sarah Sarah war? Wie konnte es weiterhin sein, dass ausgerechnet die Königin die Informantin ihres Vaters war? So kamen recht viele Wies und Wiesos zusammen, deren Beantwortung im Raum stehenblieben, wie Tabakrauch bei geschlossenem Fenster.

Entschlossen wischte sie die Fragen bei Seite. Es gab wichtigeres zu tun.

Ehe sie sich versah, war der Morgen hereingebrochen.

Dr. Gregory ließ der besorgniserregende Gesundheitszustand Daniels keine Ruhe, sodass ihn bei Sonnenaufgang nichts mehr im Bett gehalten hatte.

Sarah saß in akribischer Denkarbeit vertieft über eine Zeichnung gebeugt, als er leise das Zimmer betrat.

Zu ihm aufsehend zuckte Sarah nur hilflos mit den Schultern, bevor sie sagte:

„Na wenigstens hat er die Nacht überlebt. Ein schwacher Trost. Aber die Hoffnung stirbt bekanntlich zuletzt."

Der Arzt widmete sich aufmerksam seinem Patienten, während Sarah übernächtigt das Zimmer verließ. Sie sehnte sich nach einem Frühstück und nach ihrem Bett. Von der schiefen, steifen Sitzhaltung auf dem klapprigen Stuhl, verkrampften sich die Muskeln in ihrem Rücken, sodass sie in Erwägung zog, vielleicht noch eine Trainingsstunde vor dem Zubettgehen einzulegen. Doch jetzt hatte sie erst einmal Hunger.

Obwohl es noch recht früh war, herrschte in der Küche schon ein reges Treiben. Kaum hatte sie sich schwerfällig auf die Küchenbank gesetzt, als ihr auch schon eine dampfende Tasse mit frisch gebrühtem Kaffee gereicht wurde. Der weitsichtigen Küchenfee schenkte sie ein dankendes Lächeln. Weit zurückgelehnt, den Kaffee in der Hand, beobachtete sie gedankenverloren die eifrigen Frauen bei ihrem Tagesgeschäft.

Minuten später brachte man ihr ein leichtes Frühstück, wie sie es zu dieser frühen Tageszeit bevorzugte. Während sie hungrig aß, schweifte ihr Blick nach links, dort wo Daniel manchmal gesessen hatte und gelassen seinen Kaffee trank. Ihre bissigen, provokatorischen Bemerkungen hatten ihn selten aus der Ruhe gebracht.

Sogleich machte sich Unbehagen in ihr breit.

„Nein", dachte sie entschieden. Er wird nicht sterben, nicht Daniel. Der ist viel zu jung, dazu kerngesund und bestens durchtrainiert. Das schafft er, so einer kann gar nicht aufgeben. Plötzlich tauchten Zweifel auf, sodass Sarah unwillkürlich die Stirn krauszog. Hatte er sich nicht vielleicht schon längst ganz gezielt aufgegeben unten in den Kerkern von Corlens Castle? Sarah schluckte erschrocken. Schnell verwarf sie diesen furchtbaren Gedanken, nicht ahnend, wie nahe sie der Wahrheit gekommen war. In unumstößliche Zuversicht flüchtend, wollte sie ihren eigenen Schmerz verdrängen.

Die Sonne schickte goldene Strahlen durch die klaren Fensterscheiben, die sich in einem silbernen Kerzenleuchter spiegelten und funkelnde Lichtstreifen an die Zimmerdecke warfen.

Lizzy gähnte verschlafen während ihrer gründlichen Morgentoilette. Als sie die blauen Flecken und Kratzer auf ihren Oberschenkeln, Armen und Handgelenken sah, glaubte sie für einen Moment, sich übergeben zu müssen. Hastig bedeckte sie sich mit einem großen Handtuch. Die Übelkeit verschwand, Scham und Demütigung blieben.

Elsie brachte ihr das Frühstück, öffnete die Fenster und schüttelte Lizzys Bett auf. Treu ergeben lächelte sie ihre Herrin aufmuntern an.

„Ihr seht heut schon viel besser aus", sagte Elsie bescheiden, bevor sie sich zurückzog. Es machte ihr Freude, für Lizzy einmal ganz da zu sein, sie hegen und umsorgen zu dürfen. Lizzy brauchte ihre Zofe zu deren Unverständnis nur äußerst selten. Von klein auf war sie es gewohnt, alltägliche Handlungen selbst auszuführen.

Lustlos kaute Lizzy an ihrer bebutterten Toastscheibe. Sie fühlte sich heute Morgen schrecklich einsam. Irgendetwas fehlte ihr. Irgendetwas war nicht richtig. Spontan musste sie an Daniel denken, der morgens immer schon lange vor ihr auf den Beinen war, sie irgendwann sanft weckte und sie liebevoll in die Arme nahm. Ihr wurde seltsam warm, als sie an seine Nähe dachte, in der sie sich sicher und unendlich geborgen gefühlt hatte.

„Halt!", sagte sie zu sich selbst, „Was soll das denn? War sie verrückt geworden?"

Verächtlich lachte sie.

„Von denen fasst mich keiner mehr an", sagte sie trotzig zu sich selbst.

Ärgerlich über ihre seltsamen Gefühle, was Daniel betraf, griff sie nach dem warmen Kakao auf dem Tablett. Er schmeckte süß und sahnig und rutschte eindeutig besser als die Toastscheibe.

Aus heiterem Himmel durchfuhr es sie wie ein Blitz.

„Was hatte Elsie am Abend gesagt? Die Glocken läuteten für den ermordeten Kronprinzen?"

Daniel war tot. „Und wenn schon", dachte sie wegwerfend, „ein Corlens weniger. Vorbei ist vorbei." Lord Gilberts Sohn Kilian hatte schon lange ein Auge auf sie geworfen. Sicher war er ein Aufschneider, dass konnte niemand abstreiten. Der könnte Daniel niemals das Wasser reichen. Donnerwetter! Schon wieder waren ihre Gedanken bei Daniel. „Schluss damit", dachte sie empört über sich selbst.

Die Aufschneiderei würde sie dem Burschen schon austreiben. Zumindest war sie bei ihm sicher und gut behütet, konnte heiraten, Kinder haben und niemals müsste sie Angst haben, dass so etwas Schreckliches wieder passierten könnte. Bei dem Gedanken an Kinder zuckte sie erschrocken zusammen. Zum Kinderkriegen musste er sie anfassen. Nein, das könnte sie nicht erdulden. Kein Mann sollte sie jemals wieder anfassen, geschweige denn, mit ihr schlafen. Sie schüttelte sich angewidert. Aber vielleicht würde sich das ja mit der Zeit geben und das Ekelgefühl würde verschwinden. Ganz sicher würde es das, ganz bestimmt. Zufrieden mit dieser Lösung trank sie mechanisch ihren Kakao weiter.

Später kam Gregory zu ihr, um sich nach ihrem Befinden zu erkundigen. Vorsorglich vermied er jede überflüssige Berührung. Die langjährige Erfahrung als Arzt hatte ihm das beim Umgang mit Vergewaltigungsopfern gelehrt. Mit warmherzigen Worten riet er Lizzy, sich am Nachmittag im Rosengarten ein wenig abzulenken.

Auch William hatte seine Tochter aufgesucht. Besorgt fragte auch er, wie es ihr ging. Später flachste er mit ihr herum. Lizzy fand kurzeitig das Lachen wieder und verlor es, als ihr Vater wieder ging.

Jetzt wollte sie allein sein. Bevor sie Lord Gilberts Sohn schreiben würde, dass sie ihn sehen möchte, musste sie sich noch etwas ausruhen. Entschlossen griff sie nach ihrem Buch, um weiterzulesen. Bald musste sie jedoch feststellen, dass sie die Sätze doppelt las, da ihre Gedanken immer aufs Neue zu einer Person abschweiften. Mit Gewalt versuchte sie sich zu konzentrieren.

Vergebens. Stattdessen bekam sie das unangenehme Gefühl, als würde ihr ein riesiger Kloß im Hals festsitzen.

Achtlos legte sie das Buch beiseite. Was war nur los mit ihr? Immer wieder tauchte Daniels wundervolles Gesicht vor ihr auf, sein sanftes, einnehmendes Lächeln, bei welchem sie noch immer weiche Knie bekam, sein ernster, überlegter Gesichtsausdruck und seine atemberaubende, athletische Figur. Sie musste schmunzeln als sie daran dachte, wie sie Daniel überrumpelt hatte. Wie sie all ihren Mut zusammengerafft hatte und spät abends splitterfasernackt zu ihm ins Bett gekrochen war, damit er endlich mit ihr schlief. Sicher war das unschicklich, aber es erfuhr ja niemand. Wie sehnte sie sich nach seinen Umarmungen, nach seiner gebräunten, herrlich duftenden Haut, seiner Wärme, seinen intensiven Küssen, die sie jedes Mal berauschten.

Erschrocken wischte sie die Bilder aus ihrem Gehirn. War sie verrückt geworden? Ärgerlich presste sie ihre Lippen zusammen.

Ja, Sir Kilian, das war die perfekte Lösung allen Übels. Doch das Übel entpuppte sich als Gefühlschaos und das schlug mit voller Wucht zu. Die Gedanken überschlugen sich mehr und mehr. Lizzy wusste nicht mehr, was richtig und was falsch war. Ihre Kehle presste sich immer mehr zusammen, der Kloß in ihrem Hals schien ihr die Luft zum Atmen zu nehmen.

Am späten Nachmittag fand Sarah Lizzy in völlig verstörtem Zustand vor.

„Lizzy, was ist geschehen?", fragte sie zutiefst beunruhigt.

„Nichts", log Lizzy. Stattdessen sagte sie mit zitternder Stimme:

„Ich habe beschlossen, dass ich Sir Kilians Angebot endlich annehmen und ihn heiraten werde." Ungläubig sah Sarah ihre Schwester an.

„Diesen Idioten? Na der wird sich freuen", fügte sie sarkastisch hinzu.

„Bist du dir sicher, dass das nicht nur ein Fluchtversuch ist, um aus deiner derzeitigen Situation auszubrechen?"

„Wieso sagst gerade du sowas. Du müsstest doch überglücklich sein über meine Wahl."

Sarah antwortete nicht auf Lizzys Provokation. Lizzy hüllte sich verstockt in Schweigen und Sarah ließ sie gewähren. Wortlos ging sie im Zimmer umher. Sarah wusste, wenn sie nur lange genug warten würde, würde Lizzy irgendwann damit herausplatzen, was sie so unangenehm beschäftigte. Scheinbar ziellos steuerte Sarah das alte Klavier an. Seufzend setzte sie sich auf den Hocker, öffnete die Tastenabdeckung und drückte wahllos drei Tasten nacheinander mit dem Zeigefinger nieder. Die Töne unterbrachen die unangenehme Stille, wie schwerer Donnerschlag an einem schwülen Sommertag.

Leise, fast flüstern fragte Lizzy:

„Stimmt es, dass der Kronprinz der Corlens tot ist?"

Sarah war alarmiert. Sie hatte zwar keine Ahnung, wie Lizzy davon erfahren konnte, doch sah sie jetzt den Zeitpunkt gekommen, geschickt zu handeln. Sie musste Lizzy aus ihrem Trauma reißen. Vielleicht war noch nicht alles verloren, was Lizzys Liebe zu Daniel betraf.

Trocken und anscheinend völlig ungerührt antwortete sie deshalb mit einem kurzen, aber entschiedenem „Ja". Als Lizzy schwieg sagte sie:

„Er wurde getötet. Schön langsam und qualvoll, ganz so, wie du es gewollt hast. Wie wir alle das wollten …"

Lizzy fiel ihr mit panischem Gesichtsausdruck ins Wort.

„Oh nein Sarah", flehte sie.

„Bitte nicht, bitte nicht auch noch so."

Tränen schossen ihr in die Augen.

„Sarah bitte …" Sarah nahm Lizzy fest in die Arme, die verzweifelt damit begonnen hatte, mit den Fäusten auf die Bettdecke einzuschlagen. Sarah war besorgt und gleichzeitigt erleichtert über Lizzys Gefühlsausbruch.

„Was soll ich denn jetzt bloß machen?", fragte sie hilflos.

„Was soll ich denn jetzt nur machen? Wie soll ich ohne ihn weiterleben? *Wie* Sarah, sag mir *wie*? Es ist alles so sinnlos geworden, ohne ihn. Ich liebe Daniel mehr als alles andere. Was mache ich denn jetzt?" Lizzy weinte hemmungslos. Alle Spannung und Betäubtheit hatten sich von ihr gelöst. Sarah ließ sie gewähren, geduldig und warmherzig.

Endlich hatte Lizzy den Schock über das Unfassbare überwunden und zu sich selbst zurückgefunden. Nun blieb Sarah noch die zweite Hürde, die bezwungen werden musste.

„Weine nicht mehr Liebes, bitte." Mit beiden Händen umfasste sie Lizzys Gesicht, damit sie ihr in die verweinten, vom Kummer zerfressenen Augen sehen konnte.

„Der Kronprinz ist tot. Das ist richtig, so sollte es sein." Lizzy setzte zum nächsten Weinkrampf an, doch Sarah zwang sie, sie weiter anzusehen und ihr zuzuhören.

„Der Kronprinz ist tot, aber Daniel lebt, zumindest irgendwie. Ich habe ihn mit Liam und einigen anderen aus den Katakomben von Corlens Castle geholt. Zum Sterben hatte er keine Zeit mehr. Ich konnte es rechtzeitig verhindern."

Lizzy hatte sich von ihr losgerissen. Mit Augen groß wie Silbermünzen sah sie Sarah ungläubig an.

„Daniel lebt? Aber wieso die Kirchenglocken und warum tot? Ich verstehe das nicht."

„Daniel ist schrecklich zugerichtet und schwebt noch immer in Lebensgefahr. Die Königin hielt es für besser, ihren Sohn vorerst für tot zu erklären, damit niemand ihn sucht und kein Außenstehender zu Schaden kommt." Lizzy verstand. Schniefend wischte sie sich die Tränen mit dem Handrücken aus ihrem Gesicht.

„Dort drüben in meinem alten Zimmer liegt Dads Neffe, die ‚von um drei Ecken' Verwandtschaft nach einem schweren Reitunfall, okay?"

„Ich muss ihn sehen Sarah, bitte!" Mit dieser ausgesprochenen Spontanität Lizzys hatte sie nicht gerechnet.

„Das ist nicht gut für dich, du könntest dich zu sehr erschrecken."

Mit heller, schrill klingender Stimme fragte Lizzy:

„Warum? Was ist mit ihm?"

Sarah sah es für angebracht, Lizzy aufzuklären.

„Weißt du, seine Nase ist gebrochen und ich habe auch noch idiotischer Weise meine Handschrift in seinem Gesicht hinterlassen. Das sieht aber schlimmer aus, als es ist. Schlimm sind die vielen Stichverletzungen und die Schusswunde. Dazu kommen

Schnittwunden, Prellungen und Knochenbrüche." Sarah sah Lizzy bittend an.

„Warte wenigstens bis morgen früh, dann weiß Gregory vielleicht schon mehr zu sagen."

Lizzy blieb beharrlich.

„Ich will ihn jetzt sehen, lebend. Bitte."

Sarah rang mit sich.

„Na gut. Dr. Gregory wird mir den Kopf abreißen, wenn er das erfährt."

Leise schloss sie die Doppeltüren auf, während Lizzy sich einen Morgenmantel übergeworfen hatte, nachdem sie unbeholfen aus ihrem Bett gekrabbelt war.

Schmerzlich und brennend zog sich Lizzys Herz zusammen, als sie Daniel sah.

Er war so fürchterlich blass und wirkte so unendlich kraftlos. Leise vor sich hin weinend war sie an sein Bett getreten. Zärtlich und liebevoll strich sie über sein Gesicht. Sarah machte Lizzys Handeln leicht verlegen. Um diese Verlegenheit zu überspielen sagte sie kleinlaut das Erste, das ihr einfiel:

„Von dem Kratzer unter dem Auge bleibt nur ein schmaler Strich und der Platzer auf dem Nasenrücken wird wahrscheinlich ganz verschwinden, meinte Gregory."

Lizzy hörte Sarahs Worte nicht, sie war emotional viel zu überwältigt.

„Er kann mich nicht hören, oder?", fragte Lizzy irgendwie hoffnungsvoll.

„Nein. Er weiß nicht mal, dass er noch lebt."

Schwester Dorothy hatte anstandshalber das Zimmer verlassen, erschien nun aber wieder, um ihre Stellung als Pflegerin auszuführen.

„Ihr solltet jetzt gehen", sagte sie mitfühlend. Sarah nickt. Sanft fasste sie Lizzy an der Schulter.

Diese blickte Sarah entrüstet an.

„Ich kann doch jetzt nicht gehen, ich muss hierbleiben!"

„Das geht nicht. Du brauchst selbst noch Ruhe und Schonung. Spare deine Kraft, damit du ihm zur Seite stehen kannst, wenn er dich braucht. Jetzt kannst du ihm nicht helfen, das kann im Moment niemand."

Liebevoll, aber mit Nachdruck, zog sie Lizzy von Daniel fort. Hilflos sah Lizzy zu Schwester Dorothy.

„Ich bin hier und passe auf", sagte diese vertrauensvoll lächelnd.

„Und ich übernehme wieder den Nachtdienst, habe ich doch die letzte Nacht auch schon gemacht. Gregory hatte mich bestens eingewiesen und auf alle Eventualitäten vorbereitet."

Nach diesen Versicherungen ließ sich Lizzy widerstrebend aus dem Zimmer schieben.

Müde, ratlos und erschöpft sank sie auf ihr Bett.

„Soll ich noch ein wenig bei dir bleiben oder möchtest du jetzt allein sein?"

„Bitte bleib." Sarah setzte sich neben sie.

„Wird Liam dich nicht vermissen?"

„Der hat heute wieder seinen obligatorischen Kartenabend mit Oberst Stelton und Konsorten. Das wird wieder die halbe Nacht gehen, wenn nicht sogar die ganze."

„Ich meinte jetzt."

„Er weiß, dass ich bei dir bin."

Nach Minuten des Schweigens sagte Lizzy bekümmert:

„Hoffentlich kann Daniel mir verzeihen. Ich meine all das, was ich ihm in meiner Raserei an den Kopf geworfen habe. Ich wollte das nicht, es ist einfach so passiert. Vielleicht, weil er nicht für mich da war, als ich ihn so bitter brauchte. Oder weil er ein Corlens ist."

Sie schluckte, da neue Tränen aufstiegen.

„Meine Schuld ist viel größer. Ich hätte wissen müssen, dass man uns reinlegt. Stattdessen spiele ich ihnen Daniel noch lieb und artig in die Hände. Ich hätte mir wahrhaftig nie träumen lassen, dass meine Impulsivität die schlimmsten Folgen haben würde. Ich kann Daniel ganz bestimmt nie wieder in die Augen sehen. Sollte er mir wieder gegenübertreten können, dann werde ich wohl zum nächstbestem Mauseloche hechten und mich vor Scham verkriechen."

Nun war es an Lizzy, ihrer verzagten Schwester Zuversicht einzureden.

„Daniel ist nicht nachtragend."

„Ja, weil er seinen Kopf noch hat, den ich ihm abschlagen wollte." Sarah schniefte betreten.

„Vielleicht erwürgt, ertränkt und erschießt er mich ja auch gleich. Dann bliebe mir die Schande erspart, bei den Mäusen wohnen zu müssen."

Lizzy musste über Sarahs eigentümliche Philosophien lächeln, lies sie aber weiterreden:

„Es ist das erst Mal seit langer Zeit, dass wir wieder so vertraut zusammen auf dem Bett hocken wie die Glucken im Nest. Leider musste erst so ein Mist geschehen. Ich weiß auch nicht, was mich geritten hat Lizzy. Ich hätte dir und deinem Herzen vertrauen sollen, dann wäre alles anders gekommen. In den letzten Tagen und Stunden musste ich viel lernen über dich, über mich und über Daniel. Ebenso über die brutalen Machenschaften der Corlens in Bezug auf ihren engsten Familienangehörigen, welche mich zutiefst schockierten und es noch immer tun." Sarah musste sich sammeln, um weiterreden zu können. Lizzy zog es vor zu schweigen.

„Weißt du was?", fragte Lizzy plötzlich recht munter.

„Ich glaube, mir geht es jetzt wieder ganz gut. Wollen wir nicht gemeinsam zum Abendessen gehen? Das vertreibt trübe Gedanken, ganz bestimmt!"

Sarah nickte lächelnd. Lizzy zog sich rasch die passende Kleidung an.

„Wir sind wieder gut miteinander, oder?"

„Und ob, Lizzy. Du bist die liebste Schwester, die ich habe."

„Du hast nur eine", erinnerte sie Lizzy höflich lächelnd.

Die Fenster waren weit geöffnet. Warme Nachtluft strömte ins Zimmer. Mit vor Anspannung glühenden Wangen saß Sarah über ihren Unterlagen. Euphorisch hatte sie die Vorgehensweise zur „Infiltration" von Corlens Castle akribisch überprüft. Für die Umsetzung ihres perfekten Planes fehlten nur noch präzise Ortsangaben zu den Räumlichkeiten im Schloss bzw. die Beschreibungen der Lage der Geheimgänge. Diese noch fehlenden Daten hoffte sie von Daniel zu erfahren, um den Risikobereich bei diesem Unterfangen minimieren zu können. Vorerst musste sie sich mit dem begnügen, was sie hatte. Zufrieden mit sich, begann sie an weniger relevanten Nebensächlichkeiten zu arbeiten, die nicht unmittelbar mit der Besetzung des Schlosses zu tun hatten, wie etwa die Unterbringung der Gefangenen.

Irgendwann erwachte Daniel aus der tiefen, betäubenden Finsternis. Er wusste nicht, ob er tot war oder noch lebte. Doch da waren Schmerzen. Erträglich, aber sie waren da. Er lebte also noch immer. „Verdammt", dachte er enttäuscht, „Warum lebe ich? Warum ist mein Herz noch immer nicht stehen geblieben?" Das Atmen fiel ihm schwerer als das Denken. Bei jedem Atemzug hatte er das untrügerische Gefühl, dass ihm der Brustkorb zerspringen würde. „Nur nicht die Augen öffnen", dachte er verzweifelt.

Irgendjemand prüfte an seinem Hals, ob er noch lebte. Von weit weg hörte er eine Frauenstimme. War seine Mutter noch immer da? War er wieder nur kurz bewusstlos gewesen? Seine Gedanken kreisten wild und unkontrolliert durcheinander. Warum nur hatte sie die Gelegenheit nicht genutzt, ihn endgültig ins Jenseits zu befördern? Warum hatte sie ihn nicht erlöst? „Nur nicht die Augen öffnen", dachte er erneut, „nur nicht die schreckliche Gewölbedecke des Kerkers sehen." Jeden Moment würde das Martyrium weitergehen. Er wartete, noch immer benebelt auf neue Schmerzen. Je länger er wartete, desto klarer wurde er. Wie viel Zeit verging, wusste er nicht.

Die Frauenstimme wurde lauter, energischer, eindringlicher. War das Sarahs Stimme?

„Das kann nicht sein", dachte er irritiert. „Wie sollte sie hierherkommen? Oder hatte man sie auch gefangen?" Eine warme Hand streifte sein Gesicht. Wieder erklang die Stimme, die ihn anrief, laut, klar und deutlich. Er musste jetzt wissen, was um ihn herum vorging. Schließlich öffnete er die Augen.

Trotz der intensiven Arbeit glitt Sarahs Blick immer wieder zu Daniel. Turnusmäßig fühlte sie seinen Puls. Überrascht musste sie dieses Mal feststellen, dass er Reflexe zeigte und kaum merklich die Finger bewegte. Rasch legte sie ihre Arbeit beiseite, um sich nur noch auf Daniel zu konzentrieren. Auf der Bettkante sitzend, nahm sie seinen Kopf in ihre Hände und rief ihn mehrmals an. Müde schlug er die Augen auf.

„Na endlich, da bist du ja wieder", sagte sie sanft und weich.

„Du hast uns ganz schön erschreckt. Mach das ja nicht nochmal." Der Angeredete benötigte nur Sekunden, um sich zu orientieren.

„Was zum Teufel mache ich hier schon wieder? Ist das irgend so ein blödes Spiel, dass ich nicht kapiere?", fragte er stockend.

„Verdammt! Er hat die markante Tapete mit den blauen Veilchen in meinem alten Zimmer erkannt", dachte Sarah, sich auf die Unterlippe beißend.

„Ganz ruhig. Du bist hier, weil du hierhergehörst, zu uns. Ich habe Mist gebaut, tut mir leid." Sie sprach ruhig und warmherziger, als sie wollte.

Trotz beruhigender Worte regte sich in Daniel instinktives Fluchtverhalten.

„Bewege dich nicht. Du bist schwer verletzt." Sacht drückte sie ihn in die Kissen und wartete, bis er sich beruhigt hatte.

Sarah gab ihm zu trinken. Daniel verzog angewidert das ohnehin schon schmerzverzehrte Gesicht.

„Jetzt auch noch vergiften. Wie ich dich kenne wirkt es schön langsam …"

„Idiot", antwortete sie matt lächelnd.

„Das ist ein Schmerzmittel. Und nun runter mit dem Rest." Er musste schlucken, ob er wollte oder nicht. Zufrieden stellte Sarah das leere Glas auf den Nachttisch.

„Und jetzt will ich, dass du um dein Leben kämpfst, verstanden!" Er antwortete nicht. Ihm fehlte die Kraft. Umständlich tätschelte sie seine Hand.

„Schlafe dich jetzt gesund. Wenn du wieder aufwachst, geht's dir schon besser", sagte sie hoffnungsvoll. Daniel hatte die Augen schon längst wieder geschlossen. Sein gequälter Gesichtsausdruck entspannte sich, seine Atmung wurde ruhig und gleichmäßig. Er war eingeschlafen.

Sarah fiel kein Stein vom Herzen, sondern ein ganz großer Felsbrocken. Nun war sie sich sicher, dass er es schaffen würde. Sie ging zum Fenster, um befreit die schwüle Nachtluft zu riechen. Am Horizont flammten Lichtblitze auf. Wetterleuchten.

Nachdem sie ihre Gedanken wieder geordnet hatte, machte sie sich entspannter denn je wieder an ihre Planung. Bis zum Morgen wollte sie das Konzept beendet haben, um es Liam und Oberst Stelton zur Sichtung übergeben zu können.

Dr. Gregory überraschte Sarah, wie sie auf ihren Stuhl sitzend, weit nach vorn gebeugt, den Kopf auf ihren verschränkten Armen ruhend, auf Daniels Bettkannte eingeschlafen war. Er schmunzelte verständnisvoll bei ihrem Anblick, widmete sich dann aber umgehend seinem Patienten.

Erschrocken fuhr Sarah hoch, als sie Geräusche im Zimmer vernahm. Der Arzt bedachte sie mit einem flüchtigen Lächeln. Sein prüfender Blick galt weiterhin seinem tief schlafenden Patienten.

Peinlich berührt über ihre Unzulänglichkeit, wollte sie sich bei Gregory entschuldigen.

Der kam ihr zuvor.

„Wann ist er aufgewacht?" Sarah gähnte verhalten, bevor sie reden konnte.

„Gegen Mitternacht."

„War er ansprechbar, orientiert …?"

Sarah kürzte die Fragerei ab.

„Der war glasklar. Und eine Beschwerde über sein Hiersein habe ich auch schon zu hören gekriegt."

Mühsam stand sie auf, um ihre Arbeitsutensilien einzusammeln. Erneut musste sie gähnen, während ihr ihre wirren Haare ins Gesicht vielen.

Gregory war mit seinem Patienten zufrieden.

„Der Junge wird noch eine ganze Weile schlafen. So wie es jetzt nach meiner Untersuchung aussieht, wird er es mit viel Ruhe und guter Pflege schaffen. Vorausgesetzt natürlich, es treten keine Komplikationen auf." Erleichtert strich sich Sarah die Haare aus dem Gesicht.

„Mache dir keine Hoffnungen", dabei zeigte der Arzt auf Sarahs eilig zusammen gewuselte Papierwirtschaft unter ihrem Arm. Sie verstand nicht und blieb fragend in der Tür stehen.

„Ich meine die Aktion, die du da so eifrig planst. Daniel wird zwar überleben, aber es wird Wochen und Monate dauern, bis du ihn, für was auch immer, einsetzen kannst. Nur schon mal als Hinweis." Sarah wollte dem etwas entgegensetzten, doch Gregory nahm ihr die Worte mit einem einfachen, kurzen Satz:

„Ich kenne dich, junge Dame."

Den autoritären Worten des Arztes konnte sie nichts hinzusetzen.

Zielstrebig steuerte Sarah über den morgendlichen, sonnendurchfluteten Flur Lizzys Privaträume an, nachdem sie sich ihrer Arbeitsutensilien entledigt hatte.

Lizzy hatte eine unruhige Nacht. Auf das Schlafmittel von Dr. Gregory hatte sie verzichtet, zu groß war die Sorge nicht rechtzeitig aufzuwachen, wenn mit Daniel irgendetwas passiert wäre. Im Halbschlaf hatte sie vor sich hingedöst oder sie hatte nach einem Buch gegriffen, um darin zu lesen.

Ihre eigenen Probleme waren in den Hintergrund gerückt. In erster Linie galten ihre uneingeschränkten Gedanken dem Manne, den sie liebte und den sie um keinen Preis verlieren wollte.

Die Freude war daher riesig, als Sarah ihr mitteilte, dass für Daniel zum jetzigen Zeitpunkt keine Lebensgefahr mehr bestand. Überglücklich umarmte sie Sarah. Einen Teil ihrer Freude musste ihr Sarah wieder nehmen. Gregory hatte verfügt, dass er für den heutigen Tag keinerlei Besuche an Daniels Bett wünschte. Jegliche Aufregung und Störung wollte er von seinem Patienten fernhalten.

Schwester Dorothy war instruiert, jeden aus dem Zimmer zu verweisen.

Lizzy war enttäuscht.

„Freue dich, dass er leben wird. Einen Tag musst du dich noch gedulden. Im Übrigen weiß ich, dass Gregory ihn mit seinen Betäubungsmitteln ohnehin zugedröhnt hat. Da schläft er sowieso den ganzen Tag und wird kaum ansprechbar sein." Lizzy war ein wenig getröstet.

Sarah gähnte herzhaft.

„Ich muss jetzt ins Bett. Nachtdienst dürfte ab heute für mich erledigt sein. Die Stundenweise Betreuung in der Nacht übernimmt Schwester Agatha. Mein Plan ist auch fertig und steht fest wie ein Baum. Ich glaube, ich muss mal richtig ausschlafen."

Liebevoll gab sie der Trübsal blasenden Lizzy einen Kuss auf die Wange, bevor sie forschen Schrittes aus dem Zimmer stürmte.

Am Nachmittag wollte sie unbedingt der kleinen Lily das Schloss zeigen. Liam, der am Schreibtisch kurz Sarahs Pläne überflogen hatte, bekam von ihr die strikte Anweisung, sie rechtzeitig zu wecken.

„Zufrieden?", fragte sie kurz. Liam blickte von den Papieren beeindruckt auf. Während Sarah sehnsüchtig ihr Bett aufsuchte, stand Liam auf. Nach den Unterlagen greifend, wünschte er Sarah einen erholsamen Schlaf.

„Ich werde die nachher mit deinem Vater und Stelton durchgehen und auswerten." Polternd wie immer marschierte er zum Frühstück.

Susan half bereitwillig im Schlossgarten aus. Der Korb mit Erbsenschoten war fast gefüllt. Die Frau ihr gegenüber wischte sich, Susan anlächelnd, den Schweiß von der Stirn.

„Ganz schön heiß heute", lachte Susan.

Die Freundlichkeit, die ihr das Schlosspersonal entgegenbrachte, beeindruckte sie zutiefst. Gleichzeitig akzeptierte man sie so, wie sie war. Keiner fragte nach dem Warum und dem Weshalb.

„Es ist sehr schön, dass du mir hilfst und es freut mich ungemein, aber du musst das nicht tun", sagte die Frau herzlich.

„Ich hasse das Nichtstun und bin Arbeiten gewöhnt", erwiderte Susan prompt. Dann sah sie sich besorgt um.

„Ist etwas nicht in Ordnung?"

„Ich weiß nicht. Ich habe meine kleine Tochter aus den Augen verloren. Sie ist so ungestüm. Hoffentlich ist ihr nichts geschehen."

Die Frau lachte hell auf.

„Keine Angst. Hier ist noch niemand weggekommen. Die Kinder sind zu den Ställen gelaufen, ein Schaf kalbt. Jeder will das neue Lämmchen begrüßen und ihm einen Namen geben. Zum Schluss muss immer der Schäfer die Namen auslosen, damit es keinen Streit gibt. Ihre Kleine ist gewiss auch mit dabei, ist ja ein recht aufgewecktes Ding."

Susan wand sich beruhigt wieder ihrer selbstgewählten Arbeit zu. Irgendwann kam Philip umständlich durch die Beete gestakst.

„Da bist du ja. Ich hatte dich schon überall gesucht."

Unbekümmert gab er seiner Frau einen Kuss auf die Wange. Susan besah sich ihren Mann aufmerksam und stutzte.

„Wie siehst du denn wieder aus?", fragte sie und wischte ihrem Gatten Holzspäne und Unmengen an Spinnweben aus den strubbligen Haaren.

„Im Dachstuhl auf der Westseite ist ein Dachbalken morsch. Ich habe geholfen, den zu reparieren. War wirklich nötig."

Grüßend nickte er der Frau zu, die ihre Arbeit kurz unterbrochen hatte, um den Neuankömmling zu begrüßen.

„Ich bin eigentlich nur vorbeigekommen, um dir ausrichten zu lassen, dass Prinzessin Sarah sich versprochener Maßen unser Kind ausgeliehen hat."

Susan sah ihren Mann überrascht an.

„Ist das gut?", fragte sie leise.

Philip sah seine Frau unbekümmert an.

„Keine Angst, sie will uns Lily doch nicht wegnehmen." Susan pustete sich eine dünne Haarsträhne aus dem Gesicht.

„Eigentlich ist es schön, dass unser Kind hier so viele Spielgefährten hat."

Leise, fast flüstern fügte sie hinzu:

„Hauptsache die erzählen unserer Lily nichts von Daniels Tod. Das verschmerzt die Kleine nicht so einfach."

„Guck nicht so bekümmert, Susan. Sarah als auch Lizzy werden schon wissen was sie tun. Außerdem will Sarah Lily nur das Schloss zeigen, weil sie es ihr versprochen hat."

Skeptisch blickte sich Susan um, als suchte sie in der Ferne nach Antworten auf all ihre Fragen.

Philip hatte der immer noch gebückt arbeitenden Frau den schweren Korb abgenommen, ihn zum Hof getragen und einen neuen geholt. Noch einmal küsste er seine Frau, bevor er sich trollte.

Mit tausend Gedanken im Kopf ging Susan weiter ihrer Arbeit nach.

„Oh, so viele Bücher", staunte Lily. „Hast du die alle gelesen?"

„Nein, nur einige davon." Sarah lachte. Lily war in einen der großen Ledersessel geklettert. Der große Sessel verschluckte das kleine Ding fast, dessen Wangen vor Aufregung rot angelaufen waren.

„Warum hast du denn nicht alle Bücher gelesen? Muss man doch, wenn die da stehen", fuhr Lily altklug lispelnd mit der Fragerei fort.

„Ich habe doch gar keine Zeit die Bücher alle zu lesen."

„Warum nicht?", kam es gedehnt zurück. Sarah hatte dem Kind bisher nur drei Räume im Schloss gezeigt. Das Musikzimmer, den Salon und nun die Bibliothek. Die meisten Nerven hatte ihr der Besuch im Musikzimmer gekostet. Die Kleine gierte förmlich nach Wissen. Sie fragte, was Noten waren, wie ein Klavier funktionierte, wo die Musik rauskam, was man mit den vielen Tasten so anfing usw., usw. Um von Lilys nervtötenden Fragereien wieder einen klaren Kopf zu bekommen, hatte sie sich vor das Klavier gesetzt, Lily auf den Schoß genommen und ihr Kinderlieder vorgespielt. Lily war ganz verzückt. Hörte sie Lieder, die sie kannte, so sang sie herrlich falsch den Text dazu.

Mit viel Mühe und gutem Zureden hatte es Sarah letztendlich geschafft, Lily in die Bibliothek zu locken.

Noch einmal kam die ungeduldige Frage: „Warum nicht?"

„Aber Lily, da müsste ich doch den ganzen Tag nur lesen. Und dafür habe ich keine Zeit, weißt du."

„Warum hast du keine Zeit?"

„Weil ich hier im Haus Verpflichtungen habe?" Lily dachte angestrengt nach. Das Wort Verpflichtungen kannte sie nicht. Sarah nutzte die Denkpause der Kleinen für sich aus und versuchte Lily für die Besichtigung ihrer eigenen Räume zu begeistern.

Schnell abgelenkt hopste das Kind aus dem wuchtigen Sessel und rauschte flink zur Tür.

Sarah nahm Lily an die Hand und führte sie durch die großen, hellen Flure.

„Hier gefällt es mir", gab Lily gestenreich zum Besten.

„Warum sind hier keine Möbel?"

„Lily, das sind Flure, da gibt es höchstens mal einen Stuhl, auf dem man sich ausruhen kann."

„Warum ist denn der Flur so furchtbar lang?" Lily sah Sarah mit großen Augen an.

„Weil es hier sehr viele Zimmer gibt. Aber da wohnt keiner mehr und deshalb sind sie verschlossen", sagte sie vorsorglich.

Lily jauchzte ausgelassen auf, als Sarah sie rücklings auf das große Bett warf, in dem sie und Liam schliefen. Staunend sah Lily sich um. „So viele schöne Sachen", wie sie sagte, „habe ich noch nie gesehen."

Lily hielt plötzlich in ihrem Tun inne, stellte sich vor Sarah und musterte sie von oben bis unten.

„Du siehst überhaupt nicht wie eine Prinzessin aus. Warum hast du kein schickes Kleid an?"

„Ach Lily. Ich fühle mich in meinen Reitsachen einfach wohler. Bluse und Hose sind viel bequemer als die blöden, engen Kleider, in denen man sich kaum bewegen kann."

„Dann bist du aber gar keine richtige Prinzessin. Die hat immer schicke Kleidchen an. Musste mal in mein Märchenbuch gucken, dann siehst du es. Jawohl."

Sarah musste lachen, während Lily mit ihrer Fragerei fortfuhr.

„Aber was machst du denn den ganzen Tag, wenn du kein Kleidchen anhast?"

Mit einfachen Worten versuchte Sarah dem Kind zu erklären, was sie den lieben langen Tag so trieb.

„Ich arbeite, so wie deine Eltern auch. Nur eben anders. Weißt du, ich muss aufpassen, dass alles hier im Schloss richtig ist. Eigentlich mache ich alles, was deine Mum in eurem kleinen Haus macht auch, nur ist hier alles viel, viel größer. Da müssen mir viele fleißige Leute helfen. Und denen muss ich dann sagen, dass sie die Kartoffeln schälen müssen oder dass der Fußboden geschrubbt werden muss."

Lily zog einigermaßen zufrieden die Nase kraus, während sie sich weiterhin forschend umsah.

Unversehens kam Liam ins Zimmer geplatzt.

„Oh", wunderte sich das Kind, „passt der große Mann auf dich auf?"

Die Unbekümmertheit und die erbarmungslose Ehrlichkeit des Mädchens ließen sie herzhaft auflachen, während Liam in aller Eile ganz verlegen zwei Schriftstücke vom Schreibtisch riss und schnellstens wieder verschwand.

„Nein, Lily. Das war Liam, mein Ehemann. Wir wohnen hier zusammen."

„Warum wohnt ihr hier zusammen?", kam es spontan aus dem Plappermund.

„Wir gehören zusammen, wie deine Mum und dein Dad."

„Mein Dad ist aber nicht so furchtbar groß und so furchtbar stark." Zur Untermauerung ihrer Feststellung machte sie sich so groß sie konnte, die Arme weit zur Zimmerdecke emporgestreckt.

Sarah hatte ihre liebe Mühe mit dem kleinen, wissbegierigen Wirbelwind. Aufatmend, aber auch herrlich amüsiert, lieferte sie Lily bei ihrer Mutter ab, die das Kind zur Begrüßung fest in die Arme schloss.

„Wie schafft man das nur", dachte Sarah. „Besonders, wenn man zwei oder drei Kinder von dieser Sorte hat." Nein, als Mutter würde sie nichts taugen. Es war gut so, dass ihre Ehe kinderlos blieb. Ihre Prioritäten lagen anderswo. Aber als Tante, da war sie sich sicher, würde sie sich hervorragend machen.

Ausgeschlafen ging Sarah früh am nächsten Morgen in die Küche. Wie immer war zu dieser Zeit kaum Personal anzutreffen. Die ersten vorwitzigen Sonnenstrahlen warfen rötliches Licht in die Flure. Gut gelaunt steuerte Sarah ihren Platz am Angestelltentisch an. Munter grüßte sie die wenigen Küchenfeen, die schon ihre Tätigkeit aufgenommen hatten. Kurz hielt sie im Schritt inne, als sie sah, dass Daniel wie selbstverständlich am Tisch saß und gelangweilt in seinem Kaffee rührte. Noch hatte er sie weder gesehen, noch gehört. Binnen weniger Sekunden musste sie zwischen Rückzug oder Konfrontation entscheiden. Die Konfrontation erschien ihr sinnvoller. Irgendwann würde sie sich dieser unangenehmen Situation sowieso stellen müssen. Warum also nicht gleich jetzt und hier. Fest nahm sie sich vor, einfach nur zu schlucken, wenn es bittere Vorwürfe und böse Anklagen hageln würde. Forsch wie immer ging sie mit klopfendem Herzen zu ihrem angestammten Platz. Um die für sie unangenehme Situation zu überspielen, fragte sie empört:

„Was machst du hier?"

Daniel sah kurz auf, um dann weiter teilnahmslos in seiner Tasse zu rühren.

„Nach was sieht es denn aus!"

Sarah warf diese dreiste Antwort völlig aus ihrem in Sekunden zusammengezimmerten Konzept.

„Entschuldige, aber du gehörst ins Bett", sagte sie mit schrill klingender Stimme. Ihr war gar nicht wohl in ihrer Haut.

Daniel verzog das Gesicht, bis er unwirsch antwortete:

„Geht's mal ein bisschen leiser? Ich habe Kopfschmerzen."

Ein blutjunges Küchenmädchen brachte Sarah ihr gewohntes Frühstück. Als sie verstohlen zu Daniel sah, lief sie puterrot an. Sarah musste innerlich lachen, beherrschte sich jedoch und bedankte sich stattdessen.

„Meine Güte, deine Wirkung auf Frauen ist unübertrefflich." Daniel sah wieder kurz auf, rümpfte die Nase, soweit das ging und sah Sarah unverständlich an.

„Vergiss es", seufzte sie kopfschüttelnd.

Keiner sagte ein Wort. Die Stille machte Sarah unruhig und immer verlegener. Es half nichts sich in Schweigen zu hüllen, dass würde sie in ihrer misslichen Situation nicht weiterbringen.

Erneut entschied sie sich für den Angriff.

„Weiß eigentlich irgendjemand, dass du dich nach hier untern verzogen hast?"

Mit kalter Stimme und glasklarem Blick antwortete er wieder nur kurz:

„Nein, wozu?"

Sarah empörte sich. „Weil wir uns vielleicht sorgen?"

„Ihr solltet euch lieber um euch selber sorgen", sagte er schneidend. „Was glaubst du, was passiert, wenn irgendwer Wind davon bekommt, dass ich hier munter durchs Schloss laufe?" Sarah wollte widersprechen, doch er fuhr ihr ins Wort.

„Ich werde es nicht zulassen, dass noch irgendjemandem in diesem Haus wegen mir ein Haar gekrümmt wird. Es war der Fehler meines Lebens, mich meinen Gefühlen hinzugeben und mich in Lizzy zu verlieben. Ich hätte meinem Verstand folgen sollen, dann hätte hier keiner Probleme." Er sprach jetzt ganz ruhig, doch drang aus jedem Wort Bitterkeit. Sarah wollte gestenreich wiedersprechen, doch er unterbrach sie barsch.

„Falls es dir nicht klar genug ist, dann zum Mitschreiben. Ich ziehe Tod und Verderben an wie ein Misthaufen die Fliegen. Deshalb werde ich von hier schnellstens verschwinden, so wie ich gekommen bin."

Sarah starrte ihn mit offenem Mund an. Alles hatte sie von ihm erwartet, aber nicht das und schon gar nicht diese furchtbaren Selbstvorwürfe in seinen Worten. Statt sie massiv anzugreifen, griff er sich selber an. „Nein, so ging das nicht", dachte sie wütend.

Kurz sammelte Sarah ihre Gedanken, bevor sie innerlich vor Zorn kochend, mit gefährlich leiser Stimme sagte:

„Du tickst wohl noch nicht richtig, was? Ich dachte völlig zerknirscht, ich kriege jetzt eine Moralpredigt von dir, die sich gewaschen hat. Stattdessen klagst du dich selber an. Na, prima! Wir stecken doch wohl alle schon mitten drin im Misthaufen. Und stell dir vor, dieses Mal hatten wir sogar die Wahl, haben es uns also ausgesucht, mitten in den Misthaufen zu fassen. Und das kommt mit Sicherheit nicht von meinem schlechten Gewissen über meine mangelnde Objektivität dir gegenüber, sondern von der uneingeschränkten Loyalität des Königs zu dir. Du gehörst hierher, das hatte ich dir schon einmal gesagt. Ich brauchte leider etwas Zeit, um das zu kapieren." Nach Worten ringend sprach sie weiter:

„Donnerwetter, sogar dein Pferd weiß, wo es zuhause ist. Es kam hierher ins Schloss."

Sarah war so aufgebracht, dass sie sich zum Weiterreden halb aufgerichtet hatte.

„Im Übrigen sei dir gesagt, dass du da draußen keine zwei Tage ohne Arzt überlebst.

Und hast du eigentlich auch an Lizzy gedacht? Die liebt dich über alles."

Lauter im Ton werdend fuhr sie ungehalten fort, angestachelt durch Daniels kalten, noch immer zum Gehen entschlossenen Blicks.

„Ich habe deiner Mutter versprechen müssen, auf dich aufzupassen. Das nehme ich verdammt ernst. Außerdem hat sie dich für tot erklären lassen, um nicht nur dich sondern uns alle zu schützen. Ein vortrefflicher Schachzug von ihr finde ich. Du fällst ihr in den Rücken, wenn du hier abhaust. Aber wenn du nicht anders willst, dann setzte ich dich eben unter Arrest, solange, bis du wieder kerngesund bist. Bis dahin hast du genügend Zeit, deine Entscheidung reichlich zu überdenken. Hier im Schloss kannst du von mir aus machen, was du willst. Setzt du aber auch nur einen Schritt vor das Schloss, dann klebe ich dir im Nacken, wie die Klette im Hundefell. Dass wir dich enttäuscht haben, liegt wohl auf der Hand. Das gibt dir aber nicht das Recht, mit deinem Leben zu spielen."

Mit hochrotem Kopf kämpfte sie um Fassung. Daniel beobachtete sie ruhig und gelassen, während er ihrem Redefluss scheinbar halbherzig zuhörend gefolgt war.

Auf Sarah wirkte Daniels passive Haltung so, als würde jedes ihrer Worte an ihm abprallen, was sie noch mehr provozierte. Doch was er nun sagte, schaffte es an die Spitze des Eisbergs.

„Ich würde das Zeug da nicht mehr trinken, da ist bestimmt irgendwas drin!"

Wegwerfend wies er mit der Hand auf ihre halbvolle Kaffeetasse.

Schäumend vor Wut setzt sich Sarah endlich wieder hin. Mit den Nerven fast am Ende jagte sie die hilflose Gabel in das kalt gewordene Rührei auf ihrem Teller. Als sie kurz in Daniels Richtung sah, erhaschte sie ein kurzes, belustigtes Lächeln in seinem Gesicht.

„Rache ist süß", dachte Sarah, wobei ihr die leidige Nachprüfung der Bücher ins Hirn schoss.

Seit Tagen schob sie diese langweilige und trockene Angelegenheit vor sich hin. Nun hatte sie die perfekte Lösung gefunden.

„Damit du nicht weiter auf dumme Gedanken kommst, drücke ich dir jetzt die Buchprüfung aufs Auge. Da kann man artig im Bett sitzen bleiben und sich mit den hinterhältigen Gedanken unserer Buchhalter, die irgendwie die Zahlen zu manipulieren scheinen, den Kopf zerbrechen", sagte sie nun ihrerseits sarkastisch aber entschieden.

Ihr gegenüber machte dicke Backen und schnaubte verächtlich, bevor er lapidar entgegensetzte:

„Ich bin ja wohl der Letzte, der in eure Bücher sehen sollte."

„Das denke ich eben nicht. Leider sehe ich den Wald vor lauter Bäumen nicht mehr und je öfter ich da reinsehe, desto mehr Bäume stehen vor dem Wald. Irgendwer betrügt. Ich will wissen wie und wobei. Dann kenne ich auch den Missetäter."

Daniel lehnte sich gelassen zurück.

„Von Buchprüfung habe ich keine Ahnung."

„Von wegen. Du warst auf einer Eliteschule!"

„Na und? Vielleicht habe ich da gerade geschlafen!"

„Daniel!", faucht Sarah böse.

„Außerdem kann ich nur alte Runen und Keilschrift lesen", legte er nach in der Hoffnung, dass unabwendbare Übel doch noch loszuwerden.

Als er jedoch ihren gefährlichen Blick auf sich ruhen sah, knickte er geschlagen ein.

„Du bringst mich noch ins Grab." Sarah grinste selbstgefällig.

„Geht nicht, da warst du schon."

Schwester Agatha, ein blutjunges, noch in Gregorys Ausbildung steckendes Mädchen, machte sich schwere Vorwürfe. Sie war länger, als beabsichtigt eingeschlafen. Bei ihrem verspäteten Kontrollbesuch musste sie feststellen, dass Gregorys Schützling nicht mehr im Bett lag. Aufgeregt und zerknirscht hatte sie den Arzt informieren lassen, der wenig später zur Stelle war. Ungläubig hatte auch er auf das leere Bett gestarrt. Er hasste es, wenn eigenwillige Patienten halbtot durchs Schloss liefen.

So war es nicht verwunderlich, dass man Daniel nach seinem Wiedereintreffen ohne Umschweife, dafür aber wortreich, ins Bett steckte und zwangsweise ruhigstellte.

Wenige Stunden später fand sich Sarah im Speisesalon beim obligatorischen Frühstück in Familienrunde ein. Lizzy sah noch ein wenig blass aus, fühlte sich aber ausnahmslos wohl. Sie wirkte leicht überdreht, doch wer sie gut kannte, der wusste, dass sie nur ihre Sorgen und Ängste um Daniel gekonnt zu verbergen suchte. Voller Hoffnung, ihn heute sehen und sprechen zu können, nahm sie rege am Tischgespräch teil.

„Die Buchprüfung? Nein, die ist noch immer nicht erledigt, geht aber heute noch in Arbeit. Ich habe umverteilt und bin den Kram los", sagte Sarah wegwerfend zu ihrem Vater.

Fragende Blicke ruhten auf ihr.

„Es gibt eben übermotivierte Menschen, die auf Blödsinn aus sind, wenn sie zu viel denken und nicht im Bett bleiben können, wo sie hingehören. Da ist doch eine solide, trockene und erfüllende Buchprüfung genau das Richtige und bringt die herrlichste Ablenkung, die man sich nur wünschen kann."

Gregory verschluckte sich beinahe an einem Stück Toast, bevor er hustend fragte:

„Das ist doch wohl nicht dein Ernst!"

Sarah reagierte nüchtern.

„Wer es braucht, kriegt es auch. Und mir ist entschieden geholfen. So einfach ist das."

Gregory wollte Sarah seine Missbilligung über ihr Handeln aussprechen, kam aber nicht mehr dazu, da sich nun William einmischte und Aufklärung von Sarah verlangte.

Stattdessen klärte Gregory Lizzy, Liam und seinen Freund William über Daniels dreisten Ausflug zu früher Morgenstunde auf.

„Mein Patient ist entschieden zu agil", schimpfte Gregory.

„Daniel ist auf?", fragte Lizzy hocherfreut. Sie wollte aufspringen, um zu ihm zu laufen, doch Gregory hielt sie mit einer Handbewegung zurück.

„Jetzt nicht mehr. Ich habe ihn für eine paar Stunden schlafen gelegt."

Erneute Enttäuschung machte sich auf Lizzys Gesicht breit. Verzweifelt suchte sie Hilfe bei ihrer Schwester, die nur bedauernd mit den Schultern zucken konnte.

Der Arzt merkte, dass er taktlos Lizzy gegenüber gehandelt hatte. Beschwichtigend versicherte er ihr, dass Daniel in spätestens einer Stunde wieder ansprechbar sein dürfte.

Sarah griff liebevoll nach Lizzys Händen, die sie hilflos auf ihrem Schoss hin und her knetete.

„Daniel wollte weg von hier, um uns nicht weiter in Schwierigkeiten zu bringen. Er ist ziemlich verbittert und nicht gerade sehr zugänglich, verständlicher Weise."

Lizzy schluckte deprimiert und fassungslos.

„Er hätte mich einfach so verlassen!"

Keiner antwortete. Schließlich sagte Sarah besänftigend:

„Das hat nichts mit dir zu tun, Lizzy. Es ging ihm nur um Gefahrabwendung. Gefühle spielen da keine Rolle."

König William schüttelte schmunzelnd den Kopf.

„Der Junge ist hart wie Granit, in jeder Beziehung."

„Mit der leidigen Buchprüfung ist er erstmal vollauf beschäftigt. Außerdem erfahren wir dann vielleicht endlich, wer uns hier so eifrig betrügt", sagte Sarah entschieden, sich frischen Tee nachschenkend.

„Und wenn Daniel doch einfach geht?", fragte Lizzy leise.

„Auch wenn ich den Eindruck kriegen sollte, dass er jedes meiner Worte ignoriert, so bin ich doch fest davon überzeugt, dass meine Argumentation ihr Ziel erreicht und ins Schwarze getroffen hat. Und weit kommt er sowieso nicht. Ich habe ihn fix unter Arrest gestellt, damit wäre das Problem vorerst vom Tisch." Aufmunternd lächelte sie ihrer traurigen Schwester zu.

Das Tischgespräch wechselte hin zur Tagesplanung, in welche sich Sarah ohne Umschweife einzubringen wusste. Lizzy ging währenddessen ihren düsteren Gedanken nach. Ihre frohe Stimmung war verflogen. Stattdessen fühlte sie ein unbeschreibliches Unbehagen in sich aufsteigen.

Würde Daniel sie ablehnen? Selbst, wenn er wollte, könnte er sie überhaupt noch lieben? Sie war geschändet, entehrt und beschmutzt. Ihr Herz zog sich schmerzhaft zusammen. Sie musste Gewissheit erlangen, so schnell wie nur möglich.

Daniel sah sie nur kurz müde, gleichmütig und verbittert an.

„Wenn du mich umbringen willst, mache es jetzt. Aber bitte effizient. Nutze die Gelegenheit, ich bin noch nicht ganz wach."

Lizzy saß auf der Bettkante neben ihm. Sie antwortete nicht. Sie tat nichts. Noch leicht benebelt sah er sie nun an, wie sie scheu und mitleiderfüllt seinem Blick auswich. Verlegen stotterte sie:

„Warum sollte ich dich töten, wenn ich dich doch liebe? Wie kannst du nur so von mir denken?" Daniel kämpfte noch immer mit den Nebelschwaden.

„Ich weiß im Moment überhaupt nicht, was ich denken soll. Kannst du es mir sagen?", fragte er verbittert. Lizzy kämpfte mit aufsteigenden Tränen.

„Ich weiß doch, dass ich dich mit meinen bösen Worten tief getroffen habe, aber das war nicht ich, die das gesagt hat."

Das Häufchen Elend vor ihm brach ihm fast das Herz. Doch noch waren sein eigener Schmerz, die Enttäuschung und die Kaltblütigkeit, die man ihm entgegen gebracht hatte, stärker. Auch plagten ihn weiter Schuldgefühle Lizzy gegenüber. Wie konnte er sie nur in so eine Lage bringen? Hätte er nicht doch die Finger von ihr lassen sollen, auch damals, als sie in die Tischlerei gestürmt war? Gut, er hatte für diesen Fehler schwer büßen müssen. Seine Gedanken und Gefühle drehten sich im Kreis.

Lizzy wischte sich die Tränen aus den Augen.

„Es war so widerlich, so eklig, so entwürdigend und demütigend. Ich war wie von Sinnen. Es tut mir so furchtbar leid, Daniel", schluchzte sie bekümmert. Dicke Tränen kullerten über ihre zarten Wangen.

„Aber vielleicht willst du mich ja auch nicht mehr jetzt, wo ich beschmutzt und entehrt bin."

Eingeschüchtert senkte sie erneut ihren Blick.

„Du bist ein Dummchen", sagte er seufzend um einige Nuancen weicher als zuvor.

„Gib mir ein bisschen Zeit, okay? Ich muss dass alles erstmal auf die Reihe kriegen", sagte er leise mit dem Anflug eines Lächelns. Lizzy griff zaghaft nach seiner Hand.

„Was haben die denn bloß mit dir gemacht", jammerte sie nun ungehemmt los.

„Was man eben mit Hochverrätern so macht. Genickschuss, Aufhängen oder Kopf ab gibt es da nicht. Vielleicht habe ich das ja auch verdient", antwortete er monoton, zur Decke starrend.

Lizzy konnte nicht aufhören zu weinen. Sie hatte sein Gesicht in ihre beiden Hände genommen, sich über ihn gebeugt und ohne Vorwarnung geküsst. Mit schmerzverzerrtem Gesicht drückte er sie sanft zurück. Lizzy sah ihn erschrocken an.

„Entschuldige, ich hatte deine gebrochenen Rippen ganz vergessen."

Daniel rang kurz nach Atem, bis der Schmerz langsam wieder abebbte.

„Ich glaub, ich mache alles nur noch schlimmer", sagte sie völlig aufgelöst.

Nachdem sie sich etwas beruhigt hatte, platze es aus ihr energisch heraus:

„Den Mistkerl bringe ich um!"

„Das mache ich schon", sagte Daniel nüchtern. „Sobald die Zeit reif ist."

Lizzy musste betreten schmunzeln.

„Ich glaube, das schaffen wir alle beide nicht. Sarah steht schon ganz vorn in der Reihe der potentiellen Attentäter, dahinter kommt Liam, dann erst ich und ganz hinten kommst du."

Lizzy lächelte verloren. Dann sagte sie ernst zu ihm:

„Bitte verlass mich nicht, bitte, bitte!" Daniel starrte erneut zur Decke, bevor er antwortete:

„Wäre es nicht besser, du würdest diesen Sohn von Lord Gilbert heiraten? Der macht dir doch einen Antrag nach dem anderem. Du bräuchtest nie wieder Angst zu haben, weder um dein Leben noch um das deiner Kinder. Ich kann dir das nicht bieten. Im Übrigen könnte ich es kein zweites Mal ertragen, wenn dir Leid zugefügt würde. Dazu liebe ich dich viel zu sehr."

Dezent war er so einer Antwort auf ihre Bitte ausgewichen.

„Ich soll diesen arroganten Trottel heiraten? Du glaubst doch wohl selber nicht, was du da sagst", empörte sie sich.

„Ich habe dir nur eine sichere Alternative vorgeschlagen, bei der du mich ganz schnell vergessen kannst."

„Jetzt reicht es mir aber!" Lizzy stand von seinem Bett auf, um sich zu ihrer vollen Größe aufzubauen.

„Ich soll dir das nicht sagen, vorerst nicht. Gregory hat es verboten. Aber ich kann nicht anders. Du zwingst mich ja förmlich. Sarah hat zwei Nächte an deinem Bett gesessen. Und während sie auf dich aufgepasst hat, hat sie einen effektiven, bestens durchstrukturierten Plan ausgearbeitet, wie Corlens Castle gestürmt werden kann. Sie sagte irgendetwas von Infiltration, das soll perfekt umsetzbar sein. Sie hat das hauptsächlich für uns getan, verstehst du? Du bist dann frei und ich ja irgendwie auch." Daniel hatte ihr ruhig zugehört. Vorsichtig setzte Lizzy sich wieder auf das Bett.

„Aber nichts verraten, man reißt mir sonst den Kopf ab."

Daniel musterte sie ernst und überlegte.

„Ich verrate schon nichts. Für alles andere gib mir Zeit. Bitte!“

„Es tut mir übrigens leid, dass ich nicht an deinem Bett saß, aber die haben mir nicht gesagt, dass du hier bist. Mir ging es auch nicht so gut …“ Daniel unterbrach sie, indem er mit besänftigenden Worten auf sie einredete:

„Weißt du, wie egal mir ist, ob oder wer an meinem Bett saß? Ich war total weg. Und wenn ihr mich in einer Gruft zwischengelagert hättet, ich hätte es nicht gemerkt.“ Er strich sanft über ihren Arm.

„Zufrieden?“

Lizzy zwang sich zu einem jämmerlichen Lächeln und nickte bekümmert.

Sarah kam ins Zimmer, beladen mit Büchern, losen Zetteln und unzähligen, geknickten Blättern.

„Hier“, sagte sie keuchend, „damit du nicht wieder auf dumme Ideen kommst und die Flucht ergreifen willst.“

Obwohl sie sah, dass ihre Schwester geweint hatte und auch sonst nicht sehr glücklich aussah, ließ sie ihre gute Laune nicht vor der Tür stehen. Lässig warf sie ihren Ballast auf eine Kommode und fegte dabei einen Kerzenleuchter um.

Die Kerzen kullerten unkontrolliert und lärmend durch das Zimmer. Lizzy hatte sich erhoben, um die Ausreißer wieder einzusammeln, während Sarah die Unterlagen halbwegs ordentlich übereinanderschichtete.

„Ich habe gleich Rechnungsbelege und Bestellscheine und diesen ganzen Kram mit dazu gegeben. Diese Buchhalter haben vielleicht eine chaotische Ordnung. Die ist schlimmer als meine eigene.“ Unbekümmert griff sie nach einem Glas auf Daniels Nachtschrank und goss sich aus der Glaskaraffe, die sich daneben befand ein. In ihrem Tun entging ihr Daniels lauernder Blick.

„Das ist ja Holunderblütensaft! In der Küche haben die zu mir gesagt, dass keiner mehr da ist.“

Genüsslich trank sie das Glas leer.

„Nimm das Glasdings mit. Vielleicht möchte Liam ja auch ein Schlückchen vom ‚Holunderblütensaft‘. Ich trinke den jedenfalls nicht mehr.“ Sarah fiel Daniels seltsamer Unterton auf.

„Warum? Was ist damit?", fragte sie vorsichtig.

„Weil du jetzt etwa zehn Minuten Zeit hast, bis du einschläfst. Mich hat es schon nach fünf Minuten umgelegt." Ein schadenfrohes Grinsen huschte über sein Gesicht.

„Was?", entfuhr es Sarah erschrocken. „Was ist da drin?"

Daniel verzog nichtwissend den Mund.

„Verdammt, da ist wirklich was drin?", fragte sie noch einmal entsetzt.

„Ich habe jetzt Training mit der Garde!", jammerte Sarah mit schriller Stimme.

Lizzy musste lachen. Daniel verkniff es sich aus Angst vor neuen Schmerzattacken.

Dafür stöhnte Sarah, als sie aus dem Zimmer jagte.

Zufrieden war Lizzy ganz und gar nicht. Doch irgendwie verstand sie Daniel. Seine Bitte um Bedenkzeit musste sie akzeptieren, egal wie weh es ihr tat und welche Zweifel in ihr aufstiegen. Kurz und bündig beschloss sie, um Daniel zu kämpfen und ihn zurückzugewinnen.

Noch einmal wollte sie ihn nicht verlieren.

*D*as prachtvolle Kleid stand ihr wunderbar und machte sie auch noch in ihrem Alter anziehender und begehrenswerter, als sie ohnehin schon war. Ihr kalter, abweisender Gesichtsausdruck und ihr gefährlicher, stechender Blick mahnten jedoch jeden Draufgänger, die Finger von ihr zu lassen.

Die Pflicht als Königin repräsentieren zu müssen, erduldete sie emotionslos. Noch immer strahlte sie Grazie und Eleganz aus, welche sie als Königin des Landes bei wirtschaftlichen und politischen Verhandlungen unverzichtbar machte. Hätte sie sich dem widersetzt, so wäre ihr das schlecht bekommen. Über die Jahre genügte es ihr, die Nähe ihres Gatten nicht mehr ertragen zu müssen. Es ekelte sie an, wenn seine fetten Hände ihre Haut berührten, sein Atem vom Suff stank und sein gieriger, besitzergreifender Gesichtsausdruck sie zum Sex forderten. Früher war sie mit der Gesundheit ihrer Kinder erpressbar gemacht worden, wenn sie sich ihrem Angetrauten verweigerte. Heute fehlte ihm das Druckmittel und er ging zu seinen Flittchen. Ihr war es recht.

Ihre überaus ergebene Zofe richtete ihr das wellige Haar.

„Ihr seid viel zu schön für diese Saufbande", sagte sie aufrichtig besorgt.

„Ich muss, man verlangt es von mir." In Margarets Porzellangesicht zeigte sich keinerlei Regung.

Es klopfte leise an der stets verschlossenen Tür. Die Zofe legte den Kamm beiseite, um zur Tür zu eilen. Im Flüsterton überreichte ihr ein kleiner Kaminjunge einen zu einem winzigen Päckchen zusammengefalteten Brief. Die Zofe drückte ihm ein Geldstück in die ausgestreckte, schmutzige Hand. Wie ein flüchtiger Windhauch war der Knirps verschwunden. Die Tür wurde wieder fest verriegelt, bevor die Zofe zu ihrer Herrin zurückkehrte und ihr den Brief übergab. Die Königin faltete ihn flugs auseinander und las. In ihrem Gesicht zuckte es kaum merklich.

„Gute Nachrichten?", fragte die Zofe leise und zugleich hoffnungsvoll.

„Sehr gute", war die klare Antwort der Königin.

Fertig gekleidet und frisiert begab sie sich an ihren Schreibtisch, an den sie sich gedankenversunken setzte. Die Zofe entfernte sich respektvoll in das Nebenzimmer. Lange starrte die Königin auf den Brief, auf den sie so lange gewartet hatte und vor dessen Inhalt sie sich gefürchtet hatte. Sie öffnete ein kleines Kästchen und nahm eine winzige Phiole mit dem schnell wirkenden Gift des Eisenhutes heraus. Im Licht der einfallenden Sonnenstrahlen drehte sie das Fläschchen hin und her. „Es lohnt sich für mich weiterzuleben", dachte sie und ließ das Fläschchen in der untersten Schublade des Schreibtisches verschwinden.

Wieder nahm sie den Brief mit den wenigen Zeilen in die Hand, bis sie ihn schließlich zusammenfaltete und tief in ihrem Ausschnitt verschwinden ließ. Es war Zeit geworden, auf dem Ball zu erscheinen.

Der König war angetrunken, ebenso sein Lieblingssohn Prinz Damian.

„Da bist du ja endlich, mein kaltes Herzblatt, mein Allerliebstes", lallte König George fröhlich.

„Buh", machte er, als er in das versteinerte Gesicht seiner Frau sah.

„Bei deinem Gesichtsausdruck erfriert man ja." Angewidert wandte er sich von ihr ab.

An den mit Essen vollbeladenen Tafeln waren Mitglieder der höheren Gesellschaftsschichten vertreten, genauso wie dreiste Gauner, Halunken und freches, schmieriges Gesindel, die sich die Gunst des Königs erschlichen hatten. Es wurde in vollem Maße ausschweifend gegessen und getrunken. Es mangelte nicht an gebratenem Geflügel, Wildschwein am Spieß und Fisch in allen Variationen welche die Kochkunst zu bieten hatte. Die Völlerei schien kein Ende zu kennen. Einige höher gestellte Persönlichkeiten, welche nur der Einladung des Königs gefolgt waren, um nicht in Misskredit zu geraten, hielten sich leidlich an die Etikette.

Königin Margaret musterte die bunte Gesellschaft geringschätzig. Immer wieder wurde auf Prinz Damian angestoßen, der zum Thronfolger aufgestiegen war und sich gebührlich feiern ließ. Dabei strotzte er nur so vor Arroganz und Selbstsucht, dass es Margaret beinahe den Magen umdrehte. Besonders wenn sie daran dachte, wie dieses Untier, dass sie geboren hatte, zu diesem Titel gekommen war. Ohne jeglichen Skrupel ließ er sich feiern und ehren.

König George näherte sich ihr von der Seite.

„He, mein kaltes Schmuckstück. Ich werde laufend gefragt, warum du nicht mitfeierst, teuerste Gemahlin. Die Leute wollen dich lachen sehen."

Sabber tropfte aus seinen vor Bratenfett triefenden Mundwinkeln.

„Ich habe nichts zu lachen", antwortete sie in hartem, unerbittlichem Ton.

„Mein Sohn wurde bestialisch ermordet."

Der Ehegatte lachte süffisant.

„Aber Liebchen, einem Hochverräter trauert man doch nicht nach, nicht heute und nicht vor all diesen Gästen." Sein lallendes Geschwafel hatte etwas Bedrohliches und Hinterhältiges an sich.

„Ich kann dich auch jeder Zeit über die berühmte Klinge springen lassen. Und keiner hat es gesehen. Vor Gram verschieden, würde man vielleicht sagen. Du wirst langsam alt, meine Schöne. Bald bist du ein unansehnliches Wrack, das niemand mehr braucht. Bald kommt die Zeit, in der du schön auf dich aufpassen musst, mein kaltes Liebchen." Hämisch grinste er sie an. Stolpernd taumelte er drei Schritte von ihr zurück. Listig betrachtete er sie.

„Hast schon lange keinen Kerl mehr im Bett gehabt, wie? Ich schlafe nicht mit einem Stein, aber der Dicke da hinten, der uns so eifrig zuwinkt, hat mir einen ganzen Beutel Gold geboten, wenn er dich knacken darf." Der König lachte heimtückisch und taumelte weiter.

Margaret war diese Art von Drohungen gewöhnt. Zur Sicherheit trug sie immer ein kleines Messer im Ärmelaufschlag ihres Kleides. Einschüchtern konnte man sie schon lange nicht mehr. Wachsam beobachtete sie ihre Umgebung, die Besucher, die Familienmitglieder, das Personal. Nichts entging ihrem geschulten Blick, wenn es um ihre Sicherheit ging.

Aber sie hatte auch Anhänger, stillschweigende, wenig auffallende Menschen, die ihr loyal zur Seite standen.

Es war bereits tiefste Nacht, als sie aufatmend ins Bett fiel. Noch einmal hatte sie den Brief hervorgeholt. Kaum merklich hatte sich über ihr Gesicht ein sanftes Lächeln gezogen. Daniel wird überleben. Glücklich musste sie die knappen Worte immer und immer wieder lesen.

Zufrieden stand sie noch einmal auf, um das für sie so wichtige Schriftstück im Kaminfeuer zu verbrennen. Erst als es gänzlich verkohlt war, ging sie wieder ins Bett, um die wenigen noch verbliebenen Nachtstunden zu schlafen.

*V*on Lizzy hatte Daniel erfahren, dass man zur Vorsicht die Hendersons auf das Schlossgelände gebracht hatte. Da ihm Sarah im Genick saß, die Hendersons tagsüber irgendwo tätig waren und Lily auf dem Schlossgelände spielte, entschloss er sich, seinen Freund abends aufzusuchen.

Lizzy war von dem Vorhaben Daniels wenig begeistert. Viel zu groß war ihre Sorge um ihn. Zähneknirschend gab sie schließlich nach.

Susan hatte Lily ins Bett gebracht. Der kleine Wirbelwind erzählte ohne Unterlass von dem neugeborenen Schäfchen, vom Pferd, das eingeritten werden musste und von Mortimer, dem Sohn des Stallmeisters, der ihr einen Regenwurm in den Ausschnitt ihres Kleidchens gesteckt hatte. Ihre eigenen kleinen Missetaten verschwieg sie. Erst als Susan energisch wurde, beruhigte sich das kleine Plappermäulchen und lauschte der Geschichte, die ihr ihre Mutter vorlas. Nach dem Gutenachtkuss schloss Susan vorsorglich das Fenster. Die Abendluft roch nach Regen. Das Licht wurde gelöscht und die Tür geschlossen. Vom vielen Herumtollen und dem Erleben unwiderstehlicher Abenteuer war Lily schnell eingeschlafen.

Susan kam gerade aufatmend in die Wohnküche zurück, wo Philip es sich nach getaner Arbeit bequem gemacht hatte, als es an der Eingangstür klopfte.

„Wer kann das noch sein zu dieser Zeit?" Susan sah Philip fragend an.

Philip war aufgestanden. Auf der Anrichte lag ein scharf geschliffenes Küchenmesser, welches er instinktiv ergriff und womit er zur Tür ging. Sarah hatte sich vorsorglich und wachsam an den Herd zurückgezogen. Philip öffnete die Tür nur einen

Spaltbreit um sie dann schlagartig aufzureißen, als er den abendlichen Besucher erkannte. Daniel trat unbekümmert ein, während Philip hinter ihm die Tür schwungvoll ins Schloss sausen ließ.

„Meine Güte. Wen habt ihr denn erwartet!", fragte Daniel unverblümt sein Gegenüber.

Der völlig überraschte Philip hatte ganz vergessen, dass er noch immer das Messer in der Hand hielt. Wild gestikulierend hatte er in maßloser Freude vor dem Gesicht seines Freundes damit herumgefuchtelt, als er nach Worten suchte.

„Kannst du das Ding da mal wegnehmen? Das könnte furchtbar ins Auge gehen. Außerdem habe ich derzeit was gegen diese spitzen Teile." Sicherheitshalber war er einen Schritt zurückgetreten. Fahrig legte Philip das Messer zurück an seinen Platz. Noch immer konnte er nicht fassen, dass sein von ihm betrauerter Freund munter vor ihm stand.

„Sie haben gesagt, dass du tot bist." Aufgelöst vor Überraschung wollte er Daniel freundschaftlich umarmen. Doch der wehrte mit einem entschiedenen „Bitte nicht anfassen" ab.

Philip wurde augenblicklich aus seiner Euphorie gerissen.

„In der Mangel hatten sie dich doch, oder?"

„Lass uns lieber über was anderes reden, sonst fällt mir noch ein, dass ich ins Bett soll", sagte Daniel genervt.

Philip warf noch einmal einen musternden Blick auf seinen Gast, war dann aber zufrieden mit dem, was er sah. Sogleich begann er eifrig zu erzählen und Fragen zu stellen.

Im Gegensatz zu Philip war Susan mit Daniels Auftreten keineswegs zufrieden. Ihr war sein blasses Gesicht aufgefallen. Obwohl sein Gang und seine Haltung wie immer sicher und locker waren, so sagte ihr der untrügliche Blick einer Frau, dass die Kratzer, die Daniel im Gesicht hatte, nur der Gipfel des Eisberges waren.

Noch einmal schürte sie das fast schon verglommene Feuer im Herd an, um Teewasser aufzusetzen. Die Männer unterhielten sich weiterhin angeregt. Daniel wollte Auskünfte, wie sich in den wenigen Tagen die Situation im Lande geändert hatte.

„Nun ja. Man hörte auch hier so allerhand, was da drüben so los ist. Dein netter Bruder hat sich gestern zum Thronfolger küren lassen. Das Fest soll ein ausschweifendes Gelage gewesen sein. Die dafür verprassten Gelder will er mittels Steuererhöhungen wieder einfahren. Der König selbst ist wohl noch unschlüssig über die Entscheidungen deines werten Bruders. Jedenfalls hat er verkünden lassen, dass er in Zukunft härter und unnachgiebiger seine Macht auskosten wolle. Das Volk soll lernen, wer im Land das Sagen hat und was mit denen geschieht, die sich ihm widersetzen. Das schürte natürlich Angst und Schrecken in der Bevölkerung.

Wir im Untergrund halten derweil die Füße still, seit verkündet wurde, dass du tot bist. Im Moment herrscht absolute Ratlosigkeit im Land. Bisher warst du der Leuchtturm, der allen die Hoffnung gab, dass eines Tages wieder Licht in die Finsternis kommt. Der Leuchtturm wurde zerstört und mit ihm die Hoffnung. Im Untergrund sind noch alle dabei, die Lage ausgiebig zu sondieren und abzuwarten, welche Perspektiven sich für uns eventuell auftun könnten, um weiter zu kämpfen.

Konntest du auf deine Knochen nicht ein bisschen besser aufpassen?", entfuhr es Philip ironisch.

„Kleine Intrige an hiesigen Schlossbetreibern. Da war nichts mehr mit aufpassen."

An der Tür klopfte es erneut, während der eingesetzte Regen an die Fensterscheiben prasselte. Augenblicklich wurde es mucksmäuschenstill in dem kleinen Raum. Philip machte nochmals Anstalten nach dem Messer zu greifen, als Daniel die kurze Stille unterbrach.

„Du kannst getrost aufmachen. Das ist sicher mein Schatten, der da draußen im Regen steht."

Betont genervt lehnte er sich auf der Bank zurück. Dieses Mal öffnete Susan die Tür, um eine pitschnasse Sarah einzulassen. Sarah war in solchen Situationen alles andere als verlegen, doch bei Susans resolutem Auftreten kam selbst sie mit ihrer Sprachgewandtheit ins Trudeln.

Vor sich hin tropfend stammelte sie einige entschuldigenden Worte für ihr spätes Erscheinen. Als sie Daniels ansichtig wurde, schoss ihr Selbstbewusstsein wie ein Bumerang zu ihr zurück.

Susan war wieder an den Herd getreten, um mit dem inzwischen heiß gewordenen Wasser den Tee aufzugießen. Bei Sarahs Anblick schien es ihr ratsamer, nach einer vierten Tasse zu greifen, um sie zu den anderen Tassen auf den Tisch zu stellen.

„Verdammt noch mal, Daniel!", fluchte Sarah ungeniert los, „ich habe dich unter Arrest gestellt, damit derartige Ausflüge vermieden werden. Muss ich dich noch ans Bett ketten oder was? Das ist doch Wahnsinn, wie du mit deinem Leben spielst."

Entrüstet griff sie nach dem Handtuch, das Susan ihr reichte, um sich ihre Haare zu frottieren. Daniel holte tief Luft, wagte aber nichts gegen Sarahs anklagende Worte einzuwenden. Philip hingegen unterdrückte ein schadenfrohes Grinsen. Nun hatte er zwei Frauen vom gleichen Kaliber im Haus und es beglückte ihn irgendwie, dass nicht nur er bei Konfrontationen mit diesen Wesen den Kürzeren zog.

Susan hatte unterdessen eine Flasche Rum im Küchenschrank gefunden und stellte diese auf den Tisch. Philip hatte Sarah den freien Platz neben sich angeboten. Sarah fand es bei den Hendersons urgemütlich, sodass sie sich breitschlagen ließ, die freundliche Einladung Philips anzunehmen. Ihr Ärger war noch nicht gänzlich verraucht, doch hielt sie ihn im Zaum. Daniel griff lässig nach der Flasche Rum, um eingehend das Etikett zu betrachten.

„Wau. Bester Schiffsrum!" Ohne sich etwas zu nehmen, reichte er die Flasche weiter. Philip und Susan gossen sich einen kleinen Schluck in den noch dampfenden Tee. Sarah hatte den ironischen Unterton in Daniels Stimme nicht bemerkt. Sie sparte nicht am Rum.

„Das Zeug ist wahnsinnig stark. Verträgt die das?", fragte Susan Daniel zwischen den Zähnen flüsternd.

„Keine Ahnung, wir werden es ja sehen."

„Warum nimmst du nichts?", fragte Sarah Daniel. Dass Daniel von Alkohol schon immer einen gewissen Abstand genommen hatte, war ihr hinlänglich bekannt. Aber dass er gar nichts trank, war ihr neu.

„Ich weiß nicht, mit was für Zeug ich von dem netten Arzt im Schloss heimlich abgefüllt wurde. Bevor ich rosa Hunde sehe, verzichte ich lieber freiwillig."

Susan sah ihn besorgt an.

„Dir geht es nicht gut, stimmt's?"

„Wie hast du das denn wieder rausgekriegt?", fragte er leise.

„Ich beobachte und höre gut zu. Außerdem siehst du müde und gequält aus."

Daniel hatte dem Gesagten nichts entgegen zusetzen.

Sarah und Philip waren in tiefgreifende Gespräche verwickelt, welche sich rund um die Pferdezucht drehten. Da sie aber feststellen musste, dass sie beide wenig Ahnung von diesen Dingen hatten, wechselte das Thema auf militärische Bereiche, zu Angriffsstrategien und effizienten Nahkampftechniken.

Von oben hörte man plötzlich ein leises Wimmern. Susan wollte aufstehen, doch Daniel drückte ihr die Hand auf die Schulter und zwang sie zum Sitzenbleiben.

„Ich mache das schon", sagte er leise und schob sich wendig an ihr vorbei. Unbemerkt von Sarah und Philip hatte er das Zimmer verlassen, in dem der Wortwechsel an Lautstärke stetig zunahm, um seine kleine Freundin, die sicher schlecht geträumt hatte, zu trösten. Es dauerte eine ganze Weile, bis Lily glückselig über Daniels Besuch wieder eingeschlafen war. Ebenso leise, wie er aus der Wohnküche gegangen war, kehrte er wieder zurück.

Susan war von dem minderwertigen Rum heiß geworden, ihr Kopf glühte beinahe. Philip befand sich in einem angeregten Streitgespräch mit der schon mächtig lallenden Sarah.

Daniel war stehen geblieben. Er beugte sich zu Susan hinab, die ihn fragend ansah und sagte leise:

„Lily schläft wieder und mich ruft auch mein Bett." Mit einer Kopfbewegung auf Sarah weisend sagte er leicht amüsiert:

„Ich schicke dir Liam, der kann seine liebe Gattin einsammeln." Susan nickte dankbar.

Als sie ihm die Tür geöffnet hatte, strich sie ihm mütterlich über den Oberarm und bedachte ihn zum Abschied mit einem aufmunternden Lächeln. Es war für sie an der Zeit, sich wieder der betrunkenen Gesellschaft zu widmen.

*L*iam, der Stallmeister und der Pferdehändler waren seit Stunden in Verhandlungsgespräche vertieft. Der Händler hatte ausgesuchte „Englische Vollblutpferde" zu bieten, erwies sich jedoch als zäher und harter Verhandlungspartner. Sarah war es leid, den ausgekochten Züchter mit Wildschweinbraten und Jahrgangswein in die Knie zwingen zu müssen. Obwohl es schon Abend war, wurde sie noch immer von quälenden Kopfschmerzen geplagt, welche der vermaledeite Schiffsrum ihr verursacht hatte.

Äußerst schlecht gelaunt hatte sie dennoch beschlossen, Lizzy aufzusuchen. Schlafen würde sie sicher noch nicht, dafür kannte sie ihre Schwester zu gut. Leise klopfte sie an die Tür. Augenblicke später war Lizzy aus dem Bett gesaust, um sie leise hereinzubitten.

„Darf ich dich noch stören?", fragte Sarah vorsichtig.

„Natürlich, aber wir dürfen nicht zu laut sein." Mit einer Handbewegung deutete sie auf die offenstehende Doppeltür, wo Daniel bereits seelenruhig, freiwillig oder auch nicht, auf der Seite schlief.

„Aua. Tut das nicht weh?", fragte Sarah stirnrunzelnd.

„Ich habe keine Ahnung und werde ihn ganz bestimmt nicht wachrütteln, um zu fragen." Lizzy lachte spöttelnd.

„Gregory meinte nur, ich soll ihn soweit es mir möglich ist, im Auge behalten. Dann könnte eigentlich nichts passieren."

Flink streifte sich Sarah die Reitstiefel ab und kletterte zu Lizzy auf das Bett. Die hatte sich schon wieder unter ihre warme Decke geschoben und musterte Sarah.

„Ich hatte einen blöden Tag. Da ist es richtig schön, bei dir zu sein. Das erinnert mich immer an alte Zeiten. Weißt du noch, wenn du früher immer ganz aufgelöst zu mir ins Bett gekrochen kamst, weil du schlecht geträumt hattest und dich gefürchtet hast?" Lizzy seufzte sinnend.

„Ich habe dir dann immer lustige Geschichten erzählt und wir haben gelacht. Den Rest der Nacht bist du dann bei mir im Bett geblieben und wir haben geschlafen wie die Murmeltiere." Lizzy lächelte bewegt vor sich hin.

„Wir waren damals noch so unbeschwert und sorglos."

Sarah atmete nachdenklich tief durch.

„Ja, das waren wir. Unbeschwert, unbekümmert und ein bisschen naiv. Kannst du dich noch erinnern, wie ich ins Nebenzimmer gezogen bin und du mich ausgelacht hast, weil ich unbedingt die blaue Veilchentapete an den Wänden haben wollte?" Lizzy grinste.

„Und ob ich das weiß. Daniel erinnert mich ja oft genug daran, wenn er sich beschwert, dass man von den riesigen Veilchen Albträume kriegt."

Sarah sinnierte weiter. In der Vergangenheit zu schwelgen, tat ausgesprochen gut.

„Schön war auch die Zeit, als wir unseren Spaß mit der armen Marleen trieben. Die Ärmste war manchmal recht verzweifelt. Was wohl aus ihr geworden ist, nachdem sie geheiratet hat und fortgegangen ist? Ob sie wohl noch immer als Kindermädchen arbeitet?"

„Für ihre eigenen Kinder, ganz bestimmt", warf Lizzy belustigt ein. Doch dann verdüsterte sich ihr Gesicht.

„Und heute, da ist alles so anders, so berechnet, so voller Probleme, Ängste und Sorgen. Als wir Kinder waren, haben die uns Marleen und Dad abgenommen. Sie haben uns getröstet und uns geholfen, so gut sie konnten. Heute sind wir für uns selbst verantwortlich, müssen selbstständig entscheiden und immer hoffen, dass wir das Richtige tun."

Nach einem Moment des Nachdenkens fragte Sarah:

„Ist bei euch eigentlich wieder alles in Ordnung?" Lizzy zögerte mit ihrer Antwort.

„Nach außen hin ist alles Bestens, aber innen …", sie brach traurig mitten im Satz ab und suchte nach Worten der Erklärung. Dann fuhr sie bedrückt fort:

„Es ist eben wie mit der guten Sammeltasse. So lange sie unbeschädigt ist, ist auch alles in bester Ordnung. Doch hat sie einen tiefen Sprung, lässt der sich nicht so einfach kitten, wenn überhaupt."

Sarah fragte zögerlich: „Daniel?" Lizzy zuckte wehmütig mit den Schultern.

„Er ist so verschlossen. Gut, das war er schon nimmer, aber nicht so wie jetzt. Ich komme nicht mehr an ihn heran. Ich weiß weder was er denkt, noch was er fühlt. Ansonsten ist er lieb zu mir, wie immer. Und doch ist da eine Mauer, gegen die ich anrenne und die nicht umfallen will." Lizzy atmete schnell.

„Meinst du, er hat mir von sich aus schon mal wieder einen Kuss gegeben? Nein. Wir leben hier nur noch wie Brüderchen und Schwesterchen. Jeder ist auf den anderen bedacht, aber bloß keine intensive Nähe. Der blockt einfach ab. Ich weiß ja, dass ich Daniel mit meinen gemeinen Worten tief verletzt habe. Aber nun verletzt er mich, irgendwie jedenfalls. Ich weiß einfach nicht mehr weiter, Sarah."

Sarah überlegte sich ihre Wortwahl sehr genau, um ihrer verzweifelten Schwester zu helfen und sie nicht noch mehr zu verunsichern.

„Ich denke, er hat einfach noch zu viel mit sich selbst zu tun. Die körperlichen Verletzungen setzten ihm mehr zu, als er zeigt. Dann kommt die Verbitterung, über unser Verhalten ihm gegenüber. Er hat uns vertraut und wir haben dieses Vertrauen missbraucht. Ob das beabsichtigt war, spielt keine Rolle. Von mir hat er sowas erwartet, nicht aber von dir, egal was passiert ist. Und Selbstvorwürfe machen den auch fertig. Du musst ihm einfach Zeit geben, Schwesterchen. Hab ein bisschen Geduld." Liebevoll strich sie Lizzy über den Unterarm.

„Tritt ihm einfach so wie immer gegenüber, natürlich, ehrlich und offenherzig, so wie du nun mal bist. Du wirst sehen, die Zeit heilt alle Wunden." Treuherzig sah Lizzy ihrer Schwester ins Gesicht.

„Lieb, dass du mich trösten willst. Aber ich glaube, er liebt mich nicht mehr. Wenn er mich doch wenigstens mal in den Arm nehmen würde, nur ein ganz kleines Bisschen. Aber da kann ich lange drauf warten."

Traurig senkte Lizzy den Blick. Sarah ahnte plötzlich, worauf sich eines der von Lizzys beschriebenen Probleme aufbaute.

„Hast du ihm schon mal wieder gesagt, dass er dich in den Arm nehmen soll?", fragte sie forsch heraus.

„Nein", kam es von Lizzy lang gezogen zurück.

„Na, bitte! Da haben wir es schon. Daniel wird einfach Angst haben, dich anzufassen. Er weiß nicht, wie du reagieren wirst nachdem, was dir Übles angetan wurde, noch zumal vom eigenen Bruder. Die meisten Frauen in deiner Situation meiden den Kontakt zu Männern, so wie der Teufel das Weihwasser. Daniel weiß das und reagiert entsprechend."

Lizzy sah Sarah verblüfft und gleichzeitig erleichtert an.

„Das ist alles?", fragte sie. Sarah legte so viel Zuversicht in ihre Stimme, wie sie konnte.

„Was dieses Problem betrifft, denke ich das schon." In Gedanken fügte Sarah ein „hoffentlich" hinzu.

Es war spät geworden und Sarah schlich ins Zimmer, um Liam nicht zu wecken. Der lag zwar im Bett, doch wartete er auf sie. Flink entledigte sich Sarah ihrer Kleidung, verschwand kurz im Bad, um danach geschmeidig wie eine Gazelle zu Liam ins Bett zu gleiten. Nachdenklich legte sie ihren Kopf auf Liams kräftigen Oberkörper. Ungelenk wie er nun mal war, legte er einen Arm um sie. Sarah lag einfach nur da und genoss seine Wärme.

„Probleme?", fragte er nach geraumer Zeit knapp, wie es seine Art war.

„Ich nicht. Aber die beiden auf der anderen Seite des Flures."

„Aha", antwortete Liam steif. Er fragte nicht weiter, wusste er doch, dass Sarah zur wilden Furie werden konnte, wenn man versuchte, ihr Geheimnisse zu entlocken.

Sarah hob den Kopf, um ihrem Gatten in die Augen sehen zu können.

„Was ist mit den Pferden? Hat der Händler eingelenkt?"

„Sieben ‚Englische Vollblüter' für den vollen Preis. Dafür eine nicht ganz reinrassige, tragende Stute kostenfrei. Besser als nichts, finde ich. Der Stallmeister hat sich die Stute genau angesehen. Ein schönes Tier, sagt er."

„Schade, ich dachte der geht mit dem Preis noch runter. Zäher Verhandlungspartner, was?"

Liam schnaufte zustimmend.

„Das Geschäft ist auch so nicht schlecht gelaufen."

„Für ihn?", spottete Sarah lachend.

„Nein, für uns. Es lief nicht so, wie wir es haben wollten, aber trotzdem zufriedenstellend."

Sarah grinste belustigt über Liams Rechtfertigung. Der drückte sie fester an sich und meinte sinnend:

„Warum habe ich Trottel eigentlich die schönste Frau der ganzen Welt?" Sarah befreite sich aus seiner Umarmung, um ihm ins Ohr zu hauchen:

„Ich stehe nun mal auf kräftig gebaute Männer. Und ich liebe dich." „Das Hirn habe ich", dachte sie im Stillen, ohne von ihm abzulassen.

Daniel lag halbsitzend auf dem Bett. Um ihn herum lagen Listen, Zettel und Bücher mit den verschiedensten Eintragungen aus mehreren Jahren. Eines der Bücher hielt er Sarah vor die Nase, die es sich auf dem Bettrand bequem gemacht hatte. Er zeigte auf eine Positionsangabe.

„Da, beim oberen Posten geht's schon los. Es wurde, von wem auch immer, Seife in diesem Jahr in großen Mengen bestellt und bezahlt. Mit dieser Anzahl könntest du eine ganze Stadt beglücken. Das gleich habe ich bei Nahrungsmittel gefunden. Auch hier wurden zum Beispiel Enten, Hühner und Gänse aufgelistet, die mit Sicherheit nie geliefert, wohl aber bestellt und bezahlt wurden. So viele Tierchen hättet ihr hier niemals verdrücken können. Und draußen laufen sie auch nicht herum, dann könnte hier wohl kaum noch einer auftreten. Der Betrug ist schleichend, daher kaum sichtbar. Ich habe mir die Bücher der vergangenen Jahre geholt und miteinander verglichen. Jedes

Jahr wurden kontinuierlich die Einzelposten in der Bestellung erhöht. Wahrscheinlich begründet mit Strukturveränderungen im Schloss oder anderen fadenscheinigen Argumenten, welche den Mehrbedarf pro Jahr begründeten. Geliefert wurde jedenfalls nur die Standartmenge, die schon vor vielen Jahren festgelegt wurde und die vom Bedarf her absolut realistisch ist. Bestellungen und Rechnungen wurden geschickt manipuliert."

Sarah wurde hochrot vor aufsteigendem Zorn. Nachdenklich sagte sie:

„Darum habe ich das auch nicht gesehen, bzw. ist es mir nicht seltsam vorgekommen."

Daniel blätterte in dem abgegriffenen Buch weiter.

„Hier ist die zweite Betrügerei gelaufen, die wurde aber anders abgewickelt wie die erste. Das soll heißen, dass sich hier mindestens zwei unterschiedliche Personen bereichern."

Daniel deutete auf einen Eintrag am unteren Ende der Seite.

„Anfang des Jahres wurden zwanzig Spezialschwerter zu Wucherpreisen in Auftrag gegeben sowie dreißig neue Schusswaffen. Ich konnte mich aber erinnern, dass in der Waffenkammer weniger Schwerter gelagert waren. Also zählte ich sicherheitshalber nach und fand die Bestätigung für meine Annahme. Ich fand nur fünfzehn Schwerter vor. Zugleich musste ich feststellen, dass auch die Anzahl der gelieferten Schusswaffen recht überschaubar war. Jemand hat Schwerter als auch Schusswaffen unterschlagen und vermutlich im Nachhinein über einen Zwischenhändler zu Geld gemacht. Deshalb die hohen Ausgaben in letzter Zeit trotz normaler Preisentwicklung und geringer Strukturentwicklung im wirtschaftlichen Bereich des Schlosses. Brauchst du noch mehr …?"

Entschlossen stand Sarah auf während Daniel das Buch zuklappte.

„Das wird Konsequenzen haben. Ich werde die mir bekannten Herrschaften sogleich in Dads Büro zitieren und die Beschuldigten mit den vorliegenden Beweisen konfrontieren. Wollen doch mal sehen, wie die bei der Beweislage einknicken werden." Sarah strahlte die Giftigkeit einer Viper aus.

Daniel war aufgestanden, hatte flugs alle Unterlagen zusammengesammelt und sie gemeinsam mit den Büchern der verblüfften Sarah in die Arme gedrückt.

„Viel Spaß mit dem Kram", wünschte er Sarah geradeheraus.

„Übrigens habe ich die Bücher nie gesehen. Ich kenne schon genug Leute, die mich mit Freuden in Einzelteile zerlegen würden. Müssen nicht unbedingt noch mehr werden."

Mit diesen Worten schob er Sarah aus dem Zimmer, um hinter ihr aufatmend die Tür ins Schloss fallen zu hören.

*L*iam griff nach seinen Angelgerätschaften. Die Dose mit den Tauwürmern, die er auf Sarahs Frisiertisch deponiert hatte, glitt mit einem leisen „plopp" in die Tasche seiner Angeljacke.

„Kannst du das widerliche Zeug nicht woanders hinstellen?", schnauzte Sarah ihren Angetrauten an, welcher nicht so recht verstand, was er denn nur falsch gemacht haben sollte.

Unbekümmert und wortkarg sagte er:

„Ich gehe angeln. Könnte später werden."

Wie ein gutmütiger Bär tapste er vor sich hinmurmelnd aus dem Zimmer.

„Was die mal wieder hat?", dachte er kopfschüttelnd.

Auf der Treppe ins Untergeschoss kam ihm Daniel entgegen.

„Kommst du mit?", fragte Liam wie selbstverständlich. Daniel lachte verhalten.

„Der Witz ist wirklich gut. Dafür musst du wohl erst deinen Kampfhund zurückpfeifen oder wie stellst du dir das vor?" Liam überlegte.

„Ach was, die ist beschäftigt", brummte er. „Sie muss ja nicht alles wissen. Außerdem bin ich ja bei dir."

„Und du meinst, das geht gut?", fragte Daniel skeptisch schmunzelnd.

„Wenn sie es merkt, muss sie mir die Federn ausreißen. Ich habe dich schließlich mitgenommen."

Daniel hielt es dennoch für angebracht, Lizzy über seinen Verbleib zu informieren. Die saß am Schreibtisch und brütete über der Beantwortung eines Briefes einer weit entfernt wohnenden Verwandten.

„Pass aber bitte auf dich auf, ja!" Liebevoll lächelte sie ihn an, wohlwissend, dass Liam bei ihm war.

„Versprochen", sagte er schlicht, um daraufhin das Zimmer zu verlassen.

Auf der grob gebauten Anglerbank setzten sich die beiden ungleichen Männer wortlos nebeneinander, zogen die Köder auf die Haken, um dann geschickt die Ruten auszuwerfen. Am Teich herrschte himmlische Ruhe, abgesehen von betörendem Vogelgezwitscher, entferntem Froschquaken, intervallmäßigem Grillenzirpen und aufgeregtem Entengeschnatter. Geräusche, die entspannten und in ihrer Natürlichkeit eine absolut friedliche Idylle zauberten. Schweigsam starrten die Männer auf die Posen, während jeder seinen eigenen Gedanken nachging.

Eine vorwitzige Ente paddelte gelassen an den ruhig auf dem Wasser treibenden Posen vorbei. Liam schien ihr ein gewohnter Anblick zu sein. Daniel bestückte eine der Angeln mit einem neuen Köder und warf sie ungeachtet der Ente aus. Beinahe hätte er das Tier getroffen. Die Ente schnatterte erbost und suchte das Weite.

„Hoppla!", war das einzige, was ihm dazu einfiel.

Liam musterte Daniel von der Seite.

„Lizzy ist aber nicht böse auf mich, weil ich dich mit zum Angeln mitgenommen habe, oder?"

Irgendwie meldete sich bei Liam plötzlich das schlechte Gewissen.

„Nein. Sie weiß, dass ich mit dir hier keine Wettschwimmen veranstalte."

„Wettschwimmen? Wäre eigentlich eine gute Idee gewesen. Hätte bestimmt Spaß gemacht."

Während Daniel auf die ruhig liegenden Posen starrte, sagte er spöttisch:

„Ja, klar. Du bist als Erster am anderen Ufer und ich bin nach fünf Schwimmzügen abgesoffen." Liam grinste dreist. „So war es gedacht. Aber ich hätte dich schon aus dem Wasser gezogen und zum Trocknen aufgehängt."

„Seit wann bist du so berechnend?", fragte Daniel ironisch, bezugnehmend auf Liams freches Grinsen. Der winkte nur ab, um wieder auf die Angelpose zu achten.

Die Fische ließen sich heute mit dem Beißen Zeit. Im Eimer schwammen bisher nur zwei Plötzen und eine kleine Rotfeder. Der Anglerfrieden wurde durch lautes Knacken im Unterholz gestört. Obwohl die beiden gut versteckt saßen, hatte Sarah sie gefunden, auch ohne den richtigen Weg zu kenne. Forschen Schrittes trampelte sie durchs Gebüsch.

„Aha! Hier steckst du also! Was zum Teufel machst du hier?", herrschte sie Daniel an, während sie ihren Gatten mit einem bösen Blick bedachte. Daniel blieb ungerührt. Stattdessen zeigte er auf die Angel und sagt kurz:

„Angel, Pose, Fische?"

„Du hast den Köder vergessen", sagte Liam unvorsichtiger Weise.

Daniel zuckte resigniert mit den Schultern, bevor er antwortete: „Den hat der Fisch gefressen."

Sarah war bei weitem weniger gut gelaunt als das Anglerduo. In fast schon gebieterischem Ton legte sie unverhohlen los.

„Mach, dass du aufs Schloss kommst. Du hast hier nicht herumzustromern, noch nicht. Gregory platzt fast vor Wut, weil du dich nicht in der Waagerechten befindest." Während Sarah ihm die Angel schroff aus den Händen zerrte, zog Daniel ein Gesicht, als hätte er in eine Zitrone gebissen. Da es für ihn mit der Ruhe nun sowieso vorbei war, stand er gehorsam auf, klopfte Liam aufmunternd auf die Schulter und fragte kopfschüttelnd:

„Wie hältst du das bloß aus?" Ohne eine Antwort abzuwarten ging er widerstandslos zurück zum Schloss.

Sarah sah ihren Gatten bitterböse an. Liam wusste, dass das dicke Ende der Strafpredigt für ihn noch bevorstand. Zerknirscht und verlegen richtete er seine Angel neu aus, nur um etwas gegen das schlechte Gewissen zu unternehmen. Doch als Sarah die Angel noch immer in der Hand neben ihm Platz nahm, sah er sie verwundert an.

„Was wird das denn jetzt?“

„Angel, Haken, Pose?“, antwortete sie stur auf das Wasser starrend, um Minuten später mit einem breiten Grinsen auf dem Gesicht einen ordentlichen Fang einzuholen.

Philip und Susan konnten zurück in die Tischlerei. Lily weinte bitterliche Tränen. Erst als Daniel ihr versprach, sie so bald wie möglich wieder zu besuchen, lenkte sie ein.

„Du kannst wieder in deinem eigenen Bettchen schlafen. Und denke doch nur an die Kiste mit den Hobelspänen, in der du dich so gern versteckt hast.“ Lily maulte:

„Ich möchte aber hierbleiben. Hier sind so viele Kinder, mit denen man dolle Faxen machen kann. Und man kann hier so schön spielen.“

Lizzy und Sarah, die ebenfalls gekommen waren, um die Familie zu verabschieden, lächelten die Kleine aufmunternd an. Philip saß schon auf seinem Pferd und Susan wartete geduldig in der beladenen Kutsche auf ihre quengelnde Tochter.

„Nun aber schnell zu deiner Mum. Keine Diskussionen mehr, sonst besuche ich dich nicht“, sagte er liebevoll, aber klar und bestimmend. Lily sah hilfesuchend zu Lizzy. Auch sie ließ sich nicht erweichen, was ihr bei Lilys treuherzigem Blick schwer viel. Sie nahm das Kind in die Arme, drückte sie zum Abschied und übergab ihr lächelnd ein Säckchen mit bunten Glasmurmeln. Die Kinderaugen begannen beim Anblick der kunterbunten Murmeln zu leuchten.

„Aber nicht in den Mund stecken und auch nicht in die Nase, verstanden?“, fügte Daniel warnend hinzu. Sarah sah ihn bei diesen Worten recht verwundert an. Lily nickte kräftig mit dem Köpfchen zum Zeichen, dass sie Daniel verstanden hatte. Unerwartet schnell wollte sie nun in die Kutsche und ihrer Mutter die Glasmurmeln zeigen. Sarah half ihr beim Hineinklettern.

Als das Gefährt mit der stürmisch winkenden Lily zum Schlosstor hinausfuhr, fragte Sarah heiter:

„Sag mal, du bist aber nicht zufällig der Vater von der kleinen Quasseltante oder?“

Daniel sah sie ungläubig an, während Lizzy sich vor Lachen abwenden musste.

„Hast du zu lange in der Sonne gestanden?", kam die prompte Antwort.

„Hätte ja sein können, so wie du mit dem Kind umgehst", sagte Sarah spitzbübisch lachend.

Susan war froh, ihre gewohnte Umgebung wiedergefunden zu haben. In ihrer Küche stand alles an ihrem Platz. Keine Sucherei mehr, kein Improvisieren. Im Garten hatte sich das Unkraut ungehindert seinen Weg gebahnt. Kopfschüttelnd machte sie sich an die Arbeit, die liebevoll angelegten Beete wieder ansehnlich zu gestalten.

„Meine Güte, wir waren doch nur ein paar Tage fort", sagte sie tief seufzend zu Philip.

Lily fegte schon wieder ausgelassen durch den Garten. Ihren Unmut über die Abreise aus dem Schloss hatte sie längst vergessen.

Am Wasserfass angekommen, stippte sie mit den kleinen Fingerchen ins Wasser, um die Mückenlarven zum hin und her schwimmen zu bewegen. Interessiert beobachtete sie das Treiben. Philip hatte sich wieder in seine Arbeit gestürzt. Das Versäumte musste schnellstmöglich aufgeholt werden.

Lily war an diesem Abend schnell eingeschlafen. Die vielen Eindrücke des Umzugs hatten sie müde gemacht. Susan lag wieder glücklich in ihrem eigenen Bett. Von Schlaf konnte jedoch keine Rede sein.

Das Bett neben ihr blieb wieder einmal leer, da Philip sich mit den Untergrundleuten traf. Er hatte ihnen heute Nacht Sarahs Anliegen auf Unterstützung bei ihrer gefährlichen Mission zu unterbreiten. In solchen Nächten war bei Susan an Schlaf nicht zu denken, zu groß waren die Sorgen, die sie um ihren Ehegatten plagten. Gespannt lauschte sie auf jedes Geräusch. Sie war allein und ungeschützt im Haus, seit Daniel ausgezogen war. Susan war keineswegs ängstlich, dafür war sie eine viel zu starke und selbstsichere Frau. Angst hatte sie um Lily und was aus ihr werden würde, wenn ihre Eltern in die Kerker von Corlens Castle gesperrt würden. Susan würde wie so oft warten, bis Philip wohlbehalten neben ihr im Bett lag. Erst dann würde sie Schlaf finden.

Im Keller der alten Schenke herrschte verhaltene Stimmung. Sogar der sonst aufbrausende Lord Milton wirkte bedrückt, niedergeschlagen, antriebslos.

„Wo warst du denn in den letzten Tagen? Ist wirklich jemand in deiner Familie gestorben?", fragte der Schustermeister anklagend. Ohne Umschweife bejahte Philip die Frage.

„Und was den Rest der Frage anbelangt: Ich wurde mit meiner Familie nach Lenox Castle gebracht. Mein Informant wurde gefasst, verhört und getötet. Man war um meine Sicherheit besorgt und traf deshalb Vorkehrungen."

„Ach und was ist mit uns?", fragte Lord Milton plötzlich hell wach.

„Uns hätten sie einsperren können oder wie muss ich das verstehen!"

„Deshalb hielt man es ja für besser, dass ich kurzzeitig von der Bildfläche verschwinde. Ich kenne eure Namen, mein Informant wollte sicherheitshalber davon nie etwas wissen. Der kennt nur eure Gesichter und eventuell den Vornamen. Aber wenn sie mich gefasst hätten, dann sähe es böse aus. Ich weiß nicht, ob ich den brutalen Verhörmethoden auf Corlens Castle Stand gehalten hätte."

Die stickige Luft vom Zigarrenqualm war zum Schneiden, ebenso wie die Stimmung unter den Rebellen.

„Und wie kommen die Herrschaften von Lenox Castle ausgerechnet auf dich? Ist ja schön, dass sie dich aus der Schusslinie genommen haben. Aber was haben die mit uns zu tun, dass verrate uns mal. Ich glaube wir verstehen das gerade alle nicht so ganz, wenn ich mir die Gesichter hier so ansehe." Der Glashüttenbesitzer war von Arglist gepackt und beäugte Philip provozierend.

„Wollt ihr mich hier ins Kreuzverhör nehmen? Habe ich hier irgendjemanden verraten oder euer Vertrauen missbraucht? Ich stehe hier am Pranger. Seid ihr noch zu retten?"

Philip versuchte sachlich und ruhig zu bleiben, musste aber eine schnelle Entscheidung treffen.

„Gut, ihr wollt es so. Bisher hing ich nur in der Schlinge. Da ihr es von mir verlangt, werde ich sie euch zuwerfen müssen. Ihr lasst mir keine andere Wahl. Nun hängt ihr mit drin und könnt mich ans Messer liefern. Euch selbst natürlich auch, da keiner von euch beweisen kann, dass er von nichts wusste. Mein Informant war mein Tischlerangestellter Daniel, der bis vor kurzem noch bei mir gearbeitet hat. Man kann aber auch sagen der Thronfolger dieses Landes.

Ihr habt Daniel alle schon mal brav die Hand geschüttelt. Er lebte nach dem Weggang aus meiner Tischlerei auf Lenox Castle." Es herrschte totenstill im Raum. Lord Milton fragte verächtlich:

„Der Idiot, der deinen Garten umgräbt und Möbel zusammenpappt? Wer hat dir denn den Bären aufgebunden? So einer würde sich ja wohl nicht die Hände schmutzig machen." Alle lachten spöttisch.

„Ich kenne Daniel von klein auf, als ich mit meinem Vater noch bei den Corlens wohnte. Wir sind zusammen aufgewachsen. Er hat mir Lesen, Schreiben und Rechnen beigebracht und vieles andere mehr, weil ich nicht in die Dorfschule konnte. Von ihm weiß ich, wie man mit Schwert und Degen umgeht, von ihm habe ich das Reiten gelernt und wie man einen Gegner mit bloßen Händen zu Fall bring. Er hatte meinem Vater und mir den Kauf und den Ausbau der Tischlerei ermöglicht. Ich habe ihm viel zu verdanken. Daniel lebte seit seiner Flucht aus dem Schloss in meiner Familie." Philip sah in die betretenden und schockierten Gesichter seiner Leute, während er sich selbst in Rage redete.

„Sollte noch irgendjemand an meiner Glaubwürdigkeit und Integrität zweifeln, dann nur frei raus mit der Sprache." Es blieb ruhig. Unbeirrt fuhr Philip fort:

„Ich weiß, dass die Lage im Moment aussichtslos und verworren scheint. Aber wir müssen weitermachen …" Philip wurde von höhnischem Lachen unterbrochen.

„Wir sind doch schon alle verloren. Für was sollen wir denn noch kämpfen. Für wen, vor allem." Ein anderer warf ein:

„Nach dem verruchten König folgt nun Prinz Damian. Der ist noch schlimmer als der alte Corlens. Der fängt jetzt schon an seine Macht auszuspielen. Der Kronprinz ist gerade mal eine Woche tot. Ab jetzt ist sich wohl jeder selbst der Nächste."

„Seit wann seid ihr solche Ignoranten und Pessimisten? Es geht immer weiter. Und nun beruhigt euch endlich und hört mir zu."

Er kam wieder nicht zum Weiterreden, da die geladene Stimmung im Raum explodierte. Wilde Beschimpfungen und wüste Beleidigungen warf man sich gegenseitig an den Kopf. Einige richteten sich gegen das derzeitige Regierungssystem, andere gegen Philips unerschütterlichen Optimismus. Philip hatte sich ruhig auf seinem Stuhl zurückgelehnt.

Die Arme hatte er geduldig abwartend vor der Brust verschränkt. Nachdem alle ihre angestaute Wut, ihre Empörung und Hilflosigkeit hinausgeschrien hatten, trat langsam wieder Ruhe ein.

„Kann ich jetzt vielleicht weiterreden?", fragte Philip nun langsam genervt. Böse Blicke trafen ihn, jedoch wagte niemand mehr ein Wort zu sagen. Philip hatte seine Autorität wieder.

„Auf Lenox Castle plant man einen Angriff auf die Corlens. Man machte mich mit dem Grobablauf des Plans vertraut. Der Plan ist konzeptionell perfekt durchdacht. Es werden wenige Leute benötigt, aber die, die benötigt werden, müssen die Besten sein. Verlässlich, mutig und kampferprobt. Für uns wäre das jetzt die einmalige Gelegenheit, wirklich etwas bewirken zu können, um uns und unser Land von Ausbeutung und Unterdrückung zu befreien."

Philip musste in seiner Rede kurz innehalten, da der Sohn des Müllers herzhaft zu lachen begann.

„Und dann regierst du unser Land. Ist nämlich keiner mehr da, der das in unserem Sinn kann." Ruhig bleibend behielt Philip die Oberhand.

„Die Königin ist sehr wohl in der Lage, die Regierung zu übernehmen. Ihr braucht nicht so herablassend und spöttisch zu gucken. Die Lady steht auf unserer Seite oder woher glaubt ihr, hat Daniel seine Informationen über das Treiben des Königs, he!"

Der Müllersohn verstummte, doch auf seinem Gesicht zeichneten sich Ablehnung und Zynismus ab.

Philip hielt es aus taktischen Gründen für besser, sich scheinbar zurückzuziehen. Deshalb antwortete er abwehrend und Enttäuschung heuchelnd:

„Schade, dass ihr euch so schnell aufgebt. Gerade jetzt, wo ihr dringend gebraucht werdet. Vielleicht habt ihr ja Recht. Ziehen wir die Köpfe ein und geben wir uns geschlagen, die einfachste Lösung der Welt. Meine Zeit ist zu kostbar für sinnloses Geschwätz. Lebt wohl." Gelassen stand er auf, drehte sich um und verließ ohne weitere Worte den Keller.

In der Schenke war es voll und laut. Nun hieß es für Philip abwarten. Gerade setzte er ein ihm gereichtes Glas Branntwein an die Lippen, als ihm Lord Milton freundschaftlich und beschwichtigend auf die Schulter schlug.

„Wir stehen geschlossen den Leuten auf Lenox Castle zur Verfügung", flüsterte er Philip ins Ohr.

„Gut", sagte Philip knapp, „Lagebesprechung am Ende der Woche."

„Ich gebe es weiter, alter Freund." So wie Milton gekommen war, war er auch wieder verschwunden, unbemerkt im Gedränge der vollen, verräucherten Schenke.

Im Arbeitszimmer König Williams herrschte eine ruhige aber angespannte Stimmung. Pläne, Grundrisse, Karten und Aufzeichnungen lagen auf dem großen, runden Beratungstisch. Oberst Stelton, Dr. Gregory, Philip, Daniel und Lizzy sahen die brisanten Unterlagen für die Besetzung von Corlens Castle das erste Mal. Staunend verschafften sie sich einen Überblick über die Gegebenheiten und die Strukturen des gegnerischen Schlosses. Sarah erläuterte präzise die geplanten Vorgehensweisen, die taktischen Möglichkeiten und Formen der Umsetzung. Daniel warf nur einen kurzen Blick auf die brisanten Unterlagen. Es war ursprünglich seine Idee, die Sarah geschickt verarbeitet, geschliffen, abgerundet und vervollkommnet hatte. Ihm selbst genügte daher ein Blick, um die Übersicht über das geplante Vorgehen zu registrieren. Liam erläuterte das militärische Vorgehen im Umfeld des Schlosses.

„Oberst Stelton erhält Prokura über alle Aktivitäten, die außerhalb Corlens Castle ablaufen, während wir das Schloss infiltrieren. Die Gardemitglieder gehen mit ins Schloss, entsprechendes Situationstraining findet in den nächsten Tagen statt. Wir wollen auf alles und auf jede unvorhergesehene Störung bestens vorbereitet sein. Unsere kleine Armee wird gesplittet. Ein Teil dient der Sicherung unseres Schlosses, sowie der Beaufsichtigung der überführten Gefangenen in die vorgesehenen Hafträume. Der Rest sichert Corlens Castle von außen, gegen etwaige Nachtschwärmer. Am Abend werden eingeschleuste Fremdmitglieder aus Philips Gruppe mit Schlafmittel versetzten Branntwein in den Umlauf der Wachposten und Soldaten bringen und bei eventuellen Kontrollbesuchen durch internes Schlosspersonal die schlafenden Wachposten *würdig* vertreten. Das Schloss wird von außen so lange gesichert, bis das Militär von Corlens Castle am Morgen kapituliert und unter neuer Führung umstrukturiert wird."

„Und wie findet ihr die Räumlichkeiten der Königsfamilie? Wenn ich denn mal so fragen darf?" Dr. Gregory hatte die alles entscheidende Frage unbewusst gestellt.

Sarah und Liams Augen richteten sich erwartungsvoll auf Daniel, der scheinbar Gedankenversunken aus dem Fenster gestarrt hatte. Sarahs Vorgehensweise zur „Infiltration" deckte sich mit der seinen bis auf wenige, unbedeutende Details.

Von Anbeginn der Unterredung war ihm jedoch diese ausschlaggebende Lücke im Planungssystem aufgefallen. Ihn hätte brennend interessiert, wie geschickt Sarah sie geschlossen hätte, wenn er nicht hier am Tisch gestanden hätte.

Sarahs Fragen an ihn wurden eifrig vorgetragen: „Gibt es weitere Geheimgänge, außer die von der alten Klosterruine? Wo liegen sie? Wie viel Zeit benötigt man, wenn man sie benutzt? Wie sind die Privaträume der Königsfamilie rationell erreichbar und wo sind welche Hindernisse zu erwarten? Wie sind die Schlafräume gesichert, …?" Fragen über Fragen.

Da sie nicht wusste, wie Daniel auf ihre Fragen nach ihrem Vertrauensbruch reagieren würde, hängte sie vorsichtshalber ein ernstes, flehendes Bitte an ihre Fragestellungen.

Daniel taxierte Sarahs Gesicht, so als wollte er herausfinden, was sie gerade dachte.

Schnaubend trat er an den Tisch, um noch einmal flüchtig auf die aufgereihten Unterlagen sehen zu können. Die gewünschten Auskünfte gab er jedoch gelassen, aber bestimmend. Als er geendet hatte und niemand mehr Fragen hatte, machte Sarah dicke Backen vor Enttäuschung. Trotz genauster Angaben hatte sie feststellen müssen, dass eine Orientierung in dem Labyrinth von Fluren und Gängen nur für Insider möglich war, noch zumal ein genauer Zeitplan eingehalten werden musste, von dem Menschenleben abhingen.

„Du wusstest ganz genau, dass es ohne dich nicht geht und du mit uns mit musst!", platze Sarah völlig überrumpelt heraus. Daniels Absichten nun verstehend, sah sie ihn unverwandt an, um schleunigst eine nicht gerade nette Antwort herunter zu schlucken. Schnell fasste sie sich wieder. Sarah war zwischen der Notwendigkeit und der Unmöglichkeit von Daniels Anwesenheit bei dem gewagten Unterfangen hin und her gerissen.

Lizzy empörte sich als Erste leise, ängstlich, besorgt.

„Die Aktion steigt in spätestens zwei Wochen. Willst du dein Leben riskieren?", kläglich flehend schob sie nach, „Bitte nicht, Daniel!"

Gregory lehnte Daniels Anwesenheit bei der Erstürmung von Corlens Castle kategorisch ab.

„Unmöglich, nicht bei diesen Verletzungen. Das verbiete ich entschieden", polterte er.

„Ihr lauft alle volles Risiko ohne meine Anwesenheit", gab Daniel zu bedenken. Er wusste, dass es ein tollkühnes Unterfangen für ihn werden würde. Noch immer hatte er gehörige Probleme, schon allein beim Atmen. Kleinste Bewegungen bereiteten ihm mitunter höllische Schmerzen und zwangen ihn letztendlich immer wieder zur Ruhe. Doch es ging um die Besetzung von Corlens Castle und um die Menschen, die dafür ihr Leben riskieren wollten. Er war bereit, für sich selbst das Risiko zu übernehmen, auch wenn er auf der Strecke bleiben würde. Sarah ahnte, was Daniel vorhatte. Hilflos hob sie die Arme, um sie gleich darauf Kopfschütteln wieder sinken zu lassen.

Betretenes, ratloses Schweigen herrschte unter den Anwesenden. Nach einigem Zögern ließ Lizzy zaghaft verlauten:

„Aber Daniel brauchen wir doch nur, um uns im Schloss orientieren zu können. Die Waffen haben doch wir in der Hand. Und eine Schusswaffe kann er alle Mal abfeuern, sollte er sich im Ernstfall wirklich verteidigen müssen."

Lizzy zeigte die einfachste und gleichzeitig beste Lösung auf, an die niemand sonst gedacht hatte, gerade weil sie so simpel war.

Liebevoll und treuherzig sah sie ihn nach diesen Worten an.

„Diese Möglichkeit bestünde natürlich auch", wagte Sarah nachdenklich einzuräumen.

„Aber wenn dir doch irgendetwas passiert und wir dich nicht schützen können?", folgerte Liam mit todernstem Gesichtsausdruck. Auch William sah nicht gerade begeistert aus.

„Dann war es mein Pech, nicht eures. Ich bin sicher, dass Sarah ausweichende Möglichkeiten in stillen Betracht gezogen hat, die ohne meine Informationen bzw. meine Anwesenheit ausführbar sind. Aber die gestalten sich viel zu zeitaufwändig und sind enorm risikobehaftet. Die Königin ist in der Führungsebene vielleicht etwas eingerostet, aber durchaus in der Lage das Land in meinem und eurem Interesse regieren zu können." Gezielt wich Daniel Lizzys verzweifeltem Gesichtsausdruck aus.

Gregory verwehrte sich weiterhin vehement gegen Daniels Einsatz, egal ob er aktiv oder passiv dem Unternehmen beiwohnte. Grimmig vor sich her starrend ließ er sich in einen der umstehenden Sessel fallen.

Nach einer kurzen Absprache gab Sarah namensvertretend für alle Anwesenden die offizielle Zustimmung für Daniels Einsatz. Ihr blieb keine andere Wahl. Jedoch machte sie einige Einschränkungen.

„Solltest du irgendwelche Probleme bekommen, dann ziehst du dich auf der Stelle artig zurück. Und wir werden dich schützen, so gut es geht. Ach und ich will keinerlei Kampfhandlungen von dir sehen, sonst kriegst du es mit mir zu tun! Und noch was: Das ist kein persönlicher Rachefeldzug, klar!" Daniel musste sich geschlagen geben und versprach, sich an Sarahs Regel zu halten. Immerhin hatte sie ihn genauestens durchschaut und konnte recht unangenehm werden.

Sarah verteilte die einzelnen Aufgaben, während Gregory noch immer düster vor sich her blickte.

„Dad hält hier die Stellung und nimmt die Gefangenen in gebührenden Empfang. Die Garde wird präzise geschult und angeleitet. Liam und Stelton kümmern sich um die Mobilmachung der Armee und um die Verteilung der Positionen, die jeder von ihnen einzunehmen hat. Den Kontakt zu Philip halte ich, der wiederum seine Leute instruiert und Lizzy trainiert mit mir und der Garde. Jede Situation, die eintreten könnte, muss fein säuberlich mehrfach durchgespielt werden, um exaktes Handeln voraussetzen zu können. Unser aller Leben hängt davon ab, wie gut wir sind, wie hart wir arbeiten und wie akribisch wir dabei vorgehen. Den Termin für die Planungsumsetzung geben wir sicherheitshalber spontan an alle Beteiligten bekannt. Es gibt jetzt viel zu tun für uns alle."

Souverän endete Sarah hier ihre Ausführungen. Jeder im Raum fühlte ein prickelndes Gefühl auf dem Rücken. So, als würden lauter feine Eiskristalle auf die Haut treffen. Der Plan „Infiltration" war somit ins Leben gerufen worden. Im Protokoll war ein Kurzvermerk angegeben, in dem es hieß:

„Über Geheimgänge will man des Nachts ungesehen ins Schloss gelangen. Der König und dessen Sohn sollen im Schlaf überwältigt und nach Lenox Castle in die Gefangenschaft überführt werden. Die Königin, die von König William eingeweiht werden wird, soll die Kapitulation besiegeln und eine Übergangsregentschaft antreten, bis Daniel als Kronprinz gesundheitlich in der Lage ist, die endgültige Führung zu übernehmen. Da Daniel nun aber vor Ort sein werde, wird der Punkt der Übergangsregentschaft gestrichen. Die gesamte Aktion soll nur wenige Stunden in Anspruch nehmen und kein Aufsehen erregen."

Tröpfchenweise verließ einer nach dem anderen das Zimmer. Sarah war in bester Laune. Beim Hinausgehen umfasste sie Lizzys schmale Hüfte. Scherzend sagte sie zu ihr:

„Nun Pflege deine zweite Hälfte gut. Die scheint ja erstaunlicher Weise doch ganz brauchbar zu sein." Niemand hatte bemerkt, dass Daniel hinter den beiden Frauen ging oder dass überhaupt jemand hinter ihnen war.

„Spitz mit der Zunge wie ein Frettchen Zahn!", kam es von hinten lakonisch.

Erschrocken blickte Sarah sich um. Plötzlich hatte sie es sehr eilig. Flink löste sie sich von Lizzy, um die Treppen hinauf zu hasten.

*L*izzy schlief schlecht. Immer wieder wachte sie auf, gejagt von wüsten Bildern, die sich immer und immer wieder in ihre Träume schoben. Hände griffen nach ihr, viele Hände, große und kleine, schmutzige und stinkende. Sie rissen ihr Kleid auf und grapschten unverfroren nach ihren Brüsten. Andere Hände machten sich am unteren Teil ihres Kleides zu schaffen, rissen ihre Schenkel schmerzhaft auseinander, betasteten sie zwischen ihren Beinen. Fratzen starrten sie mit gierigen Blicken an, aus schiefen, bösartigen Mündern tropfte Speichel in ihr Gesicht.

„Verdammt", fluchte Lizzy leise vor sich hin, als sie bereits zum vierten Mal erschrocken aus dem Traum fuhr. Im Bett sitzend versuchte sie sich zu beruhigen. Schließlich stand sie auf, ging an eines der großen Fenster und starrte in die Nacht. Hell leuchteten die Sterne vom Himmel. Der Vollmond erschien heute so groß, als wolle er vom Firmament fallen. Die Bäume vor dem Schloss warfen lange Schatten. Ein einsamer Fuchs zog seine Runden über dem frisch gemähten Rasen auf der Suche nach leichter Beute. Das Land lag in Frieden und Ruhe, in tiefen Schlaf gebettet. Langsam beruhigte sich Lizzy.

„Kannst du nicht schlafen?", kam es leise aus Daniels Zimmer zu ihr herüber.

„Nein. Mich verfolgen mal wieder meine Albträume", antwortete sie bedrückt. Zögernd fügte sie leise und warm hinzu:

„Entschuldige, wenn ich dich geweckt habe. Schlaf weiter."

„Ich war schon wach", erwiderte Daniel, während er sich stöhnend in ihre Richtung auf die Seite rollte.

„Kannst du etwa auch nicht schlafen?", fragte Lizzy lieb.

„Nein. Mir gehen zu viele Gedanken durch den Kopf."

Lizzy wand sich vom Fenster ab. Barfuß tapste sie ins Nebenzimmer. Im dünnen Nachthemd stand sie vor seinem Bett. Im fahlen Mondlicht hatte ihr Gesicht einen fast kindlichen Ausdruck angenommen, während sie kleinlaut fragte:

„Darf ich zu dir ins Bett?" Daniel war etwas überrascht, dass sie seine intensive Nähe suchte.

„Na los!", sagte er in vertrautem Ton. Unbeholfen kletterte Lizzy ins Bett. Zaghaft, fast scheu kuschelte sie sich an ihn. Kurz zuckte er vor Schmerzen zusammen.

„Aber pass bitte mit deinen Knochen auf, ja?", gab er leise zu bedenken.

„Versprochen, tut mir leid. Wenn ich dir nochmal wehtue, dann kannst du mich ja aus dem Bett schubsen", erwiderte sie gähnend.

„Mache ich, wenn ich dran denke", kam es ebenso verschlafen zurück. Lizzy lag selig in Daniels beschützenden Armen. Minuten später waren beide eng umschlungen durch die vertraute Wärme des anderen zufrieden eingeschlafen.

Für Sarah gestaltete sich der Morgen als ein wahres Dilemma. Sie hatte verschlafen, war zu spät aufgestanden und musste auf ihren Frühkaffee in der Küche verzichten. Nichts, rein gar nichts wollte ihr von der Hand gehen. Liam hatte die ganze Nacht geschnarcht wie ein Bär im Winterschlaf. Beim Aufstehen war sie über seine achtlos vor das Bett geworfenen Stiefel gestolpert. Ein Knopf an ihrem weißen Hemd riss frecher Weise beim Zuknöpfen ab und die Beine der Reithose wollten heute partout nicht in die Stiefelschäfte rutschen.

„Wäre ich bloß im Bett geblieben", hatte sie schon am Morgen vor sich hin gemault. Die von ihr ausgearbeiteten Trainingspläne erwiesen sich als nur teilweise in dem von ihr vorgegebenen Zeitrahmen umsetzbar, da andere, wichtigere, nicht vorhersehbare Dinge ihre volle Aufmerksamkeit verlangten.

Mit hochrotem Kopf war sie in das Arbeitszimmer ihres Vaters getreten, welcher nach ihr geschickt hatte.

„Dad, mach es kurz. Ich habe keine Zeit und bin sehr schlecht gelaunt". William blieb ruhig und gelassen. Mit einer einladenden Handbewegung wies er unmissverständlich auf den Stuhl ihm gegenüber.

„Setzte dich, mein Kind."

„Dad!", jammerte Sarah, „ich muss weiter. Mir läuft heute die Zeit davon."

„Und ich will dich jetzt sprechen. Es ist an der Zeit …" Sarah unterbrach ihn brüsk.

„Kann die Märchenstunde nicht warten?"

„Nein, das kann sie nicht." Erneut wurde er von seiner ungeduldig wirkenden Tochter unterbrochen.

„Aber Dad -", setzte sie wieder protestierend an. Doch dieses Mal war es ihr Vater, welcher ihr mit schneidender Stimme ins Wort gefahren war.

„Ich befehle dir jetzt den Mund zu halten und mir aufmerksam zuzuhören. Alles andere ist unwichtig und kann aufgeschoben werden. Nicht aber das, was ich dir zu sagen habe."

Sarah blies ungnädig die Backen auf, fügte sich aber vorerst mit mürrischem Gesichtsausdruck.

König William überlegte sich nun jedes Wort, das er an Sarah richten wollte auf das Genaueste, damit er seiner Tochter nicht zu sehr wehtat. Sicher fiel ihm die Entscheidung sehr schwer. Mehrfach besprach er sich mit Dr. Gregory, wann der richtige Zeitpunkt für Offenbarungen war und ob überhaupt die Notwendigkeit bestand, Sarah mit Dingen zu behelligen, die ihr ganzes Leben durcheinanderbringen würden.

„Bevor du Corlens Castle in die Knie zwingst, habe ich dir nach reichlichen Überlegungen noch einiges zu sagen, insbesondere was die Bewohner des Schlosses anbelangt. Du wirst mit Menschen zusammentreffen, über die du bestimmte Dinge wissen musst, da diese Informationen deine Entscheidungen und dein Handeln entschieden beeinträchtigen könnten, wenn sie dich im unpassenden Moment einholen."

„Wenn dies kurz sein soll -" Sarah biss sich auf die Unterlippe. Der scharfe Blick ihres Vaters streifte sie.

„Was ich dir zu sagen habe, ist von äußerster Brisanz und stand bis heute unter strengster Geheimhaltung." Bekümmert sah er seine Tochter an, bevor er bedächtig fortfuhr:

„Vor vielen Jahren verliebte ich mich unsterblich in die bildhübsche Tochter eines dummdreisten Königs, der ein recht kleines Reich besaß, nicht weit von unserem entfernt. Das Königreich war heruntergewirtschaftet, das Schloss marode und das Volk wanderte munter ab.

Das Mädchen liebte mich ebenso wie ich sie. Sie war so voller Leidenschaft und Liebreiz, dass ich nicht von ihr lassen konnte. Sie strotzte vor Wissen, was für eine Prinzessin zu meiner Zeit äußerst ungewöhnlich und unschicklich war, mich aber an ihr nur noch mehr faszinierte."

Sarah gähnte demonstrativ. William ignorierte die Unverfrorenheit seiner Tochter.

„Trotz unserer Liebe war es mir nicht vergönnt, sie zur Frau nehmen zu können. Ihr Vater hatte gewinnbringende Pläne mit ihr, in der Hoffnung sein marodes Reich sanieren zu können. Ohne Rücksicht auf die Belange seiner Tochter verheiratete er sie mit dem Sohn des reichsten Königs in der Umgebung. Das Mädchen wurde gezwungen sich zu fügen, sie gehorchte widerstrebend und ihr unabwendbares Schicksal wurde mit einer Zwangsheirat besiegelt.

Kurz nach der Heirat starb das Königspaar auf ungeklärter Weise innerhalb kurzer Abstände. Es gab viele Spekulationen über die Todesursachen. Beweise, dass nachgeholfen wurde, konnten nicht erbracht werden. Später wurden die Eltern der Prinzessin von ihrem skrupellosen Gatten enteignet. Widerstand gab es kaum, da man dem Schwiegersohn blind vertraute. König und Königin erhielten eine alte Kate zum Wohnen und ein winziges Stück Land zum Bewirtschaften. Dem Schloss blieb der Verfall und das Land wurde vereinnahmt. Zwei Jahre nach dieser Tragödie starben auch die Eltern der Prinzessin von Krankheit und Armut gebeutelt. Mein einst so lebensfrohes Mädchen fristete nun ein Leben als Königin an der Seite ihres barbarischen, herzlosen Ehemannes.

Sie sollte ihr erstes Kind zur Welt bringen.

‚Wird das Balg ein Mädchen, so wirf es ins Feuer, sonst erledige ich das. In meiner Familie haben nur männliche Nachkommen eine Existenzberechtigung.' Drohend, kalt und verachtend waren die Worte des Königs an seine bereits hochschwangere Frau. Die Königin wurde von Angst ergriffen. Während ihr Gemahl sich ausschweifenden Gelagen hingab, um sich später betrunken an leichten Mädchen zu ergötzen, sann die Königin auf eine Möglichkeit, ihr Kind zu retten, sollte sie denn ein Mädchen zur Welt bringen."

Sarah begehrte schon wieder auf.

„Meine Güte, Dad. Was soll das denn werden? Ich habe wirklich wichtigere Dinge zu erledigen, als mir Märchen für Fortgeschrittene anzuhören." Nichtachtend der neuerlichen Störung fuhr er gelassen in seiner Ausführung fort:

„Die Hebamme, die nun täglich nach dem Wohlbefinden der Königin sah, merkte schnell, dass ihre Herrin Qualen litt. Sie hatte Hochachtung vor der jungen Königin, die sich tapfer gegen ihren Ehemann schlug.

Alle Kinder, welche die Königin jemals zur Welt bringen würde, waren keine Kinder der Liebe, sondern Zwangshandlungen des Königs an seiner Frau. Jeder im Schloss wusste das, doch keiner konnte helfen. Die alte Hebamme bot an, das Kind still, heimlich und ungesehen aus dem Schloss in Sicherheit zu bringen.

Die Königin, mit welcher ich nach wie vor im geheimen Briefkontakt stand, schilderte mir die Situation und bat mich um eine folgenschwere Entscheidung.

Ich war damals frisch verheiratet. Meine liebevolle und gutmütige Frau stimmte ohne Umschweife zu, das Kind zu retten und aufzunehmen, wenn es notwendig werden würde.

Es kam, wie es nicht hätte kommen dürfen.

Die Königin gebar ein kerngesundes Mädchen. Doch es kam zu einer Zwillingsgeburt. Während die treue Hebamme das Kind in warme Tücher wickelte, in einen alten Korb bettete und zugedeckt in eine nicht einsehbare Ecke stellte, gebar die Königin den vom König geforderten Jungen. Die Geburt war sehr anstrengend und die Königin über alle Maße erschöpft. Die Hebamme hatte ihre Arbeit erledigt.

Das Körbchen brachte sie in ihre Kammer, verschloss diese sorgsam, um dienstbeflissen zu ihrer Herrin zurückzukehren. Rücksichtslos laut erschien der König im abgedunkelten Zimmer seiner Gattin. Die Hebamme drückte ihm vorsichtig das Neugeborene in die Arme. Angewidert vom kräftigen Geschrei des kleinen Wesens, gab er das Kind unsanft an die Hebamme zurück, welche den Vater unversehens aufklärte:

‚Es ist ein Junge, Eure Majestät und kerngesund, wie man ja hört.‘ Ohne auch nur einen Blick auf seine geschwächte Frau zu werfen, erwiderte er brüsk:

‚Ich kann mit sowas nichts anfangen. Wenn der Junge laufen und sprechen kann, will ich ihn haben. Vorher verschont mich damit!‘ Mit einer wegwerfenden Handbewegung deutete er auf das Kind, welches die Hebamme in die bereitstehende Wiege gelegt hatte. Nachdem er seine Frau, welche die Augen geschlossen hielt, geringschätzig gemustert hatte, verließ er das Zimmer. Die Tür fiel hinter ihm krachend ins Schloss.

Unverzüglich schickte die Hebamme nach der Zofe, damit diese sich um ihre Herrin kümmern und auf Mutter und Kind achtgeben konnte. Sie selbst entschuldigte sich mit einer Geburt in der eigenen Familie, zu der sie eiligst aufbrechen musste.

Stunden später hielten meine Frau und ich ein kleines, süßes Baby im Arm. Flüsternd berichtete die Hebamme, dass das Kind kein einziges Mal geschrien hatte. Weder nach der Geburt, noch auf dem Transportweg gab es keinen Laut von sich, so als wüsste es, dass das kleinste Geräusch sein Leben beenden würde, wo es doch gerade erst begonnen hatte. Die alte Frau wurde gebührend entlohnt. Das Geld nahm sie nur wiederstrebend an. Ihr Handeln begründete sie damit, dass sie der Königin loyal beistehenden würde und nicht die Absicht hatte, sich am Unglück ihrer Herrin zu bereichern. Wir dankten ihr für ihre Aufrichtigkeit von Herzen.

Meine Frau liebte das Mädchen vom ersten Moment seines Hierseins, wie unser eigenes Kind. Die Kleine wuchs bei uns auf, wie es sich für ein Kind unseres und seines Standes schickte. Das süße Mädchen war unsere Prinzessin. Wir liebten und vergötterten sie, auch als uns zwei Jahre später endlich ein leibliches Kind geschenkt wurde."

Sarah war still geworden. Stirnrunzelnd hatte sie jedes Wort ihres Vaters in sich aufgenommen. Ihr wurde plötzlich beklommen und heiß.

William holte ein kleines, abgegriffenes, vergilbtes Zettelchen aus einer winzigen, unscheinbaren Holzschachtel, die in einer seiner Schreibtischschubladen verwahrt wurde.

Während er fast liebevoll den Zettel durch seine Finger gleiten ließ, sagte er in einfühlsamen Ton:

„In dem Körbchen, das uns die Hebamme damals übergab, lag dieser kleine Zettel, auf dem die Mutter in aller Eile den Namen ihres Kindes geschrieben hatte."

Er reichte Sarah das winzige Schriftstück, welches der König all die Jahre wie einen Schatz gehütet hatte. Mit zitternder Hand nahm die sehr nachdenklich gewordene Sarah das Papier. Es kostete sie einige Überwindung, den Blick auf das Geschriebene zu senken.

„Mein liebes Mädchen soll Sarah heißen, nach ihrer Großmutter. Bitte gebt gut auf sie Acht", waren die knappen Worte. Sarah war bleich geworden und musste nach Atem ringen. Ihr Vater gab ihr Zeit, dass Gehörte gedanklich verarbeiten zu können, bevor er fortfuhr:

„Ich stehe noch immer mit der Königin von Corlens Castle in brieflichem Kontakt, wenn auch nicht mehr so oft wie früher. Die Gefahr einer Enttarnung trotz Verschlüsselung der Schreiben ist enorm groß geworden. Wenn es die Möglichkeiten zuließen, dann ließ ich ihr von dir kleine Porträtbilder zukommen. Sie wusste immer wie du aussiehst und wie es dir geht."

Sarah rang nach Worten. Mühsam presste sie hervor:

„Heißt das, dass ich eine Corlens bin?" Sie stellte die Frage, obwohl sie die Antwort längst kannte.

Ihr Vater nickte nur, um sich taktvoll mit Worten zurückzuhalten.

„Daher erkannte sie mich in dem Kerker." Sinnend sah Sarah vor sich hin, bevor sie bestürzt ausrief:

„Das kann doch nicht wahr sein, Dad! Sage, dass das nur ein übler Scherz von dir ist, bitte!"

Sarahs Flehen war eindringlich. Ihr Gegenüber sah sie stumm mit ernster Miene an.

„Ich fasse es nicht! Ich fasse es einfach nicht! Da jage und verspotte ich die Corlens und bin selber eine!" Sarah traten vor Unfassbarkeit Tränen in die Augen, die aber schnell wieder versiegten.

„Warum erfahre ich das erst jetzt, nach so vielen Jahren?" Ihre Augen funkelten plötzlich böse.

„Was glaubst du, was geschehen wäre, wenn irgendjemand von deiner Existenz als solcher erfahren hätte? Man hätte dich gejagt und gehetzt und man hätte erst Ruhe gefunden, wenn dein Kopf gefallen wäre. Glaubst du wahrhaftig wir hätten das zugelassen? Ich hätte mich nicht mehr im Spiegel sehen können, wenn dir auch nur ein Haar gekrümmt worden wäre. Du bist und bleibst meine Tochter. Ich werde für dich da sein und immer zu dir stehen, es sei denn …" Er zögerte bevor er fortfuhr.

„Es sei denn, du ziehst König George als Vater vor." Sarah lachte Empörung andeutend, bevor ihr ein neuer Gedanke durch den Kopf schoss, der sie beinahe verzweifeln ließ. Hastig fragte sie nach dem Kind, das mit ihr zusammen geboren wurde.

Schon bei der Fragestellung verzog sie schreckerfüllt das Gesicht. William antwortete nicht. Stattdessen wies er nur mit dem Finger nach oben in die Etage, in der Lizzy und Daniel ihre Privatzimmer hatten.

„Oh nein Dad, bitte nicht das auch noch. Ich dachte, schlimmer kann es doch eigentlich nicht mehr werden und nun kriege ich es auch noch faustdick." William musterte seine tief erschütterte Tochter.

Warmherzig und einfühlsam sagte er:

„Es wird kein großer Trost sein, aber vielleicht hat ein unbestimmter Instinkt deinen Hass speziell gegen Daniel geschürt, welcher mit der Frage nach dem Unbewussten, dem Unerklärlichen und mit der intuitiven Verbundenheit zwischen Zwillingsgeschwistern einhergeht."

Sarah schluckte verunsichert, bevor sie ihrem Vater die nächste Frage stellte, vor deren Antwort sie sich fürchtete, wie der Teufel vor dem Weihwasser.

„Weiß er das? Ich meine, dass wir Geschwister sind?" William zuckte ratlos mit den Schultern.

„Ich weiß es nicht, mein Kind. Es ist aber anzunehmen."

Sarah wurde immer zappeliger in ihrer Verzweiflung.

„Was mache ich denn nun? Meine Güte, dass wird ja noch schlimmer, als schlimm! Gibt es noch eine Steigerungsstufe von schlimmer Dad?", fragte sie wehmütig, bevor ihr vor grenzenloser Fassungslosigkeit der Unterkiefer herab viel. Völlig mit ihren Gedanken beschäftig hörte sie weit, ganz weit entfernt Kristallgläser klirren. Tief seufzend war König William aufgestanden, um bedächtig den Schrank mit den „eisernen Reserven" anzusteuern. Mit zwei halbgefüllten Whiskygläsern in der Hand setzte er sich zurück an den Schreibtisch. Eines der Gläser reichte er Sarah. Gedankenverloren griff sie nach dem Glas, um den Inhalt in einem Zug hinunterzustürzen. Mit der Zunge leckte sie sich die benetzten Lippen. Dann stand sie auf, um mit einem aufgesetzten Lächeln halb in Trance das Zimmer wortlos zu verlassen. William selbst nickte befreit durchatmend. Im Gegensatz zu seiner völlig aus dem Ruder gelaufenen Tochter, genoss er das edle Tröpfchen nachdenklich.

William hatte sich entspannt zurückgelehnt, nachdem er Dr. Gregory eine seiner Zigarren gereicht hatte. Während Gregory das gute Stück fachmännisch anzündete, fragte er kurz:

„Hast du es ihr erzählt?" William räusperte sich, dem Qualm seiner Zigarre nachsehend.

„Ja, habe ich. Und um deiner nächsten Frage vorzugreifen, es war nicht leicht für mich."

„Und Sarah? Wie hat sie es aufgenommen?"

„Sie ist völlig aus der Bahn geworfen. Das arme Mädchen. Ich hätte mir gewünscht, ihr das ersparen zu können", antwortete der König nachdenklich. Stumpfsinnig zog er den schweren Marmoraschenbecher zu sich heran, um die Asche von seiner glimmenden Zigarre abstreifen zu können.

„Sarah ist hart im Nehmen. Sie wird sich beruhigen. Ich habe es ihr freigestellt, ob sie ihr Wissen über ihre Herkunft mit Liam oder mit Lizzy teilen möchte. Wie ich sie kenne, wird sie die richtige Entscheidung treffen."

Die Luft im Arbeitszimmer war zum Schneiden dick. Die Männern störten sich nicht daran.

„In zwei Tage beehrt uns Sir Gilbert mit seinem Sohn Kilian. Der Sohn des Dukes macht sich schon lange Hoffnungen aus Lizzy."

Gregory musterte sein Gegenüber interessiert.

„Das Thema dürfte sich doch wohl erledigt haben oder ist da etwas an mir vorbeigegangen?"

„Es gibt gewisse Spannungen zwischen Lizzy und Daniel. Erstens gibt es da diesen Vertrauensbruch, der seine Spuren hinterlassen hat und dessen Beseitigung viel Zeit braucht. Zweitens liebt Daniel mein kleines Töchterchen über alles. Deshalb würde er es wohl lieber sehen, wenn sie einen soliden Mann heiraten würde, der ihr Sicherheit bieten kann. Lizzy hat es mir schweren Herzens erzählt. Sie ist am Verzweifeln. An Daniel ist im Moment noch kein Herankommen."

Verwundert blickte der Doktor auf.

„Sobald Corlens Castle gefallen ist, besteht doch keine Gefahr mehr, weder für Lizzy noch für Daniel!" Mit dem Anflug eines Lächelns antwortete William seinem Freund:

„Sicher nicht. Doch dafür muss Corlens Castle erst fallen. Und kannst du dir Lizzy auf Corlens Castle vorstellen?"

Gregory schmunzelte vielsagend.

„Ehrlich gesagt, nein."

„Eben. Er gibt sie lieber frei, als sie zu quälen."

„Und du glaubst, er sieht da einfach weg, wenn ein anderer Lizzy den Hof macht? Ich kann mir das partout nicht vorstellen. Die beiden sind doch schon so aufeinander eingestimmt. Da kann doch keiner ohne den anderen."

Rauchkringel in die Luft blasend gab William zu bedenken: „Hoffentlich steht uns nicht der nächste Eklat bevor!"

Pünktlich zum Mittagessen erschien Sir Gilbert mit Sohn. Kilian war ein untersetzter, wenig sportlicher Typ mit blasiertem Gesichtsausdruck und hoch erhobener Nase. Nach einem anfänglichen Begrüßungscocktail in der Bibliothek schritt man geschlossen ins Speisezimmer. Der Tisch war stilvoll gedeckt.

Kleine Blumengebinde aus schneeweißen Rosen und tiefdunklem Lavendel zierten die Mitte des Tisches. Lizzy und Sarah hatten sich rechts und links neben ihren Vater gesetzt, welcher am Kopf des Tisches Platz genommen hatte. Neben der wenig begeisterten Lizzy setzten sich Sir Gilbert und sein Sohn. Neben Sarah auf der anderen Tischseite saßen Daniel, Liam und Dr. Gregory. Während nun der Wein eingeschenkt wurde, sparte Kilian nicht mit galanten Bemerkungen Lizzy gegenüber. Einschmeichelnd pries er ihr hinreißendes Kleid, ihre unerschütterliche Anmut, ihre Grazie und ihr unwiderstehliches Lächeln auf das Höchste an. Lizzy lächelte höflich und reserviert zurück, so wie es der Anstand von ihr verlangte.

Während des Tischgespräches taxierte Sir Gilbert sein Gegenüber interessiert. In Daniels Gesicht waren noch immer leichte Blessuren erkennbar.

„Ihr seid also der Neffe unseres allseits beliebten Königs! Man sagte mir, dass Ihr hier im Haus Gast seid, damit Ihr die Gepflogenheiten in der hohen Gesellschaft erlernt." Daniel zog überlegend die Mundwinkel nach unten.

„Ich glaube schon, ja."

Kilian, welcher ununterbrochen jede von Lizzys Bewegungen beobachtete, fiel nach einiger Zeit auf, dass seine Angebetete immer wieder besorgte und Hilfe suchende Blicke auf Daniel richtete. Dieser Zustand gefiel ihm ganz und gar nicht und versetzte ihn in Unruhe. Sarah, wachsam wie eine Katze vor dem Mauseloch, witterte Ärger. Gute Laune heuchelnd versuchte sie das Gespräch in andere Bahnen zu lenken. Doch Kilian ließ nicht locker. Er wollte unter allen Umständen seine Position gegen diesen dahergelaufenen Neffen zum Ausdruck bringen. Er begann mit recht frechen Sticheleien, um Daniel aus der Reserve zu locken, da er nicht wusste, inwieweit die Prinzessin diesem Menschen zugetan war.

„Ihr müsst wohl noch sehr viel lernen. Zum Beispiel, dass man sich nicht mit Bauernpack herumschlägt", riet er Daniel mit hinterhältig freundlicher Stimme. Der sah ihn gelassen an, während er scheinbar zufrieden mit sich und der Welt seine Vorspeise löffelte.

„Nö, bin nur vom Pferd gefallen", kam es in naivem Tonfall von Daniel zurück. Kilian ließ ein süffisantes Lachen ertönen.

„Vom Pferd gefallen, wie geht das denn? Reitet Ihr bei euch zu Hause auf Ochsen?" Daniel schmetterte die Beleidigung mit einem resignierenden Schulterzucken ab. Stattdessen schien er angestrengt über die neue Idee nachzudenken. Sir Gilbert fiel einlenkend in das recht provokante Gerede seines Sohnes.

„Also, wenn es nur am Reitunterricht fehlt, den kann ich Euch geben. Mein Sohn hat bei mir das Reiten gelernt und ich will mich nicht rühmen, aber er ist ein Perfektionist geworden." Kilian warf sich betonend in die Brust.

König William stellte eine beeindruckte Miene zur Schau.

Die Vorspeisen wurden flink vom Personal abgetragen und durch ein opulentes Hauptgericht ersetzt. Sarah nutzte erneut die Gelegenheit, um die Priorität der Gesprächsführung in andere Bereiche zu lotsen, indem sie Kilian Fragen über seine Fähigkeiten in dem Sektor der Waffenkunde stellte.

Sie hoffte einen schwachen Punkt bei diesem Aufschneider zu finden, damit sie ihn mit seinen eigenen Unzulänglichkeiten konfrontieren konnte und er von Daniel ablassen musste. Stattdessen folgte eine einschläfernde Litanei Kilians, über seine überdurchschnittliche Zielsicherheit im Gebrauch mit Schusswaffen aller Art. Ebenso pries er seine unübertroffenen Fechtkünste an und sagte erhaben: „Es gab wohl nur noch den ermordeten Kronprinzen, der ein ganz kleines bisschen besser sein sollte als ich. Nun ja. Rausfinden kann ich das ja nun nicht mehr." Er grinste breit. Daniel fiel das Messer aus der Hand und hinterließ einen hässlichen Soßenfleck auf dem schneeweißen Tischtuch. „Sowas aber auch", kommentierte er lapidar sein ungeschicktes Handeln.

Sir Gilbert nickte zu all den Aussagen Kilians bestätigend. Er versuchte seinen Sohn so hoch wie möglich an Lizzy und König William zu verkaufen. Leider hatte Sarahs nicht bedacht, dass genau dieses Thema Kilian erneut anstachelte, Daniel anzugreifen. Dieses Mal wählte er den Umweg über Sarah.

„Ich habe gehört, liebe Prinzessin Sarah, dass Ihr eine ganz passable Fechterin seid, noch dazu als Frau." Sarah verschluckte sich, während Liam ein verhaltenes Lachen unterdrücken musste. Ihre Antwort wartete Kilian nicht ab, sie interessierte ihn nicht. Hochmütig wand er sich Lizzy zu:

„Meine teure Lizzy wird es bei mir natürlich nicht nötig haben, sich gegen irgendjemanden verteidigen zu müssen. Ihre zarten Hände sollten mit derlei Männerwaffen keinesfalls auch nur in Berührung kommen. Sie sollten lieber eine zart duftende Rose halten, die ich ihr in meiner unendlichen Liebe gereicht habe."

Verzückt sah er Lizzy an, die seinem lästigen Blick auszuweichen versuchte. Sarah stieß Liam warnend in die Seite.

„Wenn du mich auch so vollsäuselst, dann trenne ich mich von dir", kicherte sie hinter vorgehaltener Hand.

Herablassend wendete sich Kilian nun wieder seinem potentiellen Opfer zu.

„Und Ihr? Wie ist es bei Euch um das Degenfechten bestellt, wenn es doch mit dem Reiten schon hapert?" Das selbstgerechte Gehabe Kilians trieb Sarah langsam zur Weißglut. Sie hatte Mühe, sich zu beherrschen. Sir Gilbert begann die Absichten seines Sohnes langsam zu durchschauen, doch lag es nicht in seiner Macht, die Ungehörigkeiten Kilians zu unterbinden. Beschämt starrte er auf seinen Teller.

„Daniel scheint Nerven wie Drahtseile zu haben", dachte Sarah bewundernd. Dass er Beleidigungen und Beschimpfungen locker ignorierte, wusste sie zur Genüge. Doch hier ging es in erster Linie um Lizzy und seine Ehre und er hielt noch immer still.

„Für meine Verhältnisse reicht es", sagte Daniel überzeugt. Nun witterte Sir Gilbert seine Chance die prekäre Situation, die sein Sohn angefacht hatte, abzuschwächen.

„Oh, wenn es Majestät recht ist, dann könnte ich Eurem Neffen eine ausgezeichnete Ausbildung auf dem Verteidigungssektor zukommen lassen. Schickt ihn ruhig zu mir.

Es ist ja schließlich keine Schande, wenn man vielleicht Bildung besitzt, aber die praktische Umsetzung vernachlässigt wurde. So etwas lässt sich nachholen und schließlich ist er ja zum Lernen zu Euch geschickt worden, nicht wahr! Ein bisschen Härte in meiner bescheidenden Schule hat noch niemandem geschadet." Hoffnungsvoll sah Sir Gilbert in die Runde.

Kilian hatte sein Pulver noch nicht verschossen. Anklagend sah er seinen Vater an.

„Na Dad, da wirst du sicher mit der Schulbildung auch noch nachhelfen müssen." Höhnisch über das ganze Gesicht grinsend sah er in die Runde, um auf Applaus für seine Witzigkeit zu warten. Niemand regte sich. Die Spannung am Tisch war zum Zerreißen.

Lizzy war blass geworden wie ein Leinentuch, Sarah fächelte sich mir der Serviette Luft zu und Liam und Gregory warfen sich warnende Blicke zu. Sir Gilbert hätte am liebsten augenblicklich den

Raum verlassen, so peinlich war ihm die Lage bei Tisch geworden. Er begann sich für das unerhörte Benehmen seines Sohnes abgrundtief zu schämen.

Noch unangenehmer wurde es für ihn, als König William erinnerte, dass Sarah und Liam hervorragende Ausbilder für Kampf und Strategie waren. Kilian hingegen meinte den Sieg über Daniel errungen zu haben. Triumphierend kam er nun zum Grund seines Besuches auf Lenox Castle.

„Ach Elizabeth! Wisst Ihr, dass ich keine Nacht mehr schlafen konnte, seit ich Euch das letzte Mal gesehen habe? Ihr seid so bezaubernd, so betörend, so unaussprechlich duftend, wie eine Rose im Sonnenschein."

Lizzy versuchte krampfhaft eine Weintraube auf ihrem Teller unnötiger Weise mit einer Gabel aufzuspießen. Daniel verzog für Augenblicke das Gesicht, als hätte er in eine Zitrone gebissen beim flüchtigen Blick auf Lizzy.

Lizzys verbissene Gewaltanwendung an der Weintraube wurde unterbrochen, da man das Geschirr abräumte und durch feines Dessertporzellan ersetzte.

„Seit diesem bitterbösen Überfall bin ich zu tiefst um Euch besorgt, allerschönste Elizabeth", fuhr Kilian fort. An den König gerichtet fragte er unverblümt:

„Ich hoffe doch wohl sehr, dass Ihr die Übeltäter gefasst habt und ihnen eine gerechte Strafe zukommen ließet." Sarah beantwortete die Frage für ihren Vater unverhohlen:

„Aber selbstverständlich wurden sie umgehend gefangen genommen und hart bestraft. Wo denkt ihr denn hin, mein Bester?" Sarah lächelte gütig.

Kilian war so von sich überzeug, dass er nicht merkte, dass Sarah sich über ihn lustig machte.

„Oh natürlich. Die Frage war doch recht dumm von mir." Kilian lachte selbstgerecht über seinen eigenen Scherz.

Für ihn war es nun an der Zeit, zu Taten zu schreiten. Bedeutungsschwer stand er auf, den schweren Stuhl von sich hinschiebend, um im würdevollen Gang und mit vorgeschobener Brust zum Kopfende des Tisches zu schreiten. Aus seiner Rocktasche hatte er eine winzige, kleine Schachtel gezogen. Neben Lizzy blieb er feierlich stehen. Dramatisch ließ er sich auf die Knie fallen. Dann fragte er Lizzy mit verklärtem Blick:

„Ich habe lange auf diesen, unseren Tag gewartet. Jeden Tag bin ich dahin geschmolzen, wenn ich an Euch dachte. Keinen Atemzug kann ich mehr ohne Euch tun. Keinen Augenblick mehr will ich ohne Euch leben. Wollt Ihr mich heiraten, schönste Elizabeth?"

Er klappte das Kästchen auf und steckte der überraschten Lizzy einen funkelnden Brillantring auf ihren Ringfinger. Lizzy wurde übel. Benommen musste sie sich am Tisch festzuklammern. Hilfesuchend sah sie zu Daniel.

In seinem Gesicht zeigte sich keinerlei Regung. Lizzy kämpfte mit ihrer Beherrschung.

„Daniel!", platzte es flehentlich aus ihr heraus.

„Bitte!", kam es noch eindringlicher und fordernder von ihr.

Kilian hatte sich aufgerichtet. Er verstand nun, was hier vor sich ging.

Alle Augen richteten sich auf Daniel, während absolute Totenstille im Speisesaal herrschte. Der holte demonstrativ Luft und sah Lizzy fest in die Augen, so als wollte er prüfen, ob sie ihre Entscheidung wohl überdacht hatte. Lizzy verunsicherte Daniels kühle Gleichgültigkeit. Ihr war zum Heulen zumute. Daniel indes schien noch immer abzuwarten.

Unerwartet fest und entschieden sagte Lizzy zu Kilian, sich den Ring vom Finger ziehend:

„Es tut mir sehr leid, Euch enttäuschen zu müssen, aber ich bin schon vergeben. Ich werde Daniel heiraten."

Daniel hob verwundert über die spontane Entscheidung Lizzys die Augenbrauen. Der verschmähte Kilian wandte sich höhnisch lachend seinem Rivalen zu.

„Ihr wollt mein Liebchen heiraten, ein Schwächling und Dummkopf?"

Lizzy war erschrocken. Von panischer Angst erfasst, biss sie sich auf die Unterlippe. Tränen der Hilflosigkeit schossen ihr in die weit aufgerissenen Augen.

Daniel ließ sich noch immer nicht provozieren, obwohl mehr als tüchtig an seiner Ehre gekratzt wurde. Gelassen sagte er zu Kilian:

„Was sie will, dass will sie nun mal."

Kilian sah seinen Rivalen kalt und bösartig an. Verwegen ging er an seinen Platz zurück. Am Stuhl angekommen, umfasste er grimmig die Lehne.

„Es ist eine Schmach, eine Schande!" Den König feist angreifend fragte er:

„Ihr duldet so etwas, Majestät? Solche Entscheidungen habt doch wohl Ihr zu treffen."

Der Angesprochene sah Kilian klar und fest in die Augen, bevor er antwortete:

„Ich nehme generell keinen Einfluss auf die Wahl meiner Töchter. Für mich zählt ihr Wohlergehen und die Liebe zu ihren Partnern."

Kilian verfiel in ein höhnisches Lachen, welches allgemeine Empörung auslöste. Sir Gilbert wagte nicht mehr, von seinem Teller aufzusehen, zu sehr beleidigte ihn das Verhalten seines Sohnes. Kilian wiederum hatte sich kerzengerade aufgerichtet, um dem König seinen unerschütterlichen Stolz zu präsentieren.

„Ich werde Majestät beweisen, dass nur ich es wert bin, Eure huldvolle Tochter zu ehelichen." Mit diesen Worten hatte er sich zu Daniel umgedreht, um unmissverständlich seine Empörung zum Ausdruck zu bringen.

„Ich verlange Genugtuung und fordere Euch augenblicklich zum Duell." Lizzy hatte bei diesen Worten kurz aufgeschrien. In Sarah entbrannte Zorn in unberechenbarem Maße.

„Was erdreistet sich dieser Kerl", dachte sie sich. Mit diesen Gedanken war sie nicht die Einzige bei Tisch.

Daniel hingegen war wenig beeindruckt. Er hatte die ganze Zeit auf so etwas gewartet, still und geduldig. Bis zu diesem Moment hatte er Lizzy wortlos die Möglichkeit gegeben, sich für Kilian entscheiden zu können, egal, wie weh es ihm tat. Noch einmal sah er Lizzy eindringlich und fest in ihre verzweifelten Augen, bevor er todernst und abgeklärt fragte:

„Du bist dir ganz sicher?" Lizzys Stimme versagte, sie konnte nur noch nicken. Daniel stand auf, bedauernd auf den Apfelkuchen blickend.

„Schade, den hätte ich gern noch gegessen."

Gregory verschaffte sich unerwartet Wortlaut Gehör.

„Nein, ich verbiete das entschieden!" Niemand antwortete ihm, wussten doch alle, dass Daniel keine andere Wahl blieb.

Sarah war wütend aufgesprungen. Liam hielt sie am Arm zurück, während er selbst sich bedächtig hochschraubte. Ohne Worte folgte er Daniel nach draußen.

Kilian lachte über die fassungslosen Gesichter der Anwesenden. Vor Überlegenheit strotzend verließ auch er die Tafel. Der verbliebene Rest am Tisch blieb schweigend, fassungslos und schockiert zurück.

Als Lizzy sich wieder gefasst hatte, rannte sie gehetzt in ihr Zimmer, um sich hemmungslos weinend auf ihr Bett zu werfen. Sarah, die sich voll und ganz auf Liam verließ, war Lizzy nachgelaufen.

„Es wird alles gut werden, du wirst sehen. Daniel wird nichts geschehen. Er wird es kurz machen." Lizzy richtete sich mühsam auf. Sarah nahm sie in die Arme, um sie weiter zu trösten.

„Aber er ist doch verletzt", jammerte sie ungehalten weiter. Sarah wischte ihr mitfühlend die Tränen aus dem Gesicht.

„Er beherrscht doch diesen seltsamen Trick, mit dem er den Gegner blitzschnell entwaffnen kann. Er wird ihn anwenden, ganz sicher. Ihm bleibt keine andere Wahl, auch wenn er sich dadurch vielleicht verrät. Und das ist im Moment zweitrangig." Noch einmal drückte sie ihre Schwester herzlich, bevor auch sie besorgt und gehetzt aus dem Schloss eilte.

So wie Sarah es vorhergesagt hatte, fand das Duell nach wenigen Minuten ein schnelles Ende. Daniel hatte seinen spottenden Gegner in Sicherheit gewiegt und zweimal pariert, bevor er mit unwahrscheinlicher Wendigkeit sein Gegenüber hart angriff und blitzschnell entwaffnete.

Kilian wusste nicht, wie ihm geschah. In Sekundenschnelle hatte er die blitzende Klinge Daniels an seinem Hals. Der erschrockene Kilian verfiel in Todesangst. Seine Augen quollen ihm aus den Höhlen, sein Atem ging rasselnd und unregelmäßig und sein Gesicht war vor Entsetzen zu einer Grimasse verzogen.

„Unterschätze nie deinen Gegner!", fauchte Daniel bissig wie eine Kobra, bevor er den Degen sinken ließ. Mit bleichem Gesicht wandte er sich von seinem Rivalen ab. Liam nahm ihm den Degen aus der Hand.

„Du brauchst einen Arzt", sagte Liam entschieden. An Daniels Schulter hatte sich ein roter Fleck gebildet, der immer größer wurde. Dr. Gregory tobte.

„Wozu flicke ich hier eigentlich hingebungsvoll die Leute zusammen, wenn doch jeder macht was er will!" Wutentbrannt folgte er Liam und Daniel. Sarah jagte im Laufschritt zu Lizzy, die es nicht hätte ertragen können, dem Duell beizuwohnen. Wild stürmte sie in Lizzys Schlafzimmer. Nach Atem ringend konnte sie kaum reden.

„Alles gut, Schwesterchen, alles gut", presste sie abgehakt hervor.

„Daniel geht's gut. Seine Schulter hat nicht mitgemacht. Ist aber bestimmt nicht schlimm. Gregory kümmert sich schon darum."

Nach dem sie wieder zu Atem gekommen war, drückte sie innig ihre Schwester, bevor sie triumphierend von dem zu Tode verängstigten Kilian berichtete.

„Der wagt es nicht noch einmal, sich im Ton zu vergreifen oder den Mund zu voll zu nehmen. Seine Ehre ist vorerst in den Holzbottich für Küchenabfälle gefallen."

Sarah konnte ein schadenfrohes Lachen nicht unterdrücken. Auch Lizzy lachte kurz. Dann besann sie sich wieder.

„Aber warum hat Daniel so furchtbar lange gezögert, hat er seine Ehre und seinen Stolz heute Morgen hier im Bett vergessen? Er hätte doch wissen müssen, welches Spiel Kilian treibt." Sarah schmunzelte vielsagend.

„Ach Lizzy! Wenn ich das richtig verstanden habe, dann wollte er abwarten und dir die Möglichkeit zu geben, keine Fehlentscheidung über dein zukünftiges Leben zu treffen.

Er war sich nicht sicher, wie sehr du ihn wirklich liebst, nachdem was geschehen war. Also wartete er ab, anstatt gleich zu Beginn für klare Verhältnisse zu sorgen und einem Duell aus dem Wege zu gehen. Ich denke auch, dass er unser Königshaus nicht kompromittieren wollte, da er davon ausging, dass ihm das nicht zustehen würde."

Lizzy war noch immer verstimmt.

„Was ist denn nun noch, Spatz?", fragte Sarah besorgt. Lizzy schniefte betreten.

„Jetzt habe ich Daniel ein zweites Mal ans Messer geliefert. Ich kann wirklich stolz auf mich sein."

Sie griff nach einem Taschentuch, um sich umständlich die Nase zu putzen.

„Das war es dann wohl, endgültig." Müde und erschöpft setzte sie sich auf ein weinrotes mit Samt bezogenes Sofa. Sarah war nun ebenfalls ratlos. Je mehr sie nachdachte, desto optimistischer wurde sie aber wieder. Mitfühlend hatte sie sich vor Lizzy hingehockt.

„Warte es einfach ab. Trübsal blasen hilft auch nicht." Liebevoll strich sie Lizzy über die geröteten Wangen.

Sir Gilbert hatte ebenso fassungslos das kurze Duell erlebt wie sein Sohn, welcher noch immer verlassen und geschlagen an der Schlossmauer des Hinterhofes kauerte. William schlug Sir Gilbert verstehend auf die Schulter.

„Kommt ins Haus. Ein guter Tropfen macht die Sinne wieder frei." Er wollte zum Gehen ansetzten, als Sir Gilbert sich umwandte und ihn zurückhielt. Ernst und entschlossen blickte er ihm ins Gesicht.

„Ihr wisst, wen ihr hier unter eurem Dach verborgen haltet?"

„Das weiß ich", sagte der Angesprochene sachlich betont. Unbehagen durchfuhr ihn. Daniel hatte sich mit seiner einzigartigen Fechttechnik verraten.

Gewiss wusste er um das Risiko, hatte aber im Endeffekt auf Grund seiner Verletzungen keine Wahl anders vorzugehen, wenn nicht er selbst auf der Strecke bleiben wollte.

„Ich glaubte, er sei tot. Diese Nachricht hatte uns recht nachdenklich gestimmt. Prinz Damian ist bei weitem gefährlicher und skrupelloser als sein diabolischer Vater. Eine Kriegserklärung gegen unser Land wäre irgendwann unabwendbar geworden. Es beruhigt mich sehr zu wissen, dass ich weiterhin auf dauerhaften Frieden hoffen darf."

Der letzte Satz erschien dem König mehr als Frage, anstatt einer Feststellung.

„Das könnt Ihr, Sir Gilbert. Es wird einige Zeit in Anspruch nehmen, denn der Thronerbe ist zwar nicht tot, aber schwer verletzt worden. Und das Duell heute war mit Sicherheit nicht gerade förderlich, für die teils noch unverheilten Verletzungen."

Sie standen noch immer im verstecktem Hinterhof des Schlosses, wo es weder Zuschauer noch unliebsame Zuhörer gab.

„Seid meiner Loyalität zu Euch als auch zum Kronprinzen gewiss", sagte Sir Gilbert fest und bestimmt. William nickte.

Auf dem Weg zurück ins Schloss gab William einem zuverlässigen Diener die Anweisung Sir Gilberts Sohn, sobald dieser sich wieder gefasst hatte, in den Speisesaal zu führen. Sein Vater würde dort auf ihn warten.

Das Speisezimmer lag verlassen vor den beiden eintretenden Männern. Das Personal warf sich verstohlene Blicke zu. Sie wussten nicht, ob die Tafel aufgehoben war oder ob die Gäste sich noch einmal für die Beendigung des Mahls einfinden würden. Während König William und Sir Gilbert den ausgezeichneten Rotwein genossen, schoss Sarah eine kurze Entschuldigung murmelnd in das Speisezimmer. Gut gelaunt nahm sie sich ein kleines Tablett von der Anrichte, stellte zwei Dessertteller darauf, um diese mit Apfeltorte und Sahne vollzuschaufeln.

„Ich kenne da zwei, die dringend etwas Süßes zum Essen brauchen", sagte sie eifrig und verschwand augenzwinkernd hinter der Tür. An ihrer Stelle erschien Kilian. Er wirkte wie ein geschlagener Hund, den irgendjemand weggeworfen hatte. Schweigend setzte er sich neben seinen Vater.

„Wie wäre es mit einer Entschuldigung, mein Junge. Du hast den König zutiefst beleidigt. Mehr noch. Du hast mich und meine

Ehre mit Füßen getreten." Kilian erhob sich, um stotternd eine Entschuldigung herunterzurasseln. Danach tat auch Sir Gilbert seinem Sohn ein Stück Apfeltorte auf.

„Iss mein Sohn. Dann geht es dir besser." Der Angesprochene sah seinen Vater fragend an:

„Ich war wohl nicht richtig in Form, oder Dad?" Lord Gilbert lachte.

„Oh doch, aber ich fürchte, dass du dir den härtesten Gegner ausgesucht hast, den du finden konntest." Kilian schluckte. Den Rotwein genüsslich schmeckend fügte Sir Gilbert hinzu:

„Du hattest keine Chance, nicht die mindeste, mein Junge. Ich werde dir später einmal erzählen, wen du da frecher und unüberlegter Weise herausgefordert hast. Jetzt ist nicht der richtige Zeitpunkt dafür.

Und was Prinzessin Lizzy anbelangt, so muss ich dir leider sagen, dass du in ihren Zukunftsplänen nicht erscheinst. In Zukunft solltest du deinen Hochmut zügeln, mein Junge. Wir reden später noch über die Angelegenheit", wies er seinen Sohn zurecht.

Kilian schob brüskiert den Nachtisch von sich. Mit vor der Brust verschlungenen Armen schmollte er wie ein bockiges, ungezogenes Kind.

Daniel kam blass und müde wirkend ins Zimmer, gefolgt von Liam.

„Grüße von Gregory. Du sollst ihn ins Bett stecken und aufpassen, dass er nicht stiften geht." Lizzy und Sarah mussten unwillkürlich über Liams einfache Wortwahl schmunzeln.

„Ich gehe dann mal und besorge euch noch was vom Nachtisch; Apfeltorte mit Schlagsahne", flötete sie und ergriff den Arm ihres Gatten, um mit ihm aus dem Zimmer zu verschwinden. Lizzy sah beiden verhalten nach. Mit heftig bebender Stimme fragte sie Daniel:

„Nimmst du mich bitte noch einmal in die Arme, auch wenn es das letzte Mal ist?" Daniel sah sie erstaunt an, tat aber, worum sie ihn gebeten hatte. Zitternd schlang sie ihre Arme um seinen Nacken, während er es sich nicht nehmen ließ, sie liebevoll an sich zu drücken. Doch Lizzy klammerte sich so fest an ihn, dass ihm bald die Luft wegblieb und er sich sanft aus ihrer Umarmung befreien musste. Lizzy missdeutete das Verhalten zu allem Unmut.

„Tut mir leid, aber ich kann einfach nicht loslassen", schluchzte sie bekümmert.

Er hob ihr Kinn, um ihr in die vor Tränen glitzernden Augen sehen zu können.

„Was ist los?", fragte er sanft aber bestimmt.

„Ich kann dich nicht hergeben. Wie soll ich denn ohne dich leben?", klang es schrill aus ihrem Mund.

Er brauchte einen Moment um zu begreifen, was sie beunruhigte.

„Ich hatte nicht vor, dich zu verlassen. Ich war mir nur nicht sicher, was du willst."

Lizzy griff mit beiden Händen erleichtert nach seinem Kopf, zog ihn zu sich herunter und küsste ihn. Diese Mal erwiderte er den Kuss.

Kurze Zeit später kam Sarah ins Zimmer stolziert, auf dem Tablett den begehrten Apfelkuchen. Fröhlich stellte sie das Tablett auf den Tisch.

„Sir Gilberts Söhnchen schmollt wie ein Kleinkind, dem man sein Lieblingsspielzeug weggenommen hat", lachte sie spöttisch zwischen Tür und Angel.

Jeden Tag wurde nun geübt und trainiert. Dabei ging es weniger um Verteidigungsstrategien, die beherrschte alle im Schlaf. Nein, es ging um Situations- und Verhaltenstraining. Immer wieder wurden unplanmäßige Ereignisse, die sich auf Corlens Castle einstellen könnten, durchgespielt. Fehler wurden korrigiert und andere, bessere Möglichkeiten getestet. Ebenso musste jeder wissen, wo er sich wann und wo aufzuhalten hatte. Ein genauer Zeitplan konnte dank Daniels Angaben fest erstellt und nun effektiv genutzt werden. Die Einhaltung erforderte Präzision. Spielraum war wenig vorhanden.

All dies lief im Verborgenen ab, zu groß war die Angst vor Verrat. Stelton instruierte die königlichen Soldaten, die das Außenfeld von Corlens Castle unbemerkt und still im Verborgenen sichern mussten. Ein zweiter Trupp erhielt genaueste Anweisungen über die Sicherung Lenox Castle von außen, falls irgendein unvorhersehbares Ereignis den Schutz der eigenen Mauern notwendig machen würde. Jede sauber geplante Aktion kam so der Umsetzung des Planes Stück um Stück näher und näher. Die Zuversicht auf ein unbedingtes Gelingen des gewagten Unternehmens stieg zusehends.

Philip erschien oft im Schloss mit Furnierholzmustern in der Satteltasche, mit Zeichnungen und Änderungsvorschlägen von in Auftrag gegebenen Kunstmöbeln. Er war perfekt getarnt, um sich Instruktionen von Sarah und Liam zu holen, da Änderungen im Plan noch immer vorbehalten waren. Mitunter nutzte er die Gelegenheit, sich mit Daniel auszutauschen, wenn es um äußerst fein zu arbeitende Aufträge in seiner Werkstatt ging.

Endlich konnte ein interner Termin zur Umsetzung des Plans festgelegt werden.

Sarah war voller Spannung und strotzte vor Energie und Klarheit. In ihrer Euphorie konnte sie geschickt ihre Befangenheit unterdrücken, welche sie jedes Mal heimsuchte, wenn sie Daniel gegenübertreten musste.

Lizzy, die nach außen hin froh und glücklich zu sein schien, wurde von einem neuen, stetig an ihr nagenden Kummer heimgesucht. Eine gewisse Unruhe verschaffte ihr die Tatsache, dass Daniel sich nicht über eine Heirat geäußert hatte. Doch wie Sarah ihr schon geraten hatte, sie musste ihm Zeit geben. Wenn sich seine Haltung änderte, dann würde sie überall hingehen, wo auch Daniel hinging, dass hatte sie sich geschworen. Doch die bedrückende Angst, in Zukunft vielleicht auf Corlens Castle leben zu müssen, ließ sich nicht fortwischen. Egal, wie sehr sie dagegen ankämpfte.

Eben diese dumpfen Gefühle beschlichen sie, als sie sich im Rosengarten auf einer versteckten Bank niederließ, um nachzudenken. Der Duft der Rosen war frisch und betörend. Der Lavendel, der zwischen die Rosenstöcke gepflanzt war, verströmte einen beruhigenden Geruch.

Ein Marienkäfer krabbelte flink über ihren Arm. Lizzy hatte sich nachdenklich zurückgelehnt und den Kopf in den Nacken gelegt, damit sie ihr Gesicht von den Sonnenstrahlen verwöhnen lassen konnte. Ruhe und Entspannung nahmen von ihr immer mehr Besitz. Irgendjemand setzte sich leise neben sie auf die Bank. Widerstrebend die Augen öffnend, sah sie Sarahs musternden Blick auf sich ruhen.

„Die Ruhe vor dem Sturm?", fragte Sarah lächelnd. Lizzy nickte bejahend.

„Das Ganze zehrt doch ganz schön an den Nerven. Wenn wir das alles doch nur schon hinter uns hätten."

Sarah reckte stöhnend ihre müden Glieder.

„Langsam tut mir jeder Knochen weh. Es wird wirklich Zeit, dass wir die Aktion hinter uns bringen können."

Lizzy sah ihre Schwester wehmütig und traurig an.

„Und dann wird alles anders. Ich muss Lenox Castle Lebewohl sagen, sollte Daniel mich heiraten. Und da ist dann auch schon wieder mein zweites Problem."

Sarah nahm unwillkürlich Lizzys Hand in die ihre. Es verging eine Zeit des Schweigens, bis sie sagte:

„Ich würde es toll finden, auf so einem großen Schloss zu wohnen. Diese Bauweise hat schon immer eine Faszination auf mich ausgeübt, die ich nicht beschreiben kann. Und wenn es innen so aussieht wie außen, dann finde ich das noch beeindruckender. Dunkel und altehrwürdig, toll." Sarah schwärmte eifrig. Dann fuhr sie mitfühlend und zugleich aufmunternd fort:

„Ich weiß, dir tut es weh, von hier fort zu müssen. Ich kenne dich eben, mein Schwesterchen.

Aber meinst du nicht, dass du es dir dort auch schön machen kannst? Du stehst auf helle Farben, leichte Stoffe, zierliche Möbel und Blumen ohne Ende. Es liegt ganz allein an dir, Fröhlichkeit und Licht in die Räume zu bringen." Lizzy versuchte ihrer Schwester ein verstehendes Lächeln zu schenken. Es misslang.

„Dafür müsste er mich ja erst mal heiraten", sagte Lizzy knapp. Sarah lachte herzlich.

„Das wird er schon, wenn die Zeit gekommen ist."

Ernster werdend setzte sie hinzu:

„Ich besuche dich so oft ich kann, versprochen!" Aufmunternd drückte sie Lizzys Hand ganz fest.

„Der Gedanke, von hier fort zu müssen, drückt trotz allem. Ich liebe Daniel und ich werde deshalb unter keinen Umständen verzagen."

„Recht so, Lizzy. Außerdem ist die Königin doch auch noch da. Sie wird dir helfen, dich in deinem neuen Zuhause zurechtzufinden und für dein Wohl zu sorgen." Mit großen Augen blickte Lizzy ihre Schwester an.

„Ich denk, sie ist so unnahbar und kalt wie ein Fisch. Und was ist, wenn sie mich abscheulich findet. Daniel kann doch ganz andere Frauen haben, Frauen die Stil und Eleganz aufweisen und nicht so eine graue Maus wie ich sind. Was wird sie sagen, wenn sie mich sieht? Spöttisch loslachen? Mich verhöhnen? Missbilligend Daniel auf seinen Ausrutscher mit mir aufmerksam machen?"

„Ich kann dich beruhigen. Das ist alles nur Fassade von ihr, um sich zu schützen. Wenn sie ihre lieben Kinderchen endlich um sich hat, taut auch sie wieder auf. Die war auch mal anders, fröhlich, warmherzig und sanftmütig. Und sie wird dich lieben, glaube es mir."

„Woher willst du das denn wissen?" Eine durchaus berechtigte Frage, auf die Sarah jedoch ganz unverblümt antworten konnte:

„Hat mir Dad erzählt, vor kurzem." Lizzy sah ihre Schwester fragend an.

„Die beiden hatte mal etwas miteinander, bevor sie König George heiraten musste." Prustend vor Lachen eroberte Lizzy ihre Hand zurück, die Sarah noch immer festhielt.

„Im Ernst?"

„Und ob. Die standen fleißig in brieflicher Verbindung in all den Jahren. Sie ist Dads Informantin. Ich glaube, er liebt sie immer noch. Nun weißt du auch, warum wir uns unsere Partner selbst auswählen dürfen. Und daher wusste er auch, dass er Daniel uneingeschränkt vertrauen konnte, als ich ihn hier ins Schloss geschleift habe."

Verblüfft stierte Lizzy vor sich hin. Etwas verstimmt stellte sie fest:

„Komisch. Das hat mir Daniel gar nicht erzählt."

Sarah hingegen gab zu bedenken:

„Entweder wusste er es selber nicht oder er konnte das Geheimnis super gut verbergen." Lizzy lächelte versöhnlich, stockte plötzlich und fragte verwundert:

„Sag mal. Seit wann weißt du, was Daniel denkt und fühlt? Das macht mich schon eine ganze Weile ein bisschen stutzig …"

Sarah unterbrach Lizzy hell auflachend:

„Du brauchst nicht eifersüchtig zu sein, Spatz. Ich wusste schon immer was der aushheckt, nur habe ich das immer ignoriert oder besser, nicht verstanden. Selbstschutz, wahrscheinlich. Ich wusste bis vor ein paar Tagen nicht, dass wir Geschwister sind.

Zwillingsgeschwister sogar, um dem Ganzen sprichwörtlich noch die Krone aufzusetzen." Nun war es an Lizzy, hell aufzulachen, auch wenn das recht unsicher klang.

„Was erzählst du denn da. Du bist hier im Schloss geboren, du warst zwei Jahre, als ich zur Welt kam. Mum ist nach meiner Geburt gestorben und Dad hat nie wieder geheiratet."

Sarah suchte seufzend nach den richtigen Worten.

„Königin Margaret ist meine Mutter, Spatz. Und dieser widerliche König George ist mein leiblicher Vater. Recht furchtbar der Gedanke, was? Dad hat es mir gebeichtet." Lizzy sah bestürzt auf den frisch geschnittenen Rasen unter ihren Füßen.

„Das kann ich einfach nicht glauben, du scherzt doch nur, um mich irgendwie von meinen trüben Gedanken abzulenken."

In sachlichem Ton berichtete Sarah von dem aufschlussreichen Gespräch mit ihrem Vater. Als sie geendet hatte, fragte sie Lizzy mit dem Anflug eines peinlich, berührten Lächelns:

„Du bleibst doch aber mein Schwesterchen, oder?" Obwohl Lizzy die Neuigkeit noch nicht ganz verdaut hatte, antwortete sie entschieden streng:

„Für was hältst du mich denn!"

Sarah lachte bitter.

„Ich bin eine Corlens, Lizzy. Ist das nicht absurd? Ich selbst stamme aus einer Familie, die ich verachte, hasse und gegen die ich erbittert kämpfe." Lizzy warf nach Sarahs Aussage locker ein:

„Na, und? Macht Daniel nicht das Gleiche?"

„Eben. Er hatte trotz seiner ehrenhaften Gesinnung unter meinen bösartigen Verleumdungen und Beleidigungen zu leiden. Dazu kommt, dass ich ihn fast umgebracht habe, einmal aktiv und einmal passiv. Und nun erfahre ich, dass ich die ganze Zeit mich selbst verleumdet habe. Das ist einfach grotesk. Ich dachte, ich kann nicht mehr tiefer sinken, aber es kommt immer schlimmer. Wenn ich nur wüsste, ob er die Geschichte meiner Herkunft kennt. Die Angst, dass er wissen könnte, wer ich bin nagt an mir wie das Eichhörnchen an der Haselnuss.

Vielleicht finde ich ja irgendwann eine geeignete Erdspalte, in die ich mich verkriechen kann." Lizzy lachte herzhaft und ausdauernd. Nachdem sie sich wieder etwas beruhigt hatte, sah sie Sarah tief in die Augen. Und musste wieder hell auflachen.

„Entschuldige. Aber so habe ich dich noch nie erlebt, zerfressen von Selbstvorwürfen. Ja, wer anderen eine Grube gräbt, fällt manchmal selbst hinein."

„Verspotte mich nicht, dass mache ich schon selber", sagte Sarah gespielt gekränkt.

Lizzy beruhigte sich wieder, wischte ihre Lachtränen aus dem Gesicht und lenkte ein.

„Keine Angst, ich habe dich weiter lieb, auch wenn wir uns in Zukunft vielleicht nicht mehr so oft sehen werden." Lizzy wurde von einem erneuten Lachanfall geschüttelt, die Situation war einfach zu lächerlich.

„Und sollte Daniel dich doch umbringen, so ganz aus Versehen natürlich, dann sehen wir uns jeden Tag. Dann kommst du in die Familiengruft der Corlens und ich kann dich jeden Tag besuchen, mit bunten Blümchen und dann erzähle ich dir so ganz beiläufig, für welche Tapetenfarbe ich mich im Salon entschieden habe." Lizzy hielt sich vor Lachen den Bauch, während Sarah ziemlich bedröppelt vor sich hinsah. Irgendwann hatte sich Lizzy wieder gefasst. Noch immer mit Lachtränen in den Augen sagte sie ernster werdend:

„Ihr werdet mir alle ganz schön fehlen, Dad, Liam, sogar Dr. Gregory. Und was Daniel anbelangt, so kann ich nur sagen, dass er zwar ziemlich ernst und oft verschlossen ist. Nur eines ist er absolut nicht, nämlich nachtragend." Es war das erste Mal in ihrem Leben, dass sie ihre große Schwester tröstend in den Arm nehmen musste.

Ein Schwarm frecher Spatzen hatte sich auf dem kleinen Springbrunnen unweit der Mädchen niedergelassen. Laut zwitschernd badeten sie in dem von der Sonne erwärmten Wasser.

„Was sagt Liam eigentlich zu der Geschichte oder hast du es ihm nicht erzählt?"

Sarah schluckte.

„Der war wenig überrascht. Er meinte zu mir, er sei zwar nicht der hellste Stern am Firmament was das Denken anbelangt, doch sei ihm trotzdem aufgefallen, dass Daniel und ich in sehr vielen Sachen die gleichen Verhaltensmuster und Charakterzüge aufweisen.

Das hatte ihn etwas irritiert. Da er aber keine plausible Erklärung dafür fand, hat er seine Beobachtung für sich behalten. Mein großer, starker Bär scheint pfiffiger zu sein, als wir alle zusammen."

Auch Sarah lachte wieder.

„Verschieben wir unsere Problemchen auf später und widmen wir uns lieber konzentriert auf unser Vorhaben. Unser aller Leben hängt davon ab, genauso wie die Zukunft zweier Königreiche."

Sarah war wieder sie selbst, resolut, selbstbewusst und lässig. Gut gelaunt sprang sie auf, zerrte Lizzy von der Bank und hakte sie unter, um mit ihr forschen Schrittes zum Schloss zurückzugehen.

*E*s herrschte stockfinstere Nacht. Zwei Stunden vor Mitternacht ritten die ersten Soldaten in kleinen Gruppen aus dem Schloss, gehüllt in dunkle Kleidung und je nach Aufgabe mit geschwärzten Gesichtern. Später rückten die Gardemitglieder aus, deren Treffpunkt in der Nähe der Geheimgänge lag, die ins Schloss führten.

Lizzy war nervös, was ihre Konzentrationsfähigkeit erhöhte. Mit einem mutigen Lächeln bestieg sie ihr Pferd, während die anderen bereits auf sie warteten. Wehmütig sah sie auf die Zurückgebliebenen und auf das Schloss, ihre Heimat. Gregory und William blieben am Schlosstor zurück.

„Hoffentlich kommen sie alle gesund wieder. Möge ihr Plan gelingen." Auf Williams Stirn hatten sich tiefe Sorgenfalten gebildet. Auch Gregory wirkte in diesem Moment angespannt.

Vertrauensvoll legte er seine Hand auf die Schulter seines Freundes.

„Sie sind bestens vorbereitet und mit Spitzenmännern ausgestattet. Eigentlich kann nichts schief gehen", sagte Gregory, sich selbst Mut machend.

Obwohl die Nacht warm war, fröstelte er. Nun hieß es warten. Es würde eine lange Nacht werden, voller Ungewissheit und Sorge. Mit William würde er die Nacht durchstehen, im Arbeitszimmer, in bequemen Sesseln, mit einem Schach- oder Kartenspiel.

Die Nacht erwies sich als absolut ideal für das Vorhaben. Es war Neumond. Lautlos hatten Lizzy, Sarah, Liam und Daniel, sowie acht der besten Gardemitglieder Halt gemacht. Die verbliebenen Gardemitglieder waren schon vor einer Stunde durch den Geheimgang unter dem alten Kloster ins Innere des Schlosses gedrungen.

Die Pferde warteten gut versteckt, als die kleine Gruppe zu Fuß auf dem verlassenen Schlossfriedhof eine unscheinbare, einsturzgefährdete Gruft aufsuchten, um durch eine mit Efeu scheinbar zugewachsene Tür ins Innere zu gelangen. Daniel führte sie zielsicher durch die Dunkelheit. Auf dem Steinfußboden der Gruft legte Daniel eine bewegliche Platte frei, die den Weg in die Tiefe freigab. Über eine rostige Leiter kletterten sie in einen stickigen Tunnel. Erst als alle wohlbehalten im Tunnel angekommen waren, wurden die Fackeln entzündet. Obwohl Daniel die meiste Zeit Lizzys kalte Hand hielt, so fühlte sie sich in der Dunkelheit doch beklommen und unsicher. Mit dem Entzünden der Fackeln atmete sie befreit auf.

Der Tunnel war trocken, dafür eng und unwegsam. Immer wieder mussten sie achtgeben, dass sie sich die Köpfe nicht an Felsvorsprüngen stießen oder sich die Haut an den scharfkantigen und rauen Tunnelwänden aufrissen.

Der Gang durch den Tunnel schien kein Ende zu nehmen. Lizzy hatte jedes Zeitgefühl verloren. Nach einer letzten Biegung zeigte sich im Fackelschein eine schwere Steinplatte, die den Gang versperrte. Daniel drückte einen kleinen Eisenhebel nach unten, der hinter einem hervorstehenden Felsvorsprung geschickt verborgen lag.

„Den hätten wir nie gefunden", dachte Sarah beeindruckt. Lautlos ließ sich die Steinplatte zur Seite schieben, um den Weg spaltbreit in einen dumpf beleuchteten Flur freizugeben.

Sarah zwängte sich als Erste durch den Spalt, vorsichtig spähend, ob der Flur frei zugänglich sei. Auf ein Zeichen hin, folgten ihr die anderen nächtlichen Schlossbesucher.

Es war nach Mitternacht. Durch die Gänge hörte man das zweimalige Schlagen eines Regulators. Im Schloss war alles ruhig. Trotzdem lauschte Daniel auf jedes Geräusch, das unüblich sein könnte.

Sarah war fasziniert von der Ausstattung der Flure. Schwere Teppiche lagen auf dem rauen Holzfußboden. Grobe Stuckarbeiten umrahmten die tief in die dicken Mauern eingelassenen Türen. Die Türen selbst waren aus schwerem Eichenholz gefertigt und wirkten erhaben und pompös. An den Wänden hingen uralte Ahnenbilder, deren Gesichter unheimlich, bösartig und anklagend auf die nächtlichen Eindringlinge hinabsahen. Alles war so völlig anders als auf Lenox Castle. Lizzy zog es das Herz zusammen, wenn sie daran dachte, dass hier Kinder aufwachsen mussten.

Daniel führte die wachsame Gruppe durch ein schieres Labyrinth von Gängen und Fluren, mal ging es treppauf, dann wieder hinunter. Wachposten, die sonst in den Fluren patrouillierten, waren planmäßig von den Gardemitgliedern, die über die Klosterruine ins Schloss gelangt waren, still und leise überwältigt worden. Auch die Wachen, welche das Schloss zu nächtlicher Stunde von außen bewachten, mussten nach Sarahs Plan bereits tief und fest schlafen und die es aus irgendeinem Grund nicht taten, die wurden von Philips Leuten ruhiggehalten. Steltons Soldaten hatten planmäßig den Außenbereich des Schlosses, sowie Teile der Innenhöfe gesichert. Inzwischen sollten die Gardemitglieder den Heeresführer, sowie einige wenige tragende Persönlichkeiten ohne Aufsehen aus ihren Betten gezerrt und gut verschnürt haben.

Ohne Zwischenfälle erreichten sie den Trakt des Schlosses, wo sich die Schlafräume der Königsfamilie befanden. Es wurde Zeit, sich aufzuteilen. Sarah und drei Gardemitglieder wollten sich das Schlafgemach des Königs vornehmen. Liam, Lizzy und Daniel das von Prinz Damian. Die verbliebenen Gardemitglieder blieben sichernd in den Gängen zurück, konnten aber bei auftretenden Schwierigkeiten binnen weniger Sekunden auf ein vereinbartes Zeichen hin zur Hilfe beordert werden.

Sarah machte das Wirrwarr der Flure nervös. Sie hasste es, wenn sie keinen freien Rückzug hatte und bedingungslos auf Daniel vertrauen musste.

Der lange Flur, in den Daniel Sarah und die Gardemitglieder geschoben hatte, machte eine scharfe Biegung. Sarah war nun auf sich gestellt. Vorsichtig lugte sie um die Ecke, um einen freien Blick in den Flur zu haben, in dem nach Daniels Angaben Wachen das Schafgemach des Königs flankierten. Etwa sechs Schritte von ihr entfernt standen zwei trübe dreinblickende Wachsoldaten vor einer hohen Eichentür, die einem Portal glich. Die beiden machten keinen besonders hellen Eindruck oder sie waren, wie auch immer, mit dem einschläfernden Wein von Philips Leuten in Berührung gekommen. Sarah schmunzelte zufrieden. Ungesehen zog sie den Kopf zurück und gab den Gardemitgliedern Handzeichen. Daraufhin hörte man erst ein leises, dann ein lautes und später ein recht energisches Miauen. Die Wachen sahen sich genervt an.

„Verdammtes Mistviech", brummelte der eine, „der Mietze drehe ich den Hals um."

Mit schlurfendem Gang entfernte sich der Wachmann von seinem Posten, um das Gesagte in die Tat umzusetzen. Lauschend harrte die vermeintliche Katze mit drei hellwachen Katern im kaum beleuchteten Flur verborgen hinter einem wuchtigen Schrank geduldig aus. Sarah hörte die näherkommenden Schritte. Der Wächter kam ohne jede Vorsicht walten zu lassen um die Ecke. Den Kopf hatte er suchend nach unten gerichtet. Von der Gefahr, in welche er sich gerade begab, merkte er nichts. Mit professionellem Griff war ihm plötzlich der Mund zugehalten und der Arm auf den Rücken gedreht worden. Ehe er recht wusste, wie ihm geschah, knockte ihn ein Schlag ins Genick für ein entspannendes Schläfchen aus. Der zweite Wachmann rief nach wenigen Minuten nach dem Ersten, flüsternd nur, aber dennoch hörbar. Unruhig zappelte er vor der Tür hin und her.

„Verdammt, wo bleibt der Idiot denn!", fluchte er leise vor sich hin. Schließlich verließ auch er seinen Posten, um seinen Kumpel zu suchen. Schließlich erging es ihm, wie dem ersten Wächter. Lautlos wurde er überwältigt. Später fand er sich geknebelt und gefesselt zusammen mit dem anderen Wachsoldaten in einem ungenutzten, dunklen und stark verstaubten Schlafzimmer zwischengelagert wieder.

Sarah knackte das Schloss der schweren Eichentür geschickt und geräuschlos. Leise wurde die Tür geöffnet. Im Zimmer war alles ruhig. Vorsichtshalber sank Sarah auf die Knie, um durch den schmalen Türspalt in das Innere des Raumes zu kriechen. Die Vorsicht war unbegründet. Niemand schoss auf die Tür. Blitzschnell folgten die anderen, die vor der Tür gewartet hatten. Richardson, der ältere der beiden Gardesoldaten, hielt eine Fackel über das Bett König Georges. Der schnarchte sorglos, entspannt auf dem Rücken liegend vor sich hin. Es stank nach verbrauchter Luft, dazu kam eine Mischung aus Tabakrauch, Schnaps- und Schweißgeruch. Sarah grinste befriedigt. Franklin, der jüngere der Gardesoldaten verstand Sarahs Geste. Er nahm die Pistole und zielte auf den Kopf des Königs, während sie und Richardson den immer noch fest Schlafenden gut verschnürten. Die von Richardson zuvor in Brand gesetzte Fackel warf ein fahles Licht auf den Gefangenen. Sarah zog ihren Degen und begann damit König George über den fetten Stierhals zu fahren. Es dauerte einen Moment, bis der Schlafende gestört hochfuhr. Mit blutunterlaufenen Augen sah er sich den bewaffneten Fremden gegenüber. Instinktiv wollte er zur Waffe greifen, die er unter dem Kopfkissen gut verborgen hielt. Die Fesseln machten das unmöglich, auch hatte Sarah vorausschauend suchend, die Pistole unter dem Kissen längst entfernt. Er wollte nach den Wachen rufen, doch Sarahs Degenspitze bohrte sich nun recht bedrohlich tief in seinen Hals.

„Schreien ist zwecklos. Das gesamte Schloss ist vor wenigen Minuten in unsere Hände übergegangen. Ihr seid geschlagen, mein Lieber", erklärte sie süffisant grinsend.

Böse und mit gebleckten Zähnen musterte er Sarah herablassend.

„Ein Weib!", höhnte er, schrill auflachend, „mich bedroht ein schäbiges, dummes Weibsbild?"

Sarah tauschte unbeeindruckt das Schwert gegen die handlichere Schusswaffe.

„Tut mir ja schrecklich leid Euch das sagen zu müssen, lieber Vater, aber ich bin nicht nur eine Frau, ich bin auch Eure Tochter und um ganz genau zu sein, Daniels Zwillingsschwester", flötete sie amüsiert.

„Und Eure liebreizende Tochter befiehlt Euch jetzt aus dem Bett zu steigen. Aber fix!" Mit einer Kopfbewegung setzte sich der dritte der Gardemitglieder, der die Tür gesichert hatte, wortlos in Bewegung, um den überwältigten König zu knebeln. Bevor er jedoch dazu kam sagte der Entmachtete gehässig zu Sarah:

„Und was machst du Hure, wenn ich mich weigere?" Während er am Weitersprechen durch den Knebel, den ihm der Gardesoldat fest in den Mund drückte, gehindert wurde, antwortete Sarah, den Kopf sanft hin und her bewegend:

„Nun ja. Ich glaube ich durchschieße Euch das rechte Knie. Oder lieber das Linke? Natürlich könnte ich auch die lautlose Methode wählen und Euch das Apfelmesser, was da auf dem Tisch liegt, durch die Hand rammen. Sucht es Euch einfach aus", sagte sie abwägend.

Widerstrebend folgte er Sarahs Anweisungen, jedoch mit hinterhältigem Blick nach einem Ausweg aus dem Dilemma suchend. Franklin legte ihm ohne zu zögern weitere Fesseln an.

„Nun gehen wir artig nach unten, sobald Euer Lieblingssohn hier eintrifft. Macht Euch keine Hoffnungen, er wird keine Hand frei haben, die Euch helfen könnte. Solange wir hier warten, kann ich Euch noch danke sagen dafür, dass ich als Prinzessin Sarah auf dem beschaulichen Lenox Castle gutbehütet aufwachsen durfte. Mich hat König William aufgezogen und ausbilden lassen. Ist das nicht herrlich?" Franklin, der durch die angelehnte Tür Ausschau auf den Flur hielt, gab Sarah das Zeichen, dass die andere Gruppe wohlbehalten zu ihnen stieß.

„Wir müssen unser Gespräch jetzt leider beenden. Eure und Prinz Damians Zellen warten auf Lenox Castle. Ihr werdet Euch dort viel zu erzählen haben, ist ja auch sonst nichts los da."

König George zog eine widerliche Grimasse, soweit ihm das mit dem Knebel im Mund möglich war. Von Richardson und Franklin flankiert schlossen sie sich Liam, Daniel und Lizzy an, die ihren Gefangenen vor sich her stoßen mussten, da dieser augenscheinlich Probleme beim Gehen hatte.

Auch bei Liam war alles nach Plan gelaufen oder besser fast alles. Vor Prinz Damians Schlafzimmer gab es kein Wachpersonal. Das Schloss der Tür war von Daniel fix geknackt worden. Der schlafende Damian wurde ebenso im Tiefschlaf überwältigt, wie zeitgleich der König. Als man jedoch den sturzbetrunkenen Prinzen auf die Beine ziehen wollte, erschienen unter der Bettdecke zwei nackte Schönheiten. Erschrocken und zutiefst eingeschüchtert über die Anwesenheit Fremder, bedeckten sie flink ihre Blöße. Liam gab ihnen ein Zeichen, dass sie sich schleunigst stillschweigend entfernen sollen, wenn ihnen ihr Leben lieb war. Damian sah mit glasigem Blick zu Daniel.

„Ich dachte du bist verreckt", lallte er, kaum Herr seiner Sinne.

Daniel runzelte nachdenklich die Stirn, bevor er kurz antwortete:

„Ja, das hatte ich auch gedacht."

Doch schon hatte Damian Lizzy entdeckt.

„Da ist ja meine prachtvolle Zuchtstute -" Weiter kam er nicht, da Lizzy sich mit kaltem Blick vor ihn gestellt hatte, ihm tief in die lüsternen Augen sah und dabei geschickt ihr Knie zwischen seine Beine rammte.

Liam hatte Mühe, dem zum Schreien aufgelegten Gefangenen mit einem Knebel mundtot zu machen. Vorwurfsvoll sah er Lizzy an, die ihrerseits resigniert mit den Schultern zuckte.

„Mir war gerade danach", rechtfertigte sie sich munter. Die Männer sahen sich kopfschüttelnd an, bevor sie mit den Waffen im Anschlag ihren lädierten Gefangenen vor sich hertrieben.

Im Innenhof angekommen fragte Sarah ihren Gatten:

„Was habt ihr denn mit dem angestellt, der konnte ja kaum noch gehen? Wolltet ihr den ursprünglich tragen?" Liam und Daniel sahen sich kurz an, bevor sie es nicht mehr aushielten und sie leise loslachen mussten. Lizzy rieb sich demonstrativ das Knie und grinste schuldbewusst. Sarah hatte verstanden.

Die im Innenhof wartenden Soldaten brachten die Gefangenen, die sich noch im Nachtgewand befanden und barfuß auf den kalten Steinplatten tappten, unverzüglich nach Lenox Castle.

Im Schloss war es noch immer ruhig. Die meisten Bewohner schliefen noch. Sie würden erst am Morgen von dem Sturz des Königs erfahren. Ihnen würde man es freistellen, sich der neuen Regierung loyal anzuschließen oder zu gehen. Das Schloss hatte man von innen, wie auch von außen gesichert. Eine kurze Lagebesprechung zwischen Liam, Sarah, Lizzy, Daniel, Oberst Stelton und Philip bestätigte den Erfolg des Unterfangens. Bis eine neue Führungsstruktur ins Leben berufen war, wollte man das Schloss besetzt halten. Solange blieben Gardemitglieder und Soldaten Königs Williams im Haus. Daniel sah es als unumgänglich an, General Woodstone, den unteren Befehlshaber der königlichen Armee von Corlens Castle, aus dem Bett zu holen, um ihn mit der neuen Situation zu konfrontieren. Bei uneingeschränkter Loyalität zur neuen Führungsspitze, bot er ihm den weiteren Dienst in der königlichen Armee an.

Doch nun war es an der Zeit, die in ihren Gemächern ungeduldig wartende Königin aufzusuchen.

Wie verabredet befand sich die Königin in ihren Privaträumen. Auf ein vereinbartes Klopfzeichen hin, öffnete sie die von ihr fest verschlossene Tür. Wortlos trat sie zur Seite, um den Ankömmlingen uneingeschränkten Eintritt zu gewähren. Forsch schritt Sarah in bester Siegerlaune in das Heiligtum der Königin. Ihr folgte Liam zusammen mit Lizzy. Leise schloss Lizzy die Tür hinter sich. Sie wirkte entgegen ihrer Schwester sehr bedrückt und machte einen wenig glücklichen Eindruck. Die Königin sah ausdruckslos in die Runde.

Sie hatte keine Ahnung, was mit ihr geschehen sollte, was man plante und wie man ihr gegenüber auftreten würde. Sie hätte sich sicherer gefühlt, wenn Daniel im Zimmer wäre, als Sarah sich fröhlich vor sie hinstellte.

„Majestät, wir haben es geschafft!", proklamierte sie jubelnd. „Plan geglückt."

Von Euphorie erfüllt fiel sie der Königin ungeniert um den Hals. Diese verlor daraufhin jede Contenance und erwiderte die Umarmung ihrer Tochter herzlich.

Erschrocken über ihren eigenen ungezügelten Gefühlsausbruch sagte sie mit zitternder Stimme:

„Verzeihung mein Kind, ich habe mich vergessen. Aber ich habe mein Leben lang davon geträumt, dich wenigstens einmal im Arm halten zu können." Entschieden wehrte Sarah ab.

„Entschuldigen müsste ich mich. Es gehört sich nicht, Euch um den Hals zu fallen. Aber wenn ich mich über irgendetwas riesig freue, dann gehen schon mal die Pferde mit mir durch." Sarah kicherte unbekümmert.

„Darf ich Euch meine Schwester Lizzy vorstellen?" Lizzy hatte verloren im Zimmer gestanden. Matt lächelnd begrüßte sie die Königin. Sie schämte sich ein wenig, da sie in ihrem betrübten Zustand kein besseres Lächeln zustande brachte. Königin Margaret besah sich die Kleine, die auf sie einen geradezu hilflosen und unsicheren Eindruck machte. Sie hatte unweigerlich das Gefühl, dass Lizzy jeden Moment in Tränen ausbrechen könnte. Herzlich nahm sie Lizzy in den Arm. Ihr Instinkt sagte ihr, dass sie das Mädchen irgendwie trösten musste, auch wenn sie keine Ahnung hatte, was Lizzy so sehr bedrückte. Vom ersten Augenblick an, war ihr die Kleine ans Herz gewachsen.

Dann wurde Liam vorgestellt.

„Mein Gatte und gleichzeitig mein Fels in der Brandung", sagte Sarah keck. Liam wirkte steif und irgendwie deplatziert. Margaret bot allen einen Platz an. Ihre Zofe, die sich im Hintergrund gehalten hatte wurde angewiesen, eine Flasche Wein zu entkorken und den Inhalt in Gläser zu füllen.

„Wo steckt eigentlich mein Sohn?", fragte die Königin forschend mit einer Sorgenfalte auf der Stirn ihre Tochter.

Die zuckte gelassen mit den Schultern.

„Der wollte noch schnell ein paar Worte mit irgendeinem General wechseln. Das war ihm wohl sehr wichtig", erklärte sie mit lässiger Miene.

Als Daniel wenig später in den Räumlichkeiten seiner Mutter erschien, verlor die Königin zum zweiten Mal in dieser Nacht die Fassung. Sie wusste nicht, wann sie das letzte Mal vor Glück geweint hatte, es musste viele Jahre her sein. Peinlich berührt trocknete sie sich mit einem feinen Spitzentaschentuch die Augen.

„Ich dachte, ich würde dich lebend nie wiedersehen können. Und nun konnte ich dich überglücklich in den Arm nehmen." Gerührt musterte sie ihn von Kopf bis Fuß.

„Du siehst blass aus, mein Junge." Auf ihrer Stirn hatten sich erneut Sorgenfalten gebildet. Daniel drehte sich zu Sarah, um ihr mit unmissverständlichem Blick anzuzeigen, dass sie sich irgendwelche Kommentare zu diesem Thema sparen sollte. Doch Sarahs Zunge war schneller. Kurz auflachend warf sie den Kopf in den Nacken.

„Der sollte ja auch überhaupt nicht hier sein. Unser Arzt tanzt im Zickzack vor Wut. Sein eigensinniger Patient flutscht ihm nämlich dauernd durch die Finger, musst du wissen und macht, was er will", spottete sie grinsend. Für diese Aussage erntete sie von Daniel einen strafenden Blick.

„Mach dir keine Sorgen, ich weiß schon was ich mache", tröstete er seine erschrockene Mutter, die ihren Blick kaum von ihm abwenden konnte.

„Möchtest du ein Glas Rotwein auf den Sieg?", fragte Sarah ihn, auf ein noch leeres Glas deutend. Daniel winkte dankend ab.

„Ich brauch noch einen klaren Kopf", sagte er unvermittelt, über die Schulter Sarahs hinweg schauend. Er hatte Lizzy ins Blickfeld genommen. Die hatte sich niedergeschlagen und verdächtig still in die Ecke einer Fensternische gekauert.

„Was hast du jetzt vor, vor allem mit mir?", fragte die Königin ihren Sohn.

„Gleich. Ich muss nur erst noch etwas Wichtiges klären."

Sarah genoss den ausgezeichneten Rotwein. Fasziniert sah sie sich immer wieder im Zimmer der Königin um. Bewundernd blickte sie auf das Mobiliar, das so ganz ihrem Geschmack entsprach. Auch Liam war etwas lockerer geworden, sodass er an dem Gespräch zwischen Königin und Tochter Anteil nehmen konnte. Obwohl Margaret dem Gespräch ihrer ausgelassenen Tochter folgte, entging ihr die rührende Szene, die sich zwischen Daniel und Lizzy abspielte, nicht eine Sekunde lang.

Daniel war zu Lizzy gegangen. Er setzte sich ebenfalls in die Fensternische, um mit Lizzy in Augenhöhe zu kommen. Lizzy brachte für ihn ein steifes Lächeln zu Stande, was heißen sollte, dass sie rundum glücklich war. Daniel kannte Lizzy viel zu gut, um sie nicht zu durchschauen. Während bei Lizzy die Wasserfluten den Damm zu durchbrechen drohten, aber tapfer zurückgehalten wurden, nahm er ihre Hand fest in die seine. Ernst sah er sie an. Sie versuchte seinem durchbohrenden Blick auszuweichen, damit er nicht sah, was sie wirklich dachte und wie ihr zumute war. Daniel blieb unerbittlich. Mit der anderen Hand fasste er ihr Kinn und drehte ihr Gesicht in seine Richtung. Tief in ihre Augen blickend fragte er sie leise:

„So schlimm?" Lizzy wollte schwindeln, ihm zuliebe. Aber sie konnte keinen Ton herausbringen, sonst wäre es um den Damm geschehen, der noch immer tapfer die Wasserfluten staute. Daniel ließ sie los. Entschlossen stand er auf, um Lizzy aus der Fensterbank zu heben. Obwohl sie nicht ahnte, was er vorhatte, schloss sie ihre Arme um seinen Hals. Wie ein Kind legte sie ihren Kopf schutzsuchend an seine Brust, während er sie durch das Zimmer in Richtung Tür trug. Alle Augen waren verwundert auf ihn gerichtet.

Kurz vor der Tür blieb er mit seiner kostbaren Last in den Armen kurz stehen.

„Sarah, du schaffst das hier auch ohne mich, oder?" Das Oder war mehr rhetorisch gemeint.

An seine Mutter gewandt sagte er fest und entschlossen:

„Ich bitte dich, ihr zu helfen, den alten Kasten hier wieder neu herzurichten. Strukturell, personell, wirtschaftlich und führungstechnisch. Ich denke, dass ich mich voll auf euch beide verlassen kann."

Er wollte das Zimmer verlassen, als er sich noch einmal umdrehte.

„Ach so Liam, dir gehört die königliche Armee. General Woodstone wartet auf deine Instruktionen." Als er in die fassungslosen Gesichter sah, sagte er etwas frech:

„Ihr schafft das schon. Ich muss uns jetzt nach Hause bringen."

Die Zofe hatte ihm die Tür geöffnet und Daniel verschwand mit seiner Fracht.

Während Lizzy in ihrer verzweifelten Lage nicht bemerkt hatte, was Daniel getan hatte, sahen sich in den Gemächern der Königin drei völlig verdutzte Gesichter an. Sarah fand als Erste die Worte wieder.

„Habe ich das jetzt richtig verstanden! Der hat mir die Regentschaft für sein Schloss überlassen?" Königin Margaret zuckte mit den Schultern, bevor sie antwortete.

„Sieht so aus, oder?" Sarah empörte sich entschieden.

„Ist der verrückt geworden? Nach allem, was ich ihm angetan habe! Der kann mir doch nicht einfach die Führung des Schlosses übertragen und, und Liam die gesamte Militärgewalt!" stotterte sie händeringend nach Worten suchend.

Die Königin, von der Entscheidung ihres Sohnes tief ergriffen, antwortete nur:

„Er kann und er hat." Liam stand auf, um den General ausfindig zu machen. Je eher die königliche Armee ein neues Führungsoberhaupt bekam, desto besser. Kurz grüßend verließ er pflichtbewusst das Schlafgemach der Königin. Zurück blieben zwei recht verwirrt dreinblickende Frauen. Besonders Sarah hatte mit der Entscheidung Daniels zu kämpfen. Es dauerte noch eine ganze Weile, bis sie ruhiger wurde. Königin Margaret dachte nun praktisch.

„Ich glaube, wir sollten uns ein wenig ausruhen, die Sonne geht bald auf. Dann gibt es viel zu tun für uns. Wir sollten Daniel nicht enttäuschen."

Mit der Hand wies sie auf ihr großes Bett.

„Welche Seite hättest du denn gern, rechts oder links?" Sarah sah begeistert auf das prunkvolle Bett, in das sie sich legen durfte. Königin Margaret gab ihrer Zofe ein Zeichen, dass auch sie sich in ihrem Zimmer ausruhen sollte.

„Klasse!" Sarah zersprang fast vor Freude, als sie sich ins Bett fallen ließ.

„Dieses Schloss ist der Wahnsinn. Ich kann überhaupt nicht begreifen, dass ich hierbleiben darf. Das Gemäuer ist phantastisch. Bauwerke dieser Art haben mich schon immer fasziniert. Gibt's hier auch Gespenster?", wollte sie wissen.

Die Königin lachte: „Wenn du eine blühende Phantasie hast, dann sicher."

Sarah starrte zur getäfelten Decke. Dann kamen ihr Zweifel, was bei ihr äußerst selten vorkam.

„Meinst du, wir schaffen das? Ich kenne mich hier doch überhaupt nicht aus. Ich habe nur gelernt, ein kleines Schloss zu führen, aber doch nicht so ein großes. Und zwischen Lernen und Können liegt ein himmelweiter Unterschied."

„Sicher schaffst du das, schaffen wir das. Ich habe mich zwar allem, was hier im Schloss vorgeht passiv gezeigt, doch glaube mir, dass ich genau wusste, was hier vorging, was man tat. Wie habe ich mir diesen Tag herbeigesehnt, aktiv tätig werden zu können, um dem bösen Treiben in diesen Mauern ein Ende setzen zu können."

„Du hast dich nie gewehrt?"

„Oh doch. Die erste Zeit in meiner Zwangsehe tat ich es. Doch Schläge, Vergewaltigungen und Demütigungen lehrten mich schnell, die Füße still zu halten. Nachdem ich dich weggeben musste, legte ich mir eine steinerne Maske zu. Ich zeigte mich nach außen hin kalt, abweisend und unnahbar. Ich vermied es strikt, mich in die Machenschaften des Königs einzumischen. So wurde ich zur anmutigen Repräsentantin des Königs, genauso, wie er es wollte. Der Einzige der wusste, was sich hinter meiner Maske verbarg, war Daniel. Damian hatte mit zunehmendem Alter schnell auf die Seite seines Vaters gewechselt.

Er hatte schon als Kind eine diebische Freude daran, Tiere zu quälen und zu misshandeln. Die Zuneigung seiner Mutter brauchte er nicht. Ich erkannte schnell, dass er mit der gleichen Brutalität und Kaltblütigkeit wie sein Vater gesegnet war. Mir blieb nur Daniel, der so ganz anders war. Er verstand mich und er wusste, wie ich litt. Ich versuchte ihn vor seinem Vater zu schützen wie eine Katze ihr Junges. Daniel erwies sich härter, als ich es je sein konnte. Er widersetzte sich seinem Vater und wies dessen Ideologien kategorisch von sich.

Demütigungen und körperliche Gewalt ließen ihn nur noch mehr rebellieren. So suchte man ein anderes Mittel, um ihn in die Knie zu zwingen. Man benutzte mich. Fortan wollte man mir Gewalt angedeihen lassen, wenn er sich nicht den Wünschen des Königs unterwarf. Ich litt Höllenqualen, wenn ich nur daran dachte, was der Junge erdulden musste. Und ich, seine Mutter, vermochte ihm nicht zu helfen. Ich die Königin."

Sie machte eine Pause, bevor sie fortfuhr. Die Konsequenz war, dass Daniel das Schloss bei Nacht und Nebel verließ und untertauchte. Eine Zeitlang wusste ich nicht wo er war und was er tat. Als eine Widerstandsorganisation im Land für Unruhen sorgte, ahnte ich, dass er irgendwie mit daran beteiligt sein musste. Man unterließ es nach geraumer Zeit mich akribisch zu überwachen, als man merkte, dass auch ich nicht wusste, wo Daniel war. Während man ihn des Hochverrates bezichtigte, hatte er mit seinem Freund Philip den uralten Geheimgang, der vom alten Schloss Friedhof hierherführte, begehbar gemacht. Er kam zu mir, so oft er konnte.

Der König schnitt mich. Mir war es recht. War er volltrunken, fiel er über mich her. Mein inaktives Verhalten langweilte ihn bald, sodass er es vorzog, seine Mätressen aufzusuchen. Ich lebte in diesen Mauern nur noch wie ein Schatten. Man ließ mich zufrieden und ich die anderen. So überlebte ich, Sarah. So und nicht anders."

Mit diesem Satz schloss sie ihren aufschlussreichen Bericht.

„Komisch", sagte Sarah überlegend.

„So habe ich noch nie darüber nachgedacht." Sie drehte sich auf die Seite, um auf den Ellenbogen gestützt ihrer Mutter ins Gesicht sehen zu können.

„Ich habe Daniel gehasst, nur seiner Herkunft wegen und weil Dad es entgegen meinem Verständnis zuließ, dass er in unserem Schloss ein und aus ging. Ich war blind vor Hass. Allein der Name Corlens erregte in mir Ekel und Abscheu, weil ich dachte, dass alle dieses Namens brutal und besessen seien. Ich hielt Daniel für einen Verräter, einen Spion des Königs. Ich überwarf mich sogar mit meiner Schwester, weil sie einfach nicht die Finger von ihm lassen konnte. Dabei hätte ich einfach nur ihrem natürlichen Instinkt vertrauen sollen". Sarah schnaubte betreten. Nachdenklich hatte sie sich wieder in die Rückenlage gebracht.

„Auch ich habe Daniel gedemütigt und verachtet, wo ich nur konnte." Sarah lachte bitter.

„Ich hätte ihm sogar beinahe den Kopf abgeschlagen, aber der ist ja wendig wie ein Iltis. Ich habe ihn nur unter dem Auge erwischt. Und was noch schlimmer ist, ich bin auf den perfiden Plan Damians hereingefallen und habe Daniel ans Messer geliefert.

Und nun überträgt er mir einfach so die Führung des Schlosses. Ironie des Schicksals", sinnierte Sarah. Margaret strich ihrer Tochter zaghaft über die Wange.

„Er weiß, dass er sich auf dich verlassen kann. Du bist ein würdiger Ersatz für ihn. Seine kleine Freundin war ihm wichtiger, als dieses Bollwerk voller grausamer Erinnerungen. Ich habe die beiden vorhin genau beobachtet. Die gehören alle beide nicht hier her. Daniel weiß genau was er tut. Thronfolger bleibt er ja trotzdem und helfen wird er uns auch, sollten wir ihn brauchen. Da können wir beide uns drauf verlassen." Sie griff nach einem Wasserglas auf ihrem Nachttisch, da ihre Stimme rau wurde.

„Ich glaube im Übrigen nicht, dass du dir viel vorzuwerfen hast. Du bist in einer herzlichen Umgebung aufgewachsen. William hat mich regelmäßig über dein Tun unterrichtet, wie du sicher schon weißt. Hast du das kleine, unscheinbare Bild dort hinten über der Kommode gesehen? Nein? Das bist du mit 18 Jahren. Es soll natürlich meine entfernte Cousine Florence darstellen, mit der ich einen regen Briefkontakt pflege." Sie lachte.

Sarah hatte sich aufgerichtet. Im Zimmer war es noch zu dunkel. Am Morgen würde sie sich das Bild von sich selbst ansehen.

„Du siehst, ich wusste auch, wie du aussiehst", sagte sie Sarah anlächelnd.

„Und ich bin stolz auf mein Mädchen. Dein leiblicher Vater weiß gar nicht, was ihm entgangen ist."

„Doch", entgegnete Sarah grinsend, „er hat mich vorhin als Hure beschimpft."

Königin Margaret lachte schallend.

„Das sieht ihm ähnlich. Fehler würde der sich nie eingestehen."

Plötzlich wurde Sarah heiß und kalt.

„Sag mal, weiß Daniel, dass wir Geschwister sind?" Sarah hielt abwartend den Atem an.

„Aber natürlich! Er hätte dir doch sonst nicht Schloss und Ländereien anvertraut. Ich bin mir sicher, der hat dich genauestens geprüft, bevor er so eine wichtige Entscheidung trifft. Ich kenne meinen Sohn."

„Wie lange weiß er es schon?", fragte Sarah neugierig mit flatterndem Herzen.

Die Königin sah ihre Tochter verwundert an.

„Viele Jahre schon. Warum ist das wichtig?"

Stöhnend ließ Sarah sich wieder in die Kissen fallen.

„Der Scheißkerl weiß das schon lange und lässt mich dummes Schaf immer fleißig ins offene Messer laufen. Ich fasse es nicht!" Dann entschuldigte sie sich betreten bei ihrer Mutter, für ihre mitunter unflätigen Ausdrücke. Diese lächelte nur immer wieder, die Hand ihrer Tochter in die ihre nehmend.

„Es war besser für dich, dass du unwissend warst. Ein falsches Wort an falscher Stelle und man hätte dich schneller aus dem Leben gerissen, als du hättest um Hilfe schreien können. Das wusste auch dein Bruder. Aber nun sollten wir wirklich noch ein wenig schlafen. Wenn wir nachher wie zwei aufgescheuchte Wachteln durch das Schloss huschen, dann wird man uns ganz gewiss kaum den Respekt zollen, den wir jetzt dringend brauchen. Sarah hatte sich auf die Seite gerollt. Durch das Fenster drang die erste Morgendämmerung.

Viele Gedanken schwirrten ihr im Kopf herum. Ehe sie sich jedoch versah, war sie für wenige Stunden eingeschlafen.

*L*izzy war in Daniels Armen eingeschlafen. Er hatte sie mit auf sein Pferd genommen. Langsam ritt er zurück zu Lenox Castle, begleitet von zwei gut bewaffneten Wachsoldaten.

Es wurde langsam hell. Die Vögel hatten mit ihren Morgenständchen begonnen, um ihren potenziellen Partnern betörend den Hof zu machen. Die ersten Mägde begaben sich in die Ställe zum Melken der Kühe. Eine Katze kehrte satt gefressen von ihrer nächtlichen Mäusejagd zurück, um im Haus ihrer Besitzer zu verschwinden. Der Hahn eines Bauern krähte, als gäbe es für ihn kein Morgen mehr. Und niemand ahnte, welche schicksalhafte Wende diese Nacht über das Land und über die Menschen gebracht hatte.

Daniel lenkte das Pferd sicher in den Schlosshof. Ein verschlafener Stallbursche kam ihnen entgegengelaufen. Müde rutschte Lizzy vom Pferd. Daniel folgte ihr bedächtig langsam. Er fühlte, dass seine Kräfte langsam schwanden und die Schmerzen stetig zunahmen. Die nächtliche Stürmung des Schlosses hatte ihm alles abverlangt. Dass er Lizzy nicht hätte tragen dürfen, war ihm egal. Die Schmerzen die damit verbunden waren, waren es ihm wert. Noch gelang es ihm weder Schmerzen noch Schwäche zu zeigen, als er mit Lizzy das Hauptportal betrat.

König William hatte in den frühen Morgenstunden jeden erwartet, nicht aber Daniel und Lizzy. Erschrocken sah er die beiden an. Dass die Erstürmung erfolgreich war, wusste er. Die beiden Schlossbesitzer von Corlens Castle saßen schließlich pöbelnd in ihren sicher bewachten Zellen. Doch irgendetwas musste schiefgelaufen sein. In Bruchteilen von Sekunden zermarterte er sich das Gehirn.

„Was ist passiert?", fragte er ungeduldig und nervös.

„Bis auf einige unbedeutende Abweichungen ist alles nach Plan verlaufen", sagte Daniel mit fester Stimme, während sie durch die Eingangshalle gingen.

„Lizzy hat nur keine große Lust auf Corlens Castle zu leben und ich ehrlich gesagt auch nicht. Sarah und meine Mutter schaffen das auch ohne mich."

König William war stehen geblieben. Völlig perplex sah er die beiden müden Gestalten an, die mit übernächtigten Gesichtern vor ihm standen. Gähnend sagte Lizzy:

„Dad, wenn du nichts einzuwenden hast, dann bleiben wir hier bei dir. Ich muss jetzt in mein Bett, sonst schlafe ich hier auf der Stelle ein."

William schluckte hocherfreut. Er konnte nicht glauben, was er hörte. Nachdenklich ging er mit Daniel in sein Arbeitszimmer, um sich kurz von den Geschehnissen auf Corlens Castle berichten zu lassen.

Irgendwann im Laufe des Vormittages fiel auch Daniel ins Bett. Zuvor sah er noch nach Lizzy. Diese lag zusammengerollt tief und selig schlafend in ihrem Bett.

Schon bald wurde er wieder geweckt. Lizzy lag neben ihm und strich ihm mit ihren schmalen Fingern über den Hals.

„Du bist ja schon wach!", stellte er schlaftrunken fest. Lizzy schnurrte wie ein Kätzchen.

„Es ist ja auch schon Mittag, weißt du?" Daniel war noch immer nicht ganz wach.

„Warum hast du das gemacht?", fragte sie weich.

„Was gemacht, geschlafen?"

„Warum hast du auf das Schloss verzichtet?"

Er merkte, dass es mit dem Schlafen nun endgültig vorbei war. Da konnte er genauso gut Lizzys Fragen beantworten.

„Warum nicht? Sarah ist für diese Aufgabe ebenso prädestiniert wie ich." Lizzy gab sich mit der Antwort nicht zufrieden.

„Aber Daniel! War das nicht immer dein Ziel?"

„Wohl eher meine Bestimmung und meine Pflicht. Ich hatte genügend Zeit, um Sarah ausführlich auf den Zahn fühlen zu können. Die schafft das ohne mich." Er sah Lizzy fest in die Augen.

„Glaubtest du im Ernst, dass ich so selbstsüchtig wäre und dich in eine Umgebung verfrachten könnte, die dich zu Grunde richten würde?" Sanft strich er ihr er eine dünne Haarsträhne aus dem Gesicht.

„Ich denke, dass wir hier besser aufgehoben sind, alle beide", sagte er mit einer Sicherheit, die jeden weiteren Einwand durch sie ausschloss. Lizzy war zutiefst gerührt, als sie sich über ihn beugte, um ihn zu küssen.

„Du hast das geplant, stimmt's?", fragte sie Minuten später, ihren Kopf auf seine Brust legend.

„Es war Plan B", antwortete er trocken. Mit den Fingern strich er ihr sanft über den Nacken.

Lizzy genoss den Moment der Zärtlichkeit.

„Ist dir eigentlich klar, dass du jetzt frei bist? Wir frei sind?", fragte sie ihn.

Daniel schnaubte nachdenklich.

„Und niemand ist zu Schaden gekommen. Ich scheine auch noch zu leben, sonst hätte ich nicht das Gefühl, meine Knochen sortieren zu müssen. Fazit: Wir können nun heiraten!"

Lizzy hob völlig perplex den Kopf. Eigentlich hatte sie gedacht, an diesem Tag schon der glücklichste Mensch der ganzen Welt zu sein. Sie wurde eines Besseren belehrt. Tränenreich versank sie überglücklich in seinen Armen.

Nachdem sie sich einigermaßen gefasst hatte, fiel ihr erschreckt ein, dass sie zum Mittagessen erwartet wurden. Wiederwillig löste sie sich von ihm, um flink aus dem Bett zu sausen.

„Oh je! Ich muss mich ja noch zurecht machen", stöhnte sie, sich im Spiegel betrachtend.

Besorgt sah sie zu Daniel. „Soll ich dir Gregory schicken?"

„Bloß nicht!", antwortete er, sich mühsam aus dem Bett schraubend.

„Kaffee reicht voll und ganz aus."

Eine halbe Stunde später saßen beide am Mittagstisch.

In den nächsten Tagen verweilten Lizzy und Daniel immer öfter auf Corlens Castle. Lizzy konnte sich nun so natürlich geben, wie sie war. Der Schrecken war ihr genommen. Viele Dinge, welche die neue Regierungsstruktur betrafen, mussten bis ins kleinste Detail abgewogen und von Daniel abgesegnet werden. In der Führungsebene wurde gezielt selektiert und erneuert, ebenso beim Personal.

Dieselbe Prozedere verfolgte Liam mit General Woodstones Hilfe im militärischen Bereich. Die Königin beriet, wo sie konnte. Sie kannte die Leute im Schloss, wie sie arbeiteten und wie loyal sie gegenüber Daniel bzw. der Königin gestellt waren.

Einige hätte es natürlich lieber gesehen, wenn Daniel als offizieller Thronfolger das Land regieren würde und nicht seine unbekannte Schwester mit der Königin im Hintergrund. Sarah hatte eine recht schwere Zeit vor sich, doch punktete sie schnell durch ihr munteres, resolutes, selbstbewusstes und spontanes Auftreten. Auch ihre Kompetenz, ihr Gerechtigkeitssinn und ihre Offenheit machten sie bald zu einer würdigen Vertreterin Daniels. Die Königin indes gab offiziell bekannt, dass sie keinesfalls ein Interesse daran hätte, die Regierungsform ihres Gatten fortzuführen. Sie wolle lediglich Sarah in ihr Amt einarbeiten und ihr, ebenso wie Daniel, hilfreich zur Seite stehen, bevor sie sich zur Ruhe setzen würde.

Trotz aller Widrigkeiten jubelte das Volk über die so lang herbeigesehnte Befreiung noch wochenlang, die zu einem Zeitpunkt eintraf, als den Menschen jede Hoffnung durch den Tod des Thronfolgers genommen war.

Lizzy hingegen fühlte sich als der glücklichste Mensch, der je auf Erden wandelte. Sie konnte zuhause bleiben, mit dem Menschen, den sie über alles liebte. All der Schrecken, der von Corlens Castle drohte, war ihr genommen.

Manchmal wurde sie jedoch noch immer von Albträumen geplagt. Daniel nahm sie dann jedes Mal tröstend in die Arme. Der Schmerz über die Demütigung saß noch immer tief.

Sarah wusste von Lizzys Albträumen und hätte ihr zu gern geholfen. Sie konnte es nicht. Für Daniels Problem hatte sie die einfachste Lösung der Welt. Mehrmals hatte sie beobachtet, dass Daniel bei Befragungen der Inhaftierten einen weiten Bogen um den Kerkerraum machte, in welchem er die Hölle hatte erleben müssen. Kurzer Hand ließ sie den Kerker, der auch in ihr die schlimmsten Erinnerungen ihres Lebens hervorrief, zumauern.

Für die beiden hohen Gefangenen auf Lenox Castle plädierte Sarah auf die Todesstrafe. Daniel hingegen sah davon ab. Er hatte nicht die Absicht sich auf die fröhlich vor sich hinmordende Stufe seiner Verwandtschaft zu stellen. Vorerst genügte es ihm, dass die beiden gut verwahrt hinter Schloss und Riegel saßen. Im Moment standen für ihn andere Prioritäten auf dem Plan.

Eines Morgens teilte der Butler Daniel beim Frühstück mit, dass einer der Gefangenen ihn umgehend zu sprechen wünschte. Daniel warf Lizzy, die sich eben noch genüsslich ein Rührei schmecken ließ, einen genervten Blick zu.

„Was wollen die Herrschaften denn nun schon wieder?", wollte König William wissen.

„Die Beschwerdeliste füllt inzwischen ein ganzes Buch."

Lizzy fand diesen Zustand ebenfalls unhaltbar. Sie hatte keine ruhige Minute, wenn Daniel die Gefangenen aufsuchte, um sich ihr Gejammer und ihr Wehklagen anzuhören.

Dass sie dafür in ihrer Wortwahl recht primitiv waren, um Daniel zu provozieren, ärgerte Lizzy vehement.

„Bitte gehe heute nicht", flehte sie bekümmert guckend. Daniel lächelte sie unwissend mit jenem Lächeln an, dass Lizzy um den Verstand brachte.

„Mach dir nicht so viele Sorgen, die sind unbegründet."

Unzufrieden stocherte Lizzy in ihrem Rührei herum.

„Warum machst du das? Die sollen doch froh sein, dass das Volk die nicht in die Finger bekommt. Die würden ihr altes Oberhaupt samt Nachwuchs erschlagen. Stattdessen sitzen sie in, für meinen Geschmack, viel zu gut eingerichteten Zellen. Und Vollverpflegung kriegen die auch. Denen fehlt es an nichts, rein gar nichts. Die leben wie Maden im Speck."

„Schmoll nicht. Sobald ich Zeit habe, eine endgültige Entscheidung über ihr Urteil treffen zu können, hört der Spuk auf." Daniel nickte ihr aufmunternd zu. Lizzy blieb unzufrieden.

„Ich verstehe nicht, wieso du die beiden nicht hinrichten lässt? Hast du vergessen, was der eine von beiden mit dir angestellt hat? Ach ja, geht ja auch wohl schlecht. Du bist ja immer noch ganz grün im Gesicht, wenn du vom Pferd steigst", sagte sie ironisch, was ihr gleich wieder leidtat.

„Ich habe es nicht vergessen. Aber die Todesstrafe ist doch eigentlich für die beiden keine Strafe an sich, oder?" Während die anderen am Tisch sehr wohl wussten, was Daniel meinte, knurrte Lizzy nur missmutig vor sich hin.

Daniel widerte es an, seinen Bruder aufzusuchen. Parallel dazu empfand er aber auch eine diebische Freude daran, die beiden krakeelenden Gefangenen hinter Gitterstäben zu sehen. Die Türen zu den Zellen waren doppelt gesichert. Hinter der eigentlichen Tür folgte eine zweite Gittertür, welche die Gefangenen daran hindern sollte, dem Eintretenden an den Hals zu springen. Daniel ließ aufschließen. Sofort sprang sein Bruder gegen die besagten Gitter wie ein Affe in seinem Käfig. Mit bleckenden Zähnen versuchte er nach Daniel zu greifen, der gebührenden Abstand hielt. Der Alkoholentzug hatte bei Damian seinen Tribut gefordert.

„Wird Zeit, dass du dich herbewegst!" Daniel sah seinen Bruder bei diesen an ihn gerichteten Worten gelangweilt an.

„Gibt's hier auch Weiber? Hm? Ich brauche was im Bett, verdammt! Wie wäre es mit deiner Kleinen? Vielleicht hat sie ja mal wieder Lust auf richtig guten Sex, was?"

Während ihm der Speichel aus den Mundwinkeln troff, grinste er unverschämt. Daniel hob überlegend die Augenbrauen, bevor er trocken auf die Frage einging.

„Also Lizzy will nicht. Sie meint, du hast sie gelangweilt. Aber vielleicht habe ich da das Richtige für dich. Ich will mal sehen, was da zu machen ist." Gut gelaunt wünschte er seinem bedröppelt dreinblickenden Bruder noch einen schönen Tag, bevor er die Tür ins Schloss fallen ließ. „Rache kann manchmal auch recht erheiternd sein", dachte er vergnügt.

Noch am selben Tag suchte Daniel Philip in der Tischlerei auf. Dieser konnte sich vor Aufträgen kaum retten. Es hatte sich wie ein Lauffeuer herumgesprochen, dass der Thronerbe jahrelang bei Philip gearbeitet hatte.

Jeder wollte nun vom Tischler Genaueres erfahren, was die angefertigten Möbel betraf, die man in der Tischlerei erworben hatte. Die Eintragungen in den Büchern waren nicht immer eindeutig. Stellte sich heraus, dass das Möbelstück vom Kronprinzen auch nur angefasst wurde, dann begann man damit, es an die Höchstbietenden auf den Auktionsmärkten zu verhökern.

Da kaum einer der unzähligen Kunden Daniel je zu Gesicht bekommen hatte, war es ihm ein Leichtes, Philip und Susan in der Tischlerei unbehelligt aufsuchen zu können. Mit einem kurzen Handzeichen gab er Philip zu verstehen, dass er ihn sprechen müsse.

Im Haus war Susan damit beschäftigt, eine deftige Gemüsesuppe zu kochen.

„Bleibst du zum Essen?", fragte sie unbefangen und etwas barsch wie immer.

Daniel nickte, dann wandte er sich Lily zu. Die hatte ihre Bausteine geholt und war auf die Sitzbank geklettert. Ungeschickt, aber energisch beförderte sie die Steine auf den Tisch, um sie dort wahllos auszubreiten. Daniel sammelte die Steine ein, um mit Hilfe der ungeschickten Händchen Lilys ein Häuschen zu bauen. Susan schmunzelte vor sich hin. „Alles ist heute kurzzeitig wieder beim Alten", dachte sie zufrieden, als sie die auf dem Tisch verstreuten Bausteine zusammenschob. Sie deckte den Mittagstisch. Lily fragte Daniel, so wie sie es gewohnt war, Löcher in den Bauch und er erklärte mit Engelsgeduld. Belustigt schüttelte Susan den Kopf.

„Deine Ruhe möchte ich mal haben. Mich bringt Lily mit ihrer Fragerei manchmal schier um den Verstand."

„Ja, ja", sagte Philip gedehnt, der gerade in die Küche gekommen war und seiner Frau einen Kuss auf die Wange gab.

„Ein pfiffiges, kleines Wesen haben wir da fabriziert. Nun müssen wir es ausbaden. Selber schuld."

„Du kommst gerade richtig, das Essen ist fertig", sagte Susan fest. Während des Essens unterhielt man sich über belanglose Dinge aus Rücksicht auf Lily, die seit einiger Zeit damit begonnen hatte, jedes Gespräch, das unter Erwachsenen geführt wurde, mit offenem Mund gespannt zu verfolgen. Erst als Susan das Kind für den Mittagsschlaf ins Kinderzimmer brachte, konnten Philip und Daniel ungestört miteinander reden.

„Die Arbeit fehlt mir ganz schön", seufzte Daniel. Philip blickte spottend auf.

„Du, ich habe noch keinen adäquaten Ersatz für dich gefunden. Wann willst du anfangen?"

Philip zwinkerte belustigt mit den Augen.

„Ich komme darauf zurück, wenn ich die Nase vom Leben im Schloss voll habe", knurrte Daniel. Abrupt wechselte er das Thema.

„Sag mal, kannst du dich noch an dieses derbe Vollweib erinnern, die in dieser Kaschemme am Overlake in zweifelhafter Anstellung tätig war?" Philip überlegte.

„Meinst du die, die jedes männliche Wesen umlegt und ungefragt in ihr Bett zerrt?"

Daniel nickte belustigt.

„Genau die brauche ich!" Philip glaubte eben nicht richtig gehört zu haben und warf seinem Freund schockierte Blicke zu.

„Hä! Habe ich jetzt richtig gehört? Bist du irre? 'ne Prostituierte?"

„Meine Güte, doch nicht für mich, du Pfeife", stieß Daniel ein wenig enttäuscht über Philips groteske Annahme hervor.

„Wenn ich mich umbringen wollte, wüsste ich aber was Besseres!"

Philip sinnierte darauf hin:

„Sterben im schönsten Moment."

Daniel gab wehmütig zu bedenken:

„Ja, wenn du es bis dahin überhaupt schaffst und nicht zwischen den entfachten Naturgewalten erstickt wirst." Philip wieherte vor Lachen wie ein Pferd. Als er sich beruhigt hatte, erklärte Daniel nun wieder sachlich:

„Einer unserer hohen Gäste hat das dringende Bedürfnis nach einer Frau. Na ja und da Lizzy mit ihm noch eine Rechnung offen hat, dachte ich, dass diese dralle Dame genau das Richtige Mittel der Wahl für ihn wäre." Philip kratzte sich am Kinn.

„Lustig. Ein Vergewaltiger, der selbst umgelegt und von einer herrischen Frau vergewaltigt wird. Eine glamouröse Idee. Könnte von mir sein." Bedauernd fügte Philip hinzu:

„Schade, dass ich das nicht sehen kann."

„Nach dem schlagfertigen Damenbesuch fasst der im Leben keine Frau mehr an, vorausgesetzt, er überlebt es", konstatierte Daniel mit schadenfrohen Unterton.

„Diese Demütigung ist besser als jede andere Strafe", warf Philip unverwandt ein. Kurz herrschte Schweigen.

„Ich werde alles in die Wege leiten, damit die Lady bei euch im Schloss vorstellig wird. Das wird mir eine wahre Freude sein und was für eine." Breit grinsend sah er Daniel an.

„Ich habe ein entsprechendes Schreiben in der Satteltasche. Erinnere mich, dass ich es dir nachher übergebe." Philip nickte.

„Doch nun zu einem anderen Thema. Lizzy und ich haben für Lily ein Legat hinterlegt für Lilys Ausbildung. Sollte sie auf eine Universität ins Ausland gehen wollen, das Geld reicht auch locker dafür und einiges mehr."

Aus Philips Gesicht war alle Farbe gewichen.

„Warum?", fragte er völlig perplex.

„Wir wollen es so", sagte Daniel kurz, um langen Diskussionen aus dem Wege zu gehen.

Als sein Freund noch immer fassungslos vor sich hin stierte, sagte Daniel mit wenig Feingefühl in der Stimme:

„Nun klappe den Mund wieder zu und schicke Blut ins Gehirn. Du siehst schon ganz blass aus, so um die Nase meine ich." Damit stand er langsam auf.

„Ich muss dir noch den Brief geben."

Philip folgte seinem Freund schwankenden Schrittes nach draußen. Um Philip aus seiner misslichen Verlegenheit zu helfen, beschränkte Daniel sich darauf zu fragen, wie es mit der Tischlerei stand. So erzählte man noch eine ganze Weile von allem, was sich um Holz drehte. Dann musste Philip in die Tischlerei zurück und Daniel nach Lenox Castle.

Schon drei Tage nach Daniels Besuch bei Philip erschien „Gloria" in ihrer ganzen Pracht und Fülle im Schloss. Mit tiefer, herrischer Stimme verlangte sie nach einem Sir Daniel Craine. Der Diener, welcher der äußerst freizügig gekleideten Dame Einlass ins Schloss gewährte, war im ersten Moment recht verblüfft, folgte aber kommentarlos dem Wunsch der Dame und ließ nach Daniel schicken. Dieser erschien kurze Zeit späten in Lizzys Begleitung.

„Was ist das für eine Frau?", fragte sie flüsternd.

„Ein ganz spezielles Geschenk für ganz spezielle Leute. Einfach nur mitkommen und den Mund halten", kommentierte er leise.

Gloria trat forsch auf Daniel zu. Ihre barocke Figur brachte ihr hautenges Kleid fast zum Bersten. Während sie Daniel kokett anlächelte, bedachte sie Lizzy mit einem kurzen, abwertenden Blick. Dreist und ungenierte rückte sie ihre üppige Oberweite zurecht. Lizzy fühlte sich in Gegenwart dieser Frau schmächtig, klein, unscheinbar und farblos.

Selbstsicher schenkte Gloria Daniel ein frivoles Lächeln, als sie mehr hauchte als fragte:

„Ihr verlangt nach meinen Diensten?" Sie begann geschickt, wohlwollend eine ihrer opulenten Schultern zu entblößen. Daniel nahm galant die ihm gereichte Hand, während er mit er anderen Hand ihr Kleid wieder zurechtrückte.

„Ist wohl runtergerutscht. Ihr könntet euch erkälten", erklärte er lächelnd.

Gloria wurde aufgefordert, ihm und Lizzy zu folgen. In Lizzys Kopf tanzten tausend seltsame Gedanken herum. Angestrengt versuchte sie zu ergründen, was ihre zweite Hälfte gerade vorhatte. Wider Erwarten führte er die Frauen zu den Gefängniszellen.

„Ein recht seltsamer Ort für einen gepflegten Sex zu dritt", wandte sie belustigt ein.

Daniel ignorierte ihren Kommentar. Stattdessen ließ er die Zellentür Damians von einem stirnrunzelnden Wächter aufschließen. Als er jedoch Daniel ansah und des Blitzens in dessen Augen gewahr wurde, da umspielte sich um seinen Mund ein leicht spöttisches Lächeln.

Für das Öffnen der Gittertür wurde Damian durch zwei auf ihn gerichtete Pistolenläufe an die hintere Wand gedrängt. Bevor Daniel die immer noch verführerisch blickende Gloria in die Zell schob, sagte er erklärend zu der Dame:

„Der Herr war nicht immer nett zu Damen, geradezu grob könnte man sagen. Er brüstet sich gern damit und meinte, ihr wärd auch nur ein kleines Appetithäppchen." Gloria richtete sich erhaben, die Zähne entblößend, zur vollen Größe auf, während Daniel ihr die im Brief vereinbarte Geldsumme in den knappen Ausschnitt ihres Kleides gleiten ließ. Die Tür hinter Gloria hatte sich noch nicht ganz geschlossen, da kreischte von drinnen schon die Stimme des Gefangenen.

„Bist du wahnsinnig geworden! Hole die hier wieder raus, nimm die weg, mach was!"

Zufrieden grinsend schloss der Wärter die Tür. In Lizzys Gesicht standen Fragen, wie auf einer Schultafel mit Kreide geschrieben. Daniel strich ihr flüchtig über die Wange.

„Der Kerl erhält gerade das, was er dir angetan hat, mit Zins und Zinseszins."

Lizzy verstand und sagte:

„Ich wusste gar nicht, dass du so durchtrieben bist."

„Ich auch nicht", kam es von Daniel ernst zurück.

Aus der Zelle hörte man dumpfe Hilferufe und Schreie, während eine tiefe, herrische und überlegene Frauenstimme laut stöhnend ihren Lustgefühlen freien Lauf ließ.

Die Wächter mussten sich in Gegenwart von Lizzy und Daniel mühsam das Lachen verkneifen.

„Lasst sie so lange da drinnen, bis sie sich richtig ausgetobt hat", sagte Daniel augenzwinkernd zu den Wachleuten. Lizzy und Daniel verließen gutgelaunt die Gefängniszellen. Im Hintergrund hörten sie das schallende Gelächter der Wärter.

Nach dieser Handlung schickte keiner der Gefangenen mehr nach Daniel. Kleinlaut unterwarfen sie sich den Haftbedingungen, der eine als der Geschädigte und Bloßgestellte, der andere als unfreiwilliger Zuhörer.

So hatte es Daniel geschafft, Lizzy wenigstens teilweise zu rächen. Auch auf Corlens Castle erfuhr man von Daniels famosem Rachefeldzug und lachte, dass sich die Balken bogen. Sarah beteuerte immer wieder, dass sie auf so eine „glorreiche Idee" niemals gekommen wäre.

In den folgenden Wochen erholte sich Daniel von seinen Verletzungen vollständig. Auf Lenox Castle hatte er den kompletten Arbeitsbereich Sarahs übernommen.

Zusammen mit Dr. Gregory zählte er zu den engsten Beratern König Williams.

Lizzy war mit Hochzeitsvorbereitungen beschäftigt, in Kürze sollte geheiratet werden. Nebenbei besuchte sie so oft es ging Sarah. Jetzt wo sie wusste, dass Lenox Castle ihr zuhause geblieben war, fuhr sie gern nach Corlens Castle, wo man sie immer herzlich empfing. Königin Margaret erfreute sich an Lizzys Natürlichkeit und an ihrem einfühlsamen, weichen und treuherzigen Wesen. Schnell hatte sie Lizzy fest in ihr Herz geschlossen, welches so viele Jahre jeder Gefühlsregung beraubt wurde.

Je selbstständiger Sarah in ihrem hohen Amt wurde, desto seltener kam Daniel ins Schloss. Doch Margaret war nicht enttäuscht. Sie wusste, dass Sarah bald die gesamte Regierung übernehmen konnte und sie überflüssig war. Dann konnte sie nach Lenox Castle übersiedeln und sich dort bei König William zur Ruhe setzen.

Auch William erwog langsam, sich aus den laufenden Regierungsgeschäften zurückzuziehen und Daniel volle Handlungsvollmacht über Lenox Castle zu übertragen.

Die Widerstandsbewegung unter Philips Führung hatte sich aufgelöst. Jeder ging nun wieder seiner eigentlichen Tätigkeit nach. Da sie alle bereit waren, ihr Leben für die Freiheit zu opfern, wurden sie zu den Hochzeitsfeierlichkeiten mit ihren Familien eingeladen.

Doch eine Begebenheit sollte hier am Schluss der Geschichte noch Erwähnung finden.

Obwohl Daniel massiven Druck von allen Seiten bekam, der Hinrichtung König Georges und Prinz Damians endlich zuzustimmen, haderte er noch immer mit der Vollstreckung des Urteils. Er war der Ansicht, dass viel zu viel getötet wurde, sodass er auf ein Urteil plädiert hatte, dass eine lebenslange Inhaftierung der beiden zur Folge haben würde.

Die endgültige Entscheidung wurde ihm jedoch abgenommen.

Einen Tag nach der Hochzeit meldeten die Wachen, dass es den beiden Gefangenen sehr schlecht ginge. Sie klagten über Erbrechen, starke Übelkeit und furchtbare Krämpfe. Gregory diagnostizierte eine Vergiftung. Alle ihm zur Verfügung stehenden Heilmittel versagten. Nach Tagen unendlicher Qualen, starben die beiden. Erst König George, Stunden später Prinz Damian.

Später wurde bekannt, dass eine Köchin, die früher in den Diensten der Corlens stand, mit ansehen musste wie in dem Dorf, in welchem sie damals lebte, ihre beiden Töchter von den Schergen des Königs überfallen, missbraucht und ermordet wurden. Am Tag von Lizzy und Daniels Hochzeit, als die Sicherheitsvorkehrungen im Kerker etwas entspannter waren, hatte sie das Essen der Gefangenen mit einer gehörigen Portion Knollenblätterpilzen vergiftet. Man fand von ihr lediglich ein Geständnis über das Motiv ihrer Tat. Von ihr selbst fehlte jede Spur.

EIN HERZ FÜR AUTOREN A HEART FOR AUTHORS À L'ÉCOUTE DES AUTEURS MIA KAPΔIA ΓIA ΣYГ
ΔIAPTA FÖR FÖRFATTARE UN CORAZÓN POR LOS AUTORES YAZARLARIMIZA GÖNÜL VERELIM S
CUORE PER AUTORI ET HJERTE FOR FORFATTERE EEN HART VOOR SCHRIJVERS TEMOS OS AU
ZÖINKÉRT SERCE DLA AUTORÓW EIN HERZ FÜR AUTOREN A HEART FOR AUTHORS À L'ÉCC
RAÇÃO BCEЙ ДУШОЙ К АВТОРАМ ETT HJÄRTA FÖR FÖRFATTARE À LA ESCUCHA DE LOS AUT
EURS MIA KAPΔIA ΓIA ΣYГГPAΦEIΣ UN CUORE PER AUTORI ET HJERTE FOR FORFATTERE EE
ZARI ARIMIZA GÖNÜL VERELIM ZÖINKÉRT SERCE DLA AUTORÓW EIN HERZ F
VOOR SCHRIJVERS TEMOS OS AU RAÇÃO BCEЙ ДУШОЙ К АВТОРАМ ETT HJÄRTA F

Die Autorin

Die 1969 geborene Britta Kiehl hat schon früh eine
Leidenschaft für das Schreiben entwickelt. Trotzdem war ihr Berufsleben etwas technischer ange-
haucht. Sie studierte und wurde Ing. Pädagogin
für Chemie. Nun arbeitet sie im Familienunter-
nehmen fleißig mit. Schon seit Jahren schreibt sie
Anekdoten und Geschichten für Erwachsene und
Kinder, mal lang und mal kurz. Endlich hat sie
sich nun entschieden, ihr erstes Buch zu veröffentlichen. Doch Kiehl hat noch eine zweite Leidenschaft. Wenn der kreative Fluss einmal versiegen
sollte und es nichts Spannendes zum Lesen gibt,
dann geht es ab in den Garten, wo unsere Autorin
ihre Inspiration in der Gartenarbeit findet.

Der Verlag

Wer aufhört besser zu werden, hat aufgehört gut zu sein!

Basierend auf diesem Motto ist es dem novum Verlag ein Anliegen neue Manuskripte aufzuspüren, zu veröffentlichen und deren Autoren langfristig zu fördern. Mittlerweile gilt der 1997 gegründete und mehrfach prämierte Verlag als Spezialist für Neuautoren in Deutschland, Österreich und der Schweiz.

Für jedes neue Manuskript wird innerhalb weniger Wochen eine kostenfreie, unverbindliche Lektorats-Prüfung erstellt.

Weitere Informationen zum Verlag und seinen Büchern finden Sie im Internet unter:

w w w . n o v u m v e r l a g . c o m